ハヤカワ文庫 NV
〈NV1515〉

ブラッド・クルーズ

〔下〕

マッツ・ストランベリ
北　綾子訳

早川書房
8977

FÄRJAN
by
Mats Strandberg

Translated by
Ayako Kita
First published 2023 in Japan by
HAYAKAWA PUBLISHING, INC.
This book is published in Japan by
arrangement with
GRAND AGENCY, SWEDEN
through THE ENGLISH AGENCY (JAPAN) LTD.

ブラッド・クルーズ〔下〕

登場人物

●バルティック・カリスマ号　乗組員

ベルグレン……………………船長
ヴィークルンド………………機関長
アンドレアス…………………総支配人
アンティ………………………免税店の店長
ソフィア………………………同スタッフ
ダン・アペルグレン…………歌手。カラオケ・バー担当
ヨーアン………………………カラオケ・バーのスタッフ
イェニー………………………〈カリスマ・スターライト〉の歌手
フィリップ……………………同バーテンダー。カッレの友人
マリソル………………………同女性バーテンダー
ピア……………………………警備員。カッレの友人
ヤルノ…………………………警備員。看護師ライリの夫
パール…………………………老齢の警備員
ヘンケ…………………………警備員。パールの相棒
ミカ……………………………案内所のスタッフ
ボッセ…………………………監視ルーム担当スタッフ
ライリ…………………………救護室の看護師
リゼット………………………新任の清掃責任者

登場人物

●バルティック・カリスマ号　乗客

マリアンヌ……………………定年を迎えた医療秘書の老婦人
ヨーラン………………………電気通信公社の元職員の老人
アルビン（アッベ）………ヴェトナム人の孤児。六年生
モルテン………………………アルビンの養父
シーラ…………………………アルビンの養母。足が不自由
リンダ…………………………モルテンの妹
ルー……………………………リンダの娘。アルビンのいとこ
ステラ…………………………レストランでアルビンたちと居合わせた少女
カッレ…………………………庭園設計士。カリスマ号の元スタッフ
ヴィンセント…………………カッレのボーイフレンド
マッデ…………………………リストラされそうな女性事務員
ザンドラ………………………マッデの30年来の友人
トーマス・トゥンマン……バチェラー・パーティの参加者
ハンス・ヨルゲン……………階段の手すりに手錠でつながれた酔客
ビルギッタ……………………カラオケ・バーのルビー婚式の老婦人
アレクサンドラ………………カラオケ・バーの女性客。ダンのファン
オッリ…………………………トラックの運転手
リラ……………………………デッキ9の船室の14歳の少女
ローズマリー…………………6805室の女性客
レンナート……………………ローズマリーの夫
ヴィクトリア…………………〈クラブ・カリスマ〉の女性客
ソニー…………………………ヨーランの友人
アダム…………………………吸血鬼の少年

ダン

　ダンは男の子を連れて業務用エレヴェーターに乗り、フロアとフロアのあいだで緊急停止ボタンを押す。夜のこの時間は免税店は閉店していて、厨房《ギャレー》の仕事も終わっているので、エレヴェーターを使う人はほとんどいない。少しのあいだ、ふたりだけで話をするのに適した場所はここしか思いつかなかった。ここなら誰かに盗み聞きされることも、監視カメラに映ることもない。男の子からは少なくとも三人の人間の血のにおいが漂ってくる。それに、腐りかけた花と湿布薬のにおいもする。

「きみはまだ新人だ」と男の子はダンを見上げて言う。「なのに、もうできあがってる。きみみたいな人には会ったことがない」

　男の子はとても愛くるしい見た目をしている。ふっくらした頰、幼い子供に特有の白に近いブロンドの髪。それでいて、茶色い瞳はどこか昔の人のような趣がある。話し方もそうだ。午後になるとテレビで放映している昔の白黒映画の登場人物のようだ。

「ポスターに映ってる人だよね」と男の子は言う。

ダンは黙ってうなずく。

「もう〝食事〟もすませてる」男の子はそう言って彼に身を寄せる。「同じ歳くらいの女の人。きみが変身したのは……その人と一緒にいるときだった」

今や完全に子供の眼ではなくなっている。ダンは今度も黙ってうなずくことしかできない。

「で、きみは変身したことを喜んでる」と男の子は続ける。「何よりも嬉しいと思っていて、もっと欲しいと望んでる」

「そうだ」とダンは言う。息切れしているのが自分でもわかる。声に敬意がこもっている。

「おまえは誰なんだ?」と彼は尋ねる。

「ぼくはアダム。少なくとも自分ではそう名乗ってる。それがふさわしい名前だと思うから」男の子はそう言うと、ゆがんだ笑みを浮かべる。バラ色の小さな唇のあいだから黄ばんだ歯がのぞく。

ダンは思わず嫌悪を覚える。

「きみの肉体は永遠の変身を遂げた……つまり、死んだ」とアダムは言う。「だけど、きみはこれまでにないほど生き生きしている。自分でもそれは感じてるだろ？　今までにないほどいろんなことを感じている。感覚が解き放たれたんだ。痛みも喜びもこれまで経験したことがないくらい強く感じている」

ダンはうなずく。ああ、そうだ、そのとおりだ。

「おれは何者なんだ？」とダンは尋ねる。「おれたちは何者なんだ？」

「ぼくたちにはいろんな名前がある。人間がことばを話せるようになったときから、血を飲む生きものの話はずっと語り継がれてる。今は吸血鬼って呼ばれてる」

それだ。そのことばを聞いたとたん、ダンは自分がそのことばを待っていたのだと気づく。

「ぼくたちの存在は神話やおとぎ話になってる。笑い話になってる。現代の世界はぼくたちを追い出した。ぼくたちの種族もそれを受け入れてきた。そのほうが安全だから」男の子は腕を組んで言う。またしても歯が——口の大きさに対して大きすぎる歯が——光る。

ダンは床に坐り、男の子の眼の高さに合わせる。

聞きたいことは山ほどあるが、まず最初に答を知りたいことがある。

「おれは不死身なのか？」と彼は聞く。「そんな気がしてる」

「ううん、だけどぼくたちの種族は長い時間をかけて、ゆっくり歳を取る。それに事実上は不死身みたいなものだよ」

ダンは〝事実上〟という言い方が気に入らない。

「太陽にあたっても灰にはならないから安心して」とアダムは笑顔で言う。「招待されてなくても家にはいれるし、十字架や聖水を怖がる必要もない。そういうのは全部迷信だから。何百年、何千年経っても、見た目は今と変わらない。だいたいのところは。それから、もっと強くなるし、自分の生命にも人の生命にももっと飢えを感じるようになる」アダムの眼が神がかった輝きを帯びる。「きみはとんでもなくすばらしい贈りものをもらったんだ」

ダンは自分の手を見る。力強い男の手。浮き出た血管はアレクサンドラの血で満たされている。父親の手を思い出す。最後はどんな手をしていたかを。しみだらけで、指は鉤爪のように曲がっていた。それに引き換え、アダムの手はふっくらとしていかにも子供らしく、関節にはえくぼのようなくぼみもほとんどない。

「おまえは何歳なんだ？」とダンは尋ねる。

アダムの顔に暗い影が差す。「まえの世紀が始まった頃に生まれた。それからずっとこの肉体に閉じこめられてる」

荒唐無稽にも程がある。ダンは吹き出しそうになる。

「最初はストックホルムに住んでた」とアダムは真面目な顔で言う。「ぼくとママは、もう百年以上、ヨーロッパと北アフリカを旅してる。疑われないように定期的に移動してる。ぼくたちの正体を見抜ける人がいたわけじゃないけど……だけど、子供が全然成長しないで、ずっと子供のままでいたら不思議に思われる。まわりの人たちと交わらないように、自分たちだけで生きてきた。いつも慎重に行動してきた。食欲を満たすのは月に二回。どうしても必要なときだけ。生きてる意味なんてない生活だった。ずっと罰を受けているようなものだ。終身刑よりもずっと長い罰をね」アダムはオレンジ色の金属製のエレヴェーターのドアに寄りかかる。苦々しい笑みを浮かべている。子供がする表情ではない。「ママはぼくを救えると思ってたんだ。ぼくは肺病だった。結核ってやつだ。そのときのことはよく覚えていないけど、そのまま死なせてくれればよかったのにっていつも思ってる。長く生きたところでなんになる？　超人的な力を得たって、凶暴な野獣みたいに人に怖がられて生きなきゃならないのに」

ダンにはわかる。威厳を失った存在でいることを強いられるのがどういうものか。もう一度見返したいという気持ちがどういうものかも。

「何もかも、世界が今とはまるでちがっていた大昔にできたルールのせいなんだ」とアダムは続ける。「気をつけなきゃいけない。ぼくたちの種族の感染が広まりすぎてしまうと、世界から人間がいなくなってしまうから。食料がなくなってしまうから。ずっとそう言われてきた。だけど、よく考えてみて。今の世界を見てると、人間が自分たちの手で破滅するのは時間の問題だよ。生かしておく価値なんてない」

「まったくだ」ダンは感情があふれて涙が出そうになる。

「もう長老たちがつくったルールに従うのはまっぴらだ。自分のルールをつくる。びくびくしながら何百年も、何千年も生きるくらいなら、今夜死んでしまうほうがまだましだ」

「錆びつくより燃え尽きるほうがいい（ニール・ヤングの《ヘイヘイ、マイマイ》の歌詞の一節）」とダンは言う。大きくて力強い馬がうしろ脚だけで立ち上がるように、歓喜が湧き上がってくる。

「明日には世界じゅうがぼくたちの話題で持ちきりになる」とアダムは言う。「ぼくたちに恐れをなして、もう一度敬意を抱くようになる」

ダンの体に震えが走る。「どうする気だ？」

「今夜、この船で仲間を増やした。最初のひとりはきみを噛んだ人だ」

「ああ。頭のイカれたサイコパス野郎かと思ってた」

アダムはその発言は許しがたいとばかりにダンを見るが、いくらか表情をやわらげて続ける。「もう感染は広がりつつある。さっき会った警備員もどこか変だったと思わない？」

　ピアのことか。ダンは彼とアダムを探るような眼で見ていた彼女の姿を思い浮かべる。

「おれたちを放っておいてくれないことのほかに？」とダンは言う。

　ジョークのつもりだったのだが、アダムは笑わない。ダンは気を取り直す。アダムが何を言わんとしているのか理解しようとする。彼自身はあのいけすかない女のことなど特に気にしていなかったのだが、彼女にはきっと何かあるのだろう。

「彼女は怖がってた」とダンは言う。

「そう」とアダムは答える。「彼女はもうすぐぼくたちの仲間になる。だけど、まだ自分では気づいてない。まだ変身があんまり進んでない。傷が浅かったからかもしれない。彼女にわかってるのは、何かおかしいっていうことだけ。それがなんなのかあえて気づかないようにしてる」

「彼女もきっとあいつに嚙まれたんだ」とダンは言う。「おれを嚙んだのと同じやつに」

　警備員たちがあの男をカラオケ・バーから連れだしたときのことを思い出し、笑いがこみ上げそうになる。ピアとおれはある意味で吸血鬼のきょうだいってことになるのか？

「そうかもしれない。この船にはほかにも彼みたいな人がいる」とアダムは言う。「今はまだ生まれたての赤ちゃんのようなもので、感覚と本能しかない。お腹をすかせていて、血を欲しがっている。ちゃんとした感情を取り戻すまでに、数時間から数ヵ月かかることもある」

ダンはアダムを見つめる。アダムのことばが心に染みていく。「大騒動になる」と彼は言う。「何百人もの吸血鬼。叫び声。パニック。歯を鳴らす音」

「そのとおり」とアダムは言い、微笑む。今や満面の笑みを浮かべ、嬉々としている。喜びを感じる。高揚している。「だけど、きみはちがう。もう赤ん坊じゃない。きみはこうなるべくして生まれた」

ダンは黙ってうなずく。おれは選ばれし者だ。それは心が知っている。もう鼓動を打っていない心が。

ピアや彼を嚙んだ男とちがい、ダンは変化を喜んで受け入れた。怖がらず、抗《あらが》おうともしなかった。ただ、流れに身をまかせた。

「きみみたいな人がいるとは願ってもないことだった」とアダムは言う。「きみが手を貸してくれれば、今夜、世界の新しい秩序を築くことができる。ぼくたち種族はもう一度誇りを持てる。胸を張って、顔を上げて廃墟の中を歩いていける」

「おれは何をすればいい？」ダンは少しもためらうことなく尋ねる。

「きみはこの船がどうやって動いているか知ってる。ぼくたちを港まで連れていってほしい。デメテル号がイギリスに到着するみたいに……なんだか詩的だと思わない？　人生が芸術にまさるなんて（デメテル号はブラム・ストーカーの小説『吸血鬼ドラキュラ』でドラキュラ伯爵をロンドンまで運んだ船）」

　アダムは百年以上も昔からある歯を見せて笑う。ダンは彼がなんの話をしてるのかわかったふりをする。

「一週間もすれば世界じゅうが大混乱になる」とアダムは言う。

　ダンはこの船にいる嫌いな人たちを順に思い浮かべる。フィリップ。イェニー。ベルグレン船長。ゲリュケセボから来たビルギッタ。警備員たち。青と白のストライプの上着を着たクソばばあども。

　それから新たに生まれた仲間たちのことを思う。生ける屍《しかばね》。恐れ、絶望し、飢えている者たち。

　ダンとほんとうはもう子供ではない男の子がその先頭に立つ。

　新しい世界の秩序。

　自分は特別だ。ダンはずっとそう信じて生きてきた。今、まさにそのことを証明するときが来た。

　ダンもカリスマ号の乗組員と同じように防災訓練を受けている。緊急時の手順は知っている。問題が発生した場合、船長は港に救難信号を送り、救助を要請することになっている。

誰にも邪魔されずに、このまま巨大な爆弾となってトゥルク港に向かうなら、のんびりしている時間はない。

船がゆく。（マザーグースの歌詞）

アダムがその大きな眼で彼を見る。

「まず何をすればいいかはわかってる」とダンは言う。

バルティック・カリスマ号

デッキ9の船室。リラという名の少女がバスルームでシンクにもたれている。両手でシンクの縁をつかみ、涙を流さず泣いている。リラは何かを吐き出す。根っこから抜けた血まみれの臼歯がシンクに落ち、先に抜けた歯の上に重なる。舌先でそっと歯茎をなぞると、白い塊が生えはじめている。先端が鋭く尖っているせいで、舌が切れる。口に広がる血は甘く、鉄の味がする。本来なら嫌な気分になるはずなのに、そうはならない。生きている味がする、と彼女は思う。心の中でパニックが広がる。あの男の子は誰だったの？　いったい何者なの？　意識をしっかり持ち、思考を組み立てようとするが、うまくいかない。あの子は部屋にはいってきた。とてもかわいい子だった。ものすごくかわいかった。あの眼。子供だけど、子供じゃなかった。わたしの手を取って嚙んだ。だけど、思いきり嚙んだわけじゃない。もっと強く嚙めたはずなのに、そうしなかった。

鼓動がゆっくりになる。ジェットコースターに乗っている気分だ。心臓が脈打つたび、急激に深みに落ちていく。あの子はわたしを殺したかったわけじゃない。だったら、何をしたかったの？　これだ。あの子はこれを望んでいた。

リラは膝から崩れ落ち、シンクに頭をあずける。冷たくて気持ちがいい。頭痛はほとんどおさまっている。鼓動が打つのを待つが、もう聞こえることはない。彼女の肉体は動きを止める。静まりかえる。部屋のドアが開く。ママ。パパ。リラにはにおいでわかる。においが混ざりあっている。全部の色を混ぜると茶色になるのと同じ感じだ。両親に抱きしめてもらいたい。だけど、ここから立ち去ってほしい。とんでもないことが起こりそうな気がする。

来ないで。そう伝えなければ。

母親がバスルームのドアを開ける。血と、シンクに積み重なった歯と、床に倒れている生気のない娘を見て叫ぶ。

少し離れた場所でダンがドアを閉める。アダムを連れて操舵室《ブリッジ》に向かう。アダムはダンの首にしっかりしがみついている。華奢な体の重みはほとんど感じられない。が、そのアダムに何ができるかをダンは知っている。機関室の壁に飛び散った血の痕が証拠だ。ダンの耳には今も機関士たちの悲鳴がこだましている。彼らの血は今は彼のものだ。彼を満たし、さらに強くする。心臓が収縮すると、その血が押し出され、彼の体内へと流れていく。

ぼくたちが何をしようとしているか知ったら、ママはきっと止めようとする。アダムはそう言う。

「だったら、おまえの母親を黙らせりゃいい」ダンは囁《ささや》き、アダムをもっと高く持ち上げる。

「ママを傷つけちゃだめ」とアダムは言う。

ダンは何も答えず、狭い階段をのぼる。足音を聞いて航海士たちが振り返る。アダムはスクリーンや明るく光るライトや明滅するボタンなど、ブリッジのあらゆるものをじっと見る。

「ベルグレン船長がおれに会いたいそうだ」とダンは言う。「今なら時間がとれる。船長を呼んできてくれ」


デッキ2の船室では、トラック運転手のオッリが身動きひとつせず床に寝ている。その隣りに仰向けになったヨーランがいる。手がほんのかすかに引きつっているだけで、やはりまるで動かない。マリアンヌが大好きだった彼の眼は今は閉じられている。

マリアンヌ

彼はもう探るような眼を彼女に向けてはいない。だから、マリアンヌは思いきって時々彼の顔を見る。とてもハンサムだ。そんじょそこらのハンサムとはちがう。往年の名作映画に出てきてもおかしくない。タトゥーをのぞけばだが、もちろん。肌がしわだらけになったらタトゥーはどう見えるのだろう。マリアンヌはそんなことを考える。もっとも、男性は歳を取ってもあまりみすぼらしくならない。それもまた人生のちょっとした不公平のひとつだ。

ふたりは〈マクカリスマ〉にいる。どんちゃん騒ぎをしたい人たちはダンスフロアに繰り出すので、ここはどちらかというと静かで落ち着いている。ドアの外は〈カリスマ・スターライト〉を行き来する人たちで流れが絶えることはない。

「デッキでいったい何をしてたんだい？」と彼が訊く。

マリアンヌは息を呑み、なんと答えればいいか思案する。

「なんていうか……思い詰めてるみたいだった」と彼は続ける。「ひょっとしたら何か馬鹿なことをしようとしてるんじゃないかと思って」

そう言われて、マリアンヌははたと気づいた。一杯やろうと彼が執拗に誘ってきた理由が今になってはっきりわかった。恥ずかしさで頬が赤くなる。

相当な努力を伴ってどうにか平静を装う。誰にも気づいてもらえない存在でいるのはもう嫌だとずっと思っていた。しかし、他人の眼をとおして自分を見つめるのがこれほど不快だということはすっかり忘れていた。

「飛びこもうとしてたわけじゃないわ。そういうことを訊きたいなら」とマリアンヌはそっけなく言う。

そんな考えが頭をよぎったのは確かだが。それを伝えたところでなんになる？　黙っていたほうがいいことくらい彼女にもわかる。「いろいろ整理して考えてみようとしてただけ」とマリアンヌは続ける。「おもに自分のことについて」

「ぼくもそうかもしれない」と彼は悲しげに笑って言う。

マリアンヌはリオハワインに口をつける。

「で、うまくいった？」と彼女は尋ねる。「わたしは自分が何をしてるのかさえわからない」

彼の笑顔が満面に広がる。もし今より三十歳、いや、四十歳若かったら、胸をときめかせていたかもしれない。

「歳を重ねると知恵が得られるのかと思ってた」

「歳を取って得られるのは、過去の決断に対する後悔だけよ」

彼の笑顔につられて自分も笑顔を返しているのに気づき、マリアンヌは驚く。

「ぼくはヴィンセント」彼はそう言って手を差し出す。

「マリアンヌ」彼女はその手を取って握手する。

彼の左手の薬指にはまった指輪に眼がとまる。シルヴァーの打ち出し細工か、ホワイトゴールドか。そのちがいはよくわからないが、指輪の幅の広さからして、相当高価なものであることはまちがいない。

彼女の視線に気づいたらしく、ヴィンセントは手を上げて指輪をじっと見る。「最初は〝イエス〟って答えたんだ。どうすれば〝ノー〟って言えるかわからなかったから」

マリアンヌはワインを一口飲んで続きを待つ。

「人が大勢いたから、みんなのまえで傷つけたくなかった。結局、傷つけることになっちゃったけど」

「あとあとのことを考えれば、相手に悪く思われたくないっていう理由だけで結婚するほうが、その人を傷つけることになるかもしれない」とマリアンヌは言う。「それに自分を犠牲にしても勇士の勲章はもらえない。それは断言できる」

どうしてこんな苦言を呈しているのか。マリアンヌは自分でも不思議でならない。けれど、ヴィンセントは黙ってうなずき、考えこんでいる。

「答えるまえに、少し時間がほしいって言えばよかったんだと思う。だけど……急なことでびっくりしてしまって」

「わかるわ」とマリアンヌは言い、少しためらってから続ける。「時代遅れなのは承知してるけれど、でも、やっぱりプロポーズは男性からするべきだって思う」

ヴィンセントは困ったように彼女を見つめる。きっと古くさい人間だと思われたのだろう。最近の若者の考えは昔とはちがう。もちろんそれはわかっているが、それでも彼女にはその考えが理解できない。

「だけど、最近はもっと対等な関係だってことは知ってる」と彼女は急いでつけ足す。

「プロポーズしてくれたのは男性だよ」とヴィンセントは言う。

一瞬、どういう意味かわからず、マリアンヌは戸惑う。「あなたにプロポーズしたのが？」

「そう」

今度は平静を装うのにさらに努力が要る。〝シシュポスの岩〟（ギリシャ神話に登場するコリントの王シシュポスは、死後に罰として巨大な岩を山頂まで押しあげるように命じられるが、あと少しで山頂というところで毎回岩が転がり落ちてしまい、永遠に罰を受け続ける）に比べれば、彼女の努力など心地よい散歩と大差ないが。

「つまり……あなたたちは特別な関係のお友達ってこと？」ほかにことばが見つからず、マリアンヌはそう言う。

　ヴィンセントの笑顔を見て、それが答だとわかる。

　マリアンヌは咳払いする。また頬が赤くなる。動悸がする。男性同士がベッドでどんなことをするのかは想像もつかない。そもそも、どんなふうにするのか自分にわかるとも思えない。ヴィンセントを見つめ、彼女の愚かな脳はその場面を思い描こうとするが、それはとても変わったものに思える。「ごめんなさい」とマリアンヌは言う。「ちょっと驚いてしまって。あなたはそうは見えないから……そういう人には」

「そういう人？　ゲイってこと？」

「ええ」とマリアンヌは自信なさげに答える。「今はどう呼べばいいのかわからないけど。時代に追いついていくのも楽じゃなくて……」

「気にしないで」

「偏見を持ってると思われたくないの」とマリアンヌはさらに言う。「ほかの人の人生をとやかくいうつもりはない。人のことを偉そうに言える立場じゃないのはわかってる」

「気にしないで」とヴィンセントは繰り返す。

マリアンヌは大きく息を吐き、グラスを持ち上げてワインを飲む。そのつもりはなかったのだが、気づいたときにはグラスの中身を飲み干している。

沈黙が流れる。が、意外にも気まずくはない。

「ついさっき、会ったばかりの男と寝たの。だいぶご無沙汰してたけど……最後にしたのは、それこそあなたが生まれるまえかもしれない」考えるよりさきにそう言っている。そのことに自分で衝撃を受ける。「相手の名字すら知らない。どう思う？」

どうして今になってたがはずれたのか？　なぜこの哀れな若者に思いつきで話をしているのか？

「それこそ、ぼくがとやかく言うことじゃない」とヴィンセントは言う。「もう一杯どう？」

マリアンヌは自分がうなずいているのに気づく。

「で、その人は今どこにいるの？」テーブルに戻ってくるとヴィンセントは訊く。「その名字のない人」

「わからない」

マリアンヌは一部始終を彼に話す。電気が消えているあいだのみだらな行為の詳細はもちろん省くが、ことばにしなくても、はっきり伝わっているにちがいない。ヴィンセントはただじっと彼女を見つめる。この人はどこかおかしいとは思っていないようだ。だからこそ一番恥ずかしいことを話そうという気になったのかもしれない。

「わたしはずっと孤独だった。生きている実感をまるで感じられないこともある。まさか自分がよく言われるような孤独な老人になるとは思ってもみなかった。だけど……」

マリアンヌは両手を広げて続ける。「気づいたときにはひとりきりになってた。思ってたより簡単なことだった」

「やっぱり〝イエス〟って言うべきだったかもしれない」ヴィンセントはそう言って笑みを浮かべる。

マリアンヌは激しく首を振る。「結婚したからといって孤独にならない保証はない。わたしも結婚していた、ちがう？　友達がいるっていう人もいるかもしれない。だけど、わたしの場合は何年ものあいだに友達を遠ざけてしまっていた。いつも家族を第一に考えてた。だけど、ある日、夫がいなくなって、子供たちは巣立っていった」

マリアンヌはそこで話すのをやめて、ワインをぐいっと一口飲む。今までこんなふうにちゃんと考えたことはなかった。家から遠く離れた場所にいるせいで、ものごとがよく見えるようになったのかもしれない。

「どうして断ったの？」と彼女は尋ねる。「プロポーズのことだけど」

ヴィンセントはため息をつき、指を額に押しあてる。

ヴィンセントがワインにほとんど口をつけていないのに気づき、自分もグラスに半分残したまま飲まずにおく。

「わからない」と彼は言うが、ほんとうは自分でもわかっているのが口調に現われている。ただ、そうと認めるには時間が必要なのだろう。

マリアンヌはグラスの脚をもてあそびながら待つ。

「プロポーズを受け入れてたかもしれない……もしぼくの、というよりぼくたちの居場所が……彼がしたことの中に少しでもあったら……彼のことは愛してる。それは誓って言える。だけど、一緒に暮らすようになってからは、なんていうか……ふたりの関係にぼくの居場所がないような気がしてた。彼は……彼がなんでもやってしまうから。全部解決してくれるし、何もかも考えてくれるし、どんなことでも話し合えるようにしてくれる。それでぼくは……」

ヴィンセントはうなり、眼をこする。「うまく説明できてないけど、とにかく彼は完璧なんだ。一分の隙もない。わかってる。ほんとうなら感謝しなきゃいけないのに、不満を言ってるのは。だけど、ぼくはいつも彼についていくのに必死になってる。ぼくはただ……気持ちが追いつくのが遅いんだと思う。ものごとを自分なりに咀嚼《そしゃく》して、結論を出すまでに時間がかかる。自分がどう感じているか気づいたときには、たいていもう遅い。そのときにはもう彼は決断して、実行に移してる。つまり……プロポーズは最後の一撃だったのかもしれない。すごく嬉しかったけど……だけど非常停止ブレーキをかけるしかなかった。一度、じっくり考える時間が欲しかっただけなんだ。自分がどうしたいのかはっきりわかるまでは結婚できない」

マリアンヌはもはや我慢の限界に達し、ワインを飲む。「そのことを彼に正直に話したらいいんじゃないかしら。きっとわかってくれると思うけど」

「さっきからずっと捜してるけど、どこにもいない。船内では携帯電話も通じないし。通じたとしても出てくれないだろうけど」

彼が不憫《ふびん》に思えて、マリアンヌは自分にできることがあればいいのにと思う。誰かのために何かしたいとこんなに強く思ったのは久しぶりだ。だから、この気持ちがなんなのか気づくまでに少し時間がかかった。これは母性本能だ。

ふたりは黙って店の外を行き交う人々を眺める。

どちらも大勢の人の中にいるはずのたったひとりを捜している。

ダン

「ダン、よく来てくれた」とベルグレン船長は言う。

船長は眠そうだ。眠りのにおいもする。立派な勲章のついた制服の上着を着る時間もなかったようだ。シャツの下にメッシュのヴェストを着ているのがダンにはわかる。

ベルグレン船長の個室はどんな部屋なのだろうとダンは想像する。航海士の部屋はほかの乗組員の部屋より豪華だというから、船長の部屋ともなればきっと贅沢なつくりにちがいない。

船長は、今もダンに抱っこされ、彼の首にしがみついているアダムに眼を向けて言う。

「で、この子は?」

「甥のアダムだ」

アダムは大きな青い瞳でじっと船長を見つめる。フード付きの赤いパーカを着た姿は天使のようにかわいらしく、ふっくらした頬は無垢《むく》の化身のようだ。ここでもアダムは大きくなったら船長になると高らかに言う。そうやって自分の役割に徹する姿を見ていると、ほんとうはベルグレン船長よりも長く生きているとはとうてい思えない。

「おれに会いたいってことだったけど?」とダンは言う。

「ああ。今夜、カラオケ・バーでちょっとしたトラブルがあったと聞いた。だけど、その件はきみとふたりきりで話したい。その子を部屋に連れていってから、またここに――」

「話なら今できる」とダンはさえぎって言う。

「そうするのがいいとは思えないが。それに子供はもう寝る時間だ」

ベルグレン船長はうかがうような眼でダンを見る。ダンは微笑んでみせる。船長はおれたちから漂う血と死のにおいを感じ取っているのだろうか。潜在意識のどこかで、自分はもうすぐ死ぬことになるとわかっているのだろうか。

「今夜の出来事を少し心配している」と船長は言う。

「そうだろうな」とダンは答える。アダムが床に降り立つ。

ボッセの指が踊るようにキーボードを叩く。ボタンを押し、カメラの角度を次々と切り替える。机に置かれた内線電話の人工的な呼び出し音が鳴る。ミカからであることを願う。迷子の子供たちが見つかったという知らせであってほしい。子供たちをほったらかしにしてしまった親の気持ちを思うと、ボッセはいたたまれなくなる。子供たちが行方不明になり、今頃さぞ動揺しているにちがいない。

「デッキ6から通報があった」とミカが言う。「六五〇二号室と六五〇七号室の客が、通路で大きな物音がすると言っている。ドアを叩いたり、体あたりしたりしてるらしい。そのあたりで暴れてるやつはいるか?」

ボッセはボタンをいくつか押し、慣れた様子でモニターに眼を走らせる。船尾の左舷側の通路には誰もいない。通報してきた六五〇七号室の男が腰にタオルを巻いただけの恰好で部屋の外をのぞいている以外は。

「今のところそれらしき人物は見あたらない」とボッセは報告する。「ちょっと待った、こいつはなんだ？」

　指を宙に浮かせたまま、中央の通路を映すモニターに見入る。黒髪が背中にべったり貼りついた女がいる。名前はアレクサンドラ。もっとも、ボッセはその名前を知らないが。ボッセは女の様子が正面から映っているカメラに切り替え、メタルフレームの眼鏡を鼻の上に押しあげる。それでも眼を凝《こ》らさないと白黒の映像はよく見えない。

「見つけた」と彼は言う。「服が半分脱げかけた女が通路を走って、ドアを叩きまくってる。赤ワインを一ケース分吐いて、ゲロまみれになってるみたいだ」

　警備員を向かわせるから、もっと詳しく特徴を教えてくれとミカが言う。ボッセはモニターから眼を離さずに、カップを口もとに運ぶ。女は血まみれになっているように見える。眼の錯覚だと自分に言い聞かせる。特に変わったところはない。そう思いこもうとする。女が叩いたドアのひとつが開く。六八〇五号室。年配の男が顔をのぞかせる。男の顔はよく見えないが、身振りははっきりわかる。最初は眠そうにしていたが、次の瞬間、恐怖におののいて震えだす。ボッセの背すじに不穏な予感が走る。背後でドアをノックする音が聞こえ、思わず飛び上がる。はずみですっかり冷めたコーヒーがこぼれ、制服の太腿にしみができる。クロスワードパズルにも飛び散り、殴り書きした文字がにじむ。ボッセは椅子に坐ったままうしろを向き、立たずにドアを開ける。そこにはダン・アペルグレンがいる。みじめなクソ野郎が。ダンは酒をたらふく飲んで興奮しているようだ。酒だけじゃないかもしれない、とボッセは思う。噂がほんとうなら。ダンは小さな男の子と手をつないでいる。その子を見て、ボッセはオーランドにいる孫たちのことを思い出す。

「見て」と男の子がダンに言い、モニターのひとつを指差す。

ボッセはモニターのほうに向き直り、何が起きているか確認する。ボタンにぶつかりそうになるくらいの勢いで身を乗り出す。子供にこんなものを見せちゃいけない。それを言うなら、誰も見てはいけない。彼の背後でダンと男の子が室内にはいり、ドアを閉める。


六八〇五号室でローズマリーが眼を覚ます。読みかけの犯罪小説が開かれたまま鼻の上に乗っている。どうして眼が覚めたのか。まどろんだまま、暗い部屋で眼をしばたたく。体は重く、心地いい。ローズマリーは笑みを浮かべて、体を伸ばす。スパでマッサージを受け、ディナーの席でワインを飲んだことを思い出す。そのあと夜中までレンナートと愛し合ったことも。ナイトテーブルに本を置き、ライトを点ける。もうひとつのベッドは空《から》になっている。上掛けが半分床にずり落ち、枕は乱れている。

「レンナート？」ローズマリーはトイレのドアをノックする。自分の声が耳鳴りみたいにやけに大きく頭に響く。その理由に気づき、黄色い耳栓をはずす。もう一度トイレのドアをノックする。取っ手に手をかけ、ドアを開ける。手探りで電気のスウィッチを探しながら、ビュッフェでどれだけコレステロールを摂取したか考える。気分が悪いのでなければいいけど。ひょっとして心臓発作とか――そこで考えるのをやめる。いつもの不安が胃の中を這いずりまわっている。電気がつく。バスルームには誰もいない。レンナートの姿はない。死んでもいないし、生きてもいない。もう、やめなさい、ロースマリー。愉しいことがあると、そのあとにつけがまわってくる。ついそう考えてしまう。そんなはずはないのに。もしそうなら、宝くじに当選した人はひとりも生きていない。ちょっと散歩に出かけたのだろう。眠れなかったのかもしれない。このくらいで取り乱していると知られたら、レンナートに笑われるに決まっている。

それでも、災いがふりかかるかもしれないという不安はどうしても拭えない。そのとき、バスルームの外の床にレンナートの茶色いブーツが置かれたままになっているのが眼にはいる。靴下だけ履いて外に出るなんて考えられない。でも、部屋にはいない。マッサージのおかげでバターのようにやわらかくほぐれた首と背中の筋肉がこわばる。誰かがドアをノックしたのかもしれない。どこかのイカれた人に連れていかれて、刺されて、海に投げ捨てられたのかもしれない。それなのにこの忌々《いまいま》しい耳栓をしていたせいで、わたしには何も聞こえなかったのだ……ローズマリーはレンナートと同じように自分の妄想を笑い飛ばそうとする。寝るときに犯罪小説を読むのはやめたほうがいいんじゃないか、ローズマリー。そう言う彼の声が聞こえる。肩がはだけたナイトガウンを直し、部屋のドアを開けて通路に出る。

ボッセのオフィスのモニター画面に彼女の姿が映る。ボッセは椅子に深く沈みこんでいる。眼は開いているが、何も見えていない。ダンとアダムはもういない。

ローズマリーは中央の短い通路の左右を見て、どっちに行けばいいか迷う。方向音痴な自分を呪う。そのとき、右のほうから湿ったうめき声が聞こえる。レンナート。

ドアの手前の通路は水を吸ったスポンジのように湿っている。彼女の裸足の指のあいだから血が染み出す。視界の端にドアに飛び散った血痕をとらえるが、気づかないふりをする。咽喉《のど》から押し出されそうになる悲鳴を必死でこらえ、音のしたほうに走りだす。レンナートはきっと笑うに決まっている。ローズマリーのことも、彼女の逞しい想像力のことも。きみは心配性すぎる。空が落ちてくると本気で信じている。そう言って、ふたりで笑いあうのだ。でも、そのまえに彼を見つけなければ。

船尾のT字路まで来ると、また右のほうから音が聞こえる。音を追って、船首まで続く長い通路に出る。すぐそばの部屋のドアが開いている。ローズマリーは夢遊病者のようにふらつく足でそのドアに近づく。中でごぼごぼという音がする。これは悪夢にちがいない。今まで見た中で、一番鮮明な悪夢だ。レンナートにも話して聞かせよう……

ノックすると、ドアは静かに開く。血が見える。そこには大量の血がある。アレクサンドラの歯も、汚れた上着も、青白いレンナートの顔も血だらけだ。ごぼごぼという音は彼の咽喉から聞こえる。今や切り裂かれて肉の塊と化した彼の咽喉から。アレクサンドラが彼女を見上げ、唇を引き上げる。血で真っ赤に染まった歯がむき出しになる。ローズマリーの悲鳴がとうとう外に押し出される。ランプの精と同じで、一度外に出たらもうもとには戻せない。悲鳴が室内に響き渡り、通路にまで轟《とどろ》く。もはやもとの場所に連れ戻して閉じこめておくことはできない。

「こんなことしていいと思ってるのか?」手錠で白い鉄骨の手すりにつながれた男がピアに向かって言う。呂律がまわっていない。

「時々様子を見にくるわ」とピアは答える。「約束する。だから心配しないで」

「だけど、もし……火事が起きたりしたら……」

半ば上の空の抵抗は途中で母音とンーという音だけの意味不明なつながりと化す。男が手錠をかけられた手を引っ張ると、手錠が金属の手すりにぶつかって乗組員専用エリアの階段の吹き抜けに反響し、ピアの耳をつんざく。

ピアは上体を起こし、頭痛のことを忘れようとする。彼女の一部は男の反論に同意する。こんなところに置き去りにするのはよくない。けれど、ほかに選択の余地がないのもわかっている。こうでもしないと、彼らはすぐにまた船内でトラブルを起こしたり、千鳥足でオープンデッキに出てあやまって海に落ちてしまったりしかねない。

誰であろうと自分も他人も危険な目にあわせてはいけない。このルールだけは断じて曲げられない。おまけに、今夜は独房が満室だ。〈カリスマ・スターライト〉から連れてきた老人たちがいた独房には、今は〈クラブ・カリスマ〉で喧嘩をしていた酔っぱらいが収容されている。

「そっちは大丈夫？」ピアは階上《うえ》に向かって声をかける。

口蓋《こうがい》が裂けるかと思うほど痛い。舌で押してみると、何かが口の中で動いている気がする。

ヤルノが階段を降りてくる。ブーツが音を立て、鉄骨の階段が振動して音が響く。象の群れが歩いているみたいだ。ピアは苛立ちを抑える。頭が痛いのは彼のせいではない。

「こっちのやつは今にも寝てしまいそうだ」とヤルノは言う。「そっちはもう半分寝てる」

ピアは自分の足もとにいる男をあらためて見る。顎を肩にあずけ、口から垂れた唾液が真っ赤な上着に大きなしみをつくっている。それでもまだぶつぶつ文句を言っている。

死ぬまで飲ませておけばいい。ピアはそんなふうに思ってしまう自分を止められない。みんな、お互いに殺し合えばいい。わたしはカッレのところに行く。いや、自分の部屋に戻るほうがいいかもしれない。この人たちのことなんてどうでもいい。ベッドで上掛けを頭までかぶって、消えてしまいたい。

船では夜な夜な陳腐な人間ドラマが繰り広げられ、いつまでたってもきりがない。たった四人の警備員で小さな町全体に相当する量の仕事をこなさなければならない。しかも、世界から切り離され、住民は酒と過剰な期待にどっぷり浸《つ》かっている。

「今夜はこのあたりで勘弁してもらえるといいけど」とピアは言う。「この仕事をするには、わたしはもう歳を取りすぎてる」

ヤルノはにやりとする。まえにも彼女は同じことを言ったことがある。が、今夜ほど本気でそう思ったことはない。ピアは階段を見上げる。鼾《いびき》が聞こえてくる。いい兆候だ。少なくともこれでしばらくはおとなしくしているだろう。

ベルトに取りつけたトランシーヴァーの発信音が鳴る。

「ピア？　ヤルノ？」とミカが呼びかける。「ゲロにまみれた黒髪の女が徘徊してる。デッキ6の船尾付近だ」

ピアはうんざりしたように眼をぐるりとまわす。頭痛がよけいひどくなっただけで、すぐに後悔する。「ヘンケとパールを向かわせられないの？」とピアは言う。

「ああ、ふたりは今、立てこんでる」ミカの声がどこかおかしい。いつものことではあるが。

「何かあったの？」

「はっきりしたことがわかるまでは何も言えない。なんでもないと思うけど……」なんとか落ち着こうとしているのか、ミカが声を詰まらせる。

「なんなの？」ピアは厳しい調子で迫る。

「操舵室《ブリッジ》から応答がない」とミカは答える。

「どういうこと？　ブリッジにいる人が誰も応答しないなんてこと、あるわけないでしょ？」

「おれにもわからない。パールとヘンケが確認に向かってる」

ピアは反射的に彼に礼を言い、トランシーヴァーをベルトに戻す。ヤルノと視線を交わす。彼女の不安が彼の顔にも表われている。

アルビン

ルーはアルビンの肩に寄りかかっている。ゆっくりとした一定のリズムで呼吸している。きっと眠ってしまったのだろう。動いたら起こしてしまうかもしれないから、アルビンには確かめることはできないけれど。

ロスアンジェルスに行ったらやりたいことをふたりであれこれ話した。ほんとうは行けないことくらい、アルビンにもわかっている。少なくとも今は無理だ。だけど、それでちっともかまわない。想像するだけでも、実際に行くのと同じくらいわくわくする。むしろ、想像だけのほうがいい。ただの絵空事なら、母さんがどうなるか考えずにすむ。父さんとふたりきりにして置いてはいけないとか、すごく会いたくなって、ずっと心配してなきゃならないなどと考えずにすむ。

「アッベ」とルーが眠そうな声で言う。「ここで寝ちゃっても、凍え死ぬほど寒くないよね？　なんだか眠くなってきた。凍えて死ぬまえは眠くなるんだよね？」

「うん」とアルビンは答える。「でも、大丈夫だよ」

「ここにおいてけぼりにしないでね」

「するわけないだろ」

「あたし、ちょっと酔ってるみたい」

風が彼らのいる階段の下にも吹きこんでくる。アルビンはフードのひもをさらにきつく引っ張り、『サウスパーク』でいつも死んでしまう子のことを想像しておかしくなる。

「アッベ？」とルーはまた話し出す。「ずっと連絡しなくてごめん」

「学校のことで忙しかったんだよね」

ルーは首を振り、鼻をすする。「あたしはひどいとこだった。モルテンおじさんとママのことでいろいろ大変だったけど、でもそれは言いわけにならない」

「もういいよ」面と向かい合っていなくてよかったとアルビンは思う。

「あたしたちはあんなふうにはならないって約束して」とルーは言う。

「約束する」

「少なくとも、あんたは一族の遺伝子を受け継いでない。もし、あたしがおばあちゃんやモルテンおじさんみたいになったらどうする？」ルーは急に怯えた声で言う。「遺伝だったらどうしよう。もしそうなら教えて。お互い正直に伝える。そう約束して」

「約束する」とアルビンは繰り返す。「ほんとに約束する」

今この瞬間、その約束は守れるとアルビンは感じている。ふたりはあと六年で大人になる。それは遠い未来のことに思える。これまでの人生の半分の年月だ。けれど今はまだ、時空をつなぐ宇宙のワームホールをのぞいている気分だ。自分たちのやり方でなんでもできる未来を見ている。ふたりは家族だけれど、それ以上に友達同士なのだ。

バルティック・カリスマ号

操舵室《ブリッジ》で副船長が突っ立ったままドアを見つめている。外から警備員がドアを叩き、大声で呼んでいるが、誰も中に入れないと彼らに約束した。内側からドアを封鎖し、取っ手を壊した。それがダンとアダムの要求だったから。引き換えに命は助けてやる、そう言われたから。ブリッジの内部は悲惨な状況だ。彼の背後で血まみれになった同僚たちの死体が床に散乱している。とても見ることなどできない。

サンデッキに隠れているふたりの子供は眠っている。すぐそばにダンとアダムがいることには気づいていない。彼らの準備は着々と進んでいる。救助艇と救命ボートの無線設備を破壊し、発火信号を海に投げ捨てる。これで船から脱出する手段も、本土に連絡する手段も絶たれる。カリスマ号は自動運転でトゥルク港に向かう。港に着く頃には船内にいる人間はみな死ぬか生まれ変わっている。外部の人間が異変に気づいたときにはもう手遅れだ。ダンは海と油と濡れた金属のにおいを吸いこみ、ベルグレン船長やブリッジにいた乗組員たちのことを考える。おれに敬意を示さなかったことをさぞ悔やんでいるだろう。風が吹いて彼の髪を乱す。ふと、これから先も髪は伸びるのだろうかと疑問に思う。髪や爪は死んだあとも伸びるのか？　ダンは自分の手を見て笑みを浮かべる。夜が明けるよりもさきに、数百という携帯電話やカメラが写真と動画でいっぱいになる。それらを確実に拡散させる。革命の様子が世界じゅうのテレビで放映される。

ピアとヤルノはデッキ６の中央にある共用部に到着する。互いに黙ってうなずき、二手に分かれる。ピアは左舷側、ヤルノは右舷側を捜索する。付近には不審人物は見あたらない。ふたりは船尾に向かって歩きだす。

ブリッジでは副船長が背後で何かが動いている気配を察知する。振り向くと、ベルグレン船長の眼が開いている。彼は船長に駆け寄り、隣りにひざまずく。船長は眼をしばたたき、手を伸ばして顔を触る。口を引き結ぶ。痛みでうめく。生まれ変わるには苦しみが伴う。

ピア

長い通路に面した船室から好奇心むき出しの顔がいくつものぞく。

「すごく騒がしい」巨大な口ひげを生やした男が言う。

「そうみたいね」とピアは振り返って言う。「今、調べてるところよ」

時々、よくもそんなに自信満々な態度をとれるものだとわれながら驚くことがある。

横に伸びる短い通路を確認しながら先へと進む。ミカからの連絡を期待して、たびたびトランシーヴァーに眼をやる。今に言ってくるはずだ……いや、なんと言ってくるというのか？　操舵室《ブリッジ》の航海士たちが全員同時に休憩していたとでも？

また横に伸びる通路がある。ほかの通路よりも大きな通路で、真ん中は幅が広くなっており、カリスマ号の船内で一番大きなふたつの階段のうちのひとつにつながっている。この位置からは、彼女がいる左舷側の通路とそっくりな右舷側の通路までまっすぐ見通せる。通路の先にヤルノが現われるのを待つ。ヤルノは手を振り、また見えなくなる。ふたりは左右の通路をそれぞれ船尾に向かってさらに進む。

頭痛がひどくなってくる。副鼻腔にも経験したことのない痛みがある。脳卒中か腫瘍かもしれないという不安を振り切って進む。

すぐ右側の船室のドアがいきなり開き、女が通路に出てくる。黒髪の美人で、ピアの上の娘と同じくらいの歳だ。若い女はほとんど裸で、ターコイズ色のパンティしか身につけていない。上腕にミニーマウスのタトゥーがある。吐瀉物《としゃぶつ》の小さなかけらが髪にへばりついている。

「清掃員を呼んで」と女は呂律のまわらない舌で言う。「誰かが部屋にはいってそこらじゅうに吐いたみたい」

ピアは笑いをかみ殺して言う。「そうなの？　あまり思いやりがあるとはいえないわね、人の部屋にはいって吐くなんて」

「何よ、吐いたのはあたしだって言いたいの？」女はフェルトペンで描いた細い眉をつりあげ、挑むように言う。

「誰が吐いたかなんて、どうでもいいわ」とピアは答える。「ただ――」

「自分のほうが偉いとでも思ってるの？　クソみたいに安っぽい制服を着てるだけのくせして」

ピアは視界の隅に通路の突きあたりにいるヤルノの姿を捉える。手を振って、こっちに来てと合図する。

「清掃に来てくれるように伝えておくわ」とピアは言う。「だけど、そのまえに確認させて。通路を歩きまわって、あちこちの部屋のドアをノックしていたのはあなたなの？　何件か苦情が来てるの」

「何件か苦情が来てるの」女はピアを真似て言う。癪《しゃく》にさわる声だ。「あたしには関係ない。あたしは何もしてない」

「部屋で吐いたのもあなたじゃないのよね？」

女の眼が威嚇するように細くなる。「あんた、どこか悪いの？　もうずっとヤってないとか？　だからこんなところをほっつき歩いて、みんなのお母さんぶってるの？」

ピアの心の地下室には本人も知らない秘密の落とし穴があったようだ。その裂け目に、暗闇の中のさらに真っ暗な場所にピアは真っ逆さまに落ちていく。

この若い女を殺すところを想像する。体をずたずたに引き裂き、その嘲笑うような美しい顔をめちゃめちゃにしてやりたいと思う。頭の中で轟音《ごうおん》が鳴り響く。まるで血液がすべて頭にのぼり、いっぱいになって、爆発してしまいそうだ……

ピアはよろめく。眼のまえが真っ暗になる。発作がおさまると、若い女は部屋の中にはいり、怯えるような眼で彼女を見ている。

「あんた、どこか悪いの？」

わからない。

「ピア！」ヤルノの大声が聞こえる。「ピーアー！」混乱しているようだ。

通路に彼の姿はない。

首の皮膚がこわばる。トランシーヴァーでヤルノを呼ぶ。が、応答はなく、雑音しか聞こえない。

「何が起きてるの？」と若い女が言う。

ピアは首を振る。「部屋にはいって、鍵を閉めて」

女は躊躇する。「でも、すごく臭いんだけど」と顔をしかめて言う。

「ドアを閉めて、鍵をかけて。今すぐ」

ピアは船尾へと走る。カーペットを踏む彼女の足音が静かに響く。ベルトにぶら下げた鍵の束がぶつかり合って大きな音を立てる。ドアがいくつか開き、眠そうな顔がのぞく。

「いったいなんの騒ぎだ！」はるか後方で口ひげの男が怒鳴る。

「部屋に戻って！」とピアは叫ぶ。「ドアを閉めて、鍵をかけて！」

汗で手がすべり、トランシーヴァーを落としそうになる。慌ててつかみなおし、ボタンを押す。「ミカ」と小声で呼びかける。「ボッセから報告は？」

返事はない。もう一度、ミカの名前を呼ぶ。風船から漏れる最後の空気のように声が怯えている。

トランシーヴァーから大きな音がして、ピアはぎょっとする。ヴォリュームを下げ、まわりを見る。

「ああ、聞こえてる」とミカの声がする。「少しまえからボッセが応答しない。ブリッジともまだ連絡が取れない」

いったい何が起きてるの？　心がよからぬ方向に舵をきりそうになるのを必死で抑える。そもそも、ボッセが姿をくらますのは今に始まったことではない。

役立たずのクソ野郎。ピアは胸のうちで毒づく。どうせトイレでのんびりクロスワード・パズルに没頭しているにちがいない。それとも、モニターの映像を見ながらマスをかいているか。そのせいでわたしたちを危険にさらしているとわかっているのだろうか？

ピアはボッセに激しい怒りを覚える。いつも脂ぎっている眼鏡の奥にあるどんくさそうな眼が思い浮かび、怒りのあまり気が紛れる。おかげで力が湧いてくる。心の声を黙らせることができる。おまえは役立たずだ、人の安全をあずかるだなんてとんだお笑いぐさだ

—

「ヤルノに何かあったみたい。悲鳴が聞こえた」とピアは小声で言う。「右舷の船尾付近。今、向かってる」

「ヘンケとパールを行かせようか？」とミカが言う。

ピアはスピードを落とす。突きあたりまであと少しのところまで来ている。あと十メートルかそこらだ。船尾に突きあたると、通路は左に折れる。最後にヤルノを見た場所だ。六五一八号室のドアが開いている。

「いいえ」とピアは言う。「ブリッジで何が起きてるか確かめないと」

「わかった」とミカは言う。「応援が要るときは大声で呼んでくれ」

ピアは開いたドアと直角に曲がった通路を交互に見る。ほんの一瞬、躊躇する。そのわずかな隙をついて、またしても心の声が聞こえてくる。

おまえなんてクソの役にも立たない。おまえみたいなやつが警察官にならなくてほんとうによかった。

トランシーヴァーのボタンを押し、ヤルノの名前を呼ぶ。自分の声がこだまし、ひび割れて、わずかに開いたドアの中から聞こえてくる。

そっとドアに近寄る。六五一八号室の中から何かがにおう。むかつくような、それでいて引きつけられるにおい。

周囲は静まりかえっている。振り返って通路を見る。客たちは彼女の指示に従ったようだ。

「ピ、ア……来ちゃ……だ、め、だ……」六五一八号室から咽喉《のど》が鳴るようなうめき声が聞こえる。トランシーヴァーからも同じ声がこだまする。

ピア。来ちゃだめだ。

突如として恐怖心が消えてなくなる。頭の中で自分を批判する声もやみ、静かになる。ヤルノに何かあったのだ。彼は助けを求めている。

ピアはドアを押し開ける。

ダン

〈クラブ・カリスマ〉に流れる音楽がダンの体じゅうに響き渡る。ベースラインが骨と生えかわった歯を震わせる。明かりが明滅して彼を照らしだし、その姿を見て人間たちの動きがぎこちなくなる。彼を見つめ、囁《ささや》きあう者たちもいる。

彼らは彼が誰かを知っているつもりだが、実は何も知らない。今はまだ。

ダンの陶酔感が増す。誰かが彼の体をヘリウムガスで膨らませているみたいにどんどん大きくなる。吸血鬼は空を飛べるという伝説はもしかしたらほんとうかもしれない。今この瞬間にも、両手を広げさえすれば、走って飛び立てる気がしてくる。

ダンはようやく自由になった。あちらからこちらへと彼をかき立てる衝動はすべて消え失せた。今の彼に残された衝動はただひとつ。その衝動だけが汚《けが》れひとつなく燦然《さんぜん》と輝いている。

おれはずっとこれを待っていた。これがあるべき姿。これこそがおれだ。今までの出来事はどれもただの時間稼ぎにすぎない。通り過ぎなければならない道だった。彼の身に起きたことも、あらゆる決断も、偶然のなりゆきも、すべてここに至るためのものだった。ユーロヴィジョンで歌った感傷的な曲がどれほどヒットしようと、いずれは世間から忘れ去られる運命《さだめ》にあるとも知らず、不朽の名声を得られると信じていたのかと思うと感動すら覚える。しかし、彼らがこれからしようとしていることは、まちがいなく世界に爪痕《つめあと》を残すことになる。

ピア

ヤルノは仰向けに倒れている。血だらけの顔の中で瞳だけが明るく輝き、彼女をまっすぐ見つめている。口を開けたり閉じたりして何か言おうとしているが、もはや声にならない。制服のジャケットのまえが開かれ、シャツは切り裂かれている。

血で汚れた鮮やかなピンク色のシャツを着た女が彼の隣りでひざまずいている。もつれてべっとりかたまった髪が彼の胸の上に垂れて、女の顔を隠している。女のうしろに死体がもうふたつ、積み重なっている。年配の男女か。ピアにはそう見えるが、確かなところはわからない。

そこらじゅう血だらけだ。ベッドに飛び散り、床に大きな染みができている。ピアの口の中が唾《つば》であふれる。吐きそうなのか、それとも――

あの女の向かいに膝をつき、ヤルノの咽喉《のど》に食いつきたい。

まさか。ピアは渇望に抗《あらが》う。嫌悪感を抱こうとする。

壁についた血を舐《な》めたい。

ヤルノは彼女を見つめたまま何度かまばたきをする。

ピアは部屋の中に足を踏み入れる。何かやわらかいものを踏んだ感触があり、ぞっとして足を上げる。勇気を出して下を見る。

靴底に使用ずみの丸まった包帯がくっついている。床に足をこすりつけ、包帯を取り除く。

顔を上げると、女と眼が合う。人間の眼ではない。飢えて、獲物を貪《むさぼ》る獣の眼をしている。女が顔を傾けると、湿って束になった髪が重たげに肩から落ちる。女の指はヤルノの胸の奥深くに突っこまれている。

女が牙を剝く。見覚えのある顔だ。

どこで見た？　いったいどこで？

今夜、どこかでこの女に会っている。

カラオケ・バー。ダン・アペルグレンに襲いかかった赤毛の狂った男は今、独房に収容されている。

ダンの手の血を舐めた男。

そう、血だ。

男の名前はトーマス・トゥンマン。身分証にはそう書かれていた。

歯を鳴らし、眼には炎を宿していた。ただ、何も考えてはいなかった。その眼に現われていたのは――

渇望。

本能からの欲求。

あの男も野獣のようだった。

傷つき、腹をすかせた狂犬。

わたしを噛もうとした。

ピアは手首を見る。親指の下のやわらかい肌に小さな赤い切り傷がある。かろうじてわかる程度の小さな傷だ。触れてみると、もうかたくなっている。あのあと、すぐに手を洗った。消毒もした。

だけど、気分が悪くなったのはそのあとからだ。

ピアは床に落ちている血に染まった包帯を見る。ダン・アペルグレンが巻いていたものだと直感する。

女が空気のにおいを嗅ぐ。ピアには用はないと判断したらしい。ピアにはそそられるものがないと。

なぜなら、わたしも彼女と同類だから。まもなくわたしもああなるのだ。ピアはその女が怖い。ただ、考えたくないこと、絶対に考えてはいけないことのほうがよっぽど怖い。

説明のつかない不思議な現象を説明してくれる理由。

それが意味するもの。

ピアは女に駆け寄り警棒で頭を思いきり打つ。衝撃が腕を伝って肩まで響く。女はさらに牙を剝き、咽喉の奥でごぼごぼと音を鳴らす。

ピアはもう一度警棒を振りおろす。今度は女が腕で頭をかばう。警棒は女の手首にあたり、何かが砕ける音がする。女は声にならない悲鳴をあげ、ふらつきながら立ち上がる。よろめいてヤルノの体をまたぐ。ピアは女の太腿に大きくなめらかな傷痕があるのに気づく。ずいぶんまえに嚙まれた痕のようだ。

人間の口の大きさの嚙み痕。

ヤルノが何か言おうとしている。口の筋肉を動かそうとするが、無駄な努力に終わる。彼が何を言いたいのか、ピアにはわかる。彼の眼が訴えている。逃げろ、逃げろ、逃げろ。しかし、もはや現実を否定することはできない。ピアはもう屈した。ヤルノも屈した。

ピアはもう一度警棒を振り上げようとするが、そのまえに女の手が伸びてきて警棒を奪い取り、脇に投げ捨てる。うつろな眼に憎悪の閃光が宿る。怒り狂った獣が穴蔵で獲物を取られまいとしている。敵に奪われてなるものかと歯を鳴らし、距離を詰めてくる。

ピアは動けない。恐怖のあまり体に力がはいらない。

戦ったところでなんになる？　事態が変わるのか？

女が血だらけの指をピアの髪に突っこみ、彼女の顔をドアに何度も何度も思いきり叩きつける。眼のまえが真っ暗になる。いくつものブラックホールが混ざり合ってひとつになり、すべてを呑みこむ。

女がもう一方の手をピアの襟に引っかける。布が破れる音がする。ボタンがひとつはじけ飛ぶ。いきなり襟もとがゆるくなる。女はうめき、さらにシャツを引きちぎる。ボタンがもうひとつはずれ、ピアの首があらわになる。

ヤルノが息を吸いこむのが聞こえる。ほんのかすかに。がらがらと音を立ててあえいでいる。その音を聞いてピアはわれに返る。戦わなければ。これ以上、被害が広がらないようにしなければ。

ピアは女を遠ざけようとするが、腕が震えて言うことをきかない。もう力が出ない。女のほうもそれを知っている。女の歯が鳴る。燃えるような眼をしたゆがんだ顔が上から迫ってくる。

女の唇が彼女の首に触れる。ピアは女の顔に手を伸ばし、眼の位置を探る。力をこめて、親指を押しこむ。

ゆるやかにカーヴした眼球は驚くほど弾力があり、ピアの指の圧迫から逃れようとする。が、眼窩の中にはどこにも逃げ場がない。

何をしてるか考えちゃだめ。考えないで。考えないで。とにかくやらなきゃ……

ピアはさらに力をこめる。目玉がつぶれ――

卵が割れて、生温かい黄身が手首を伝って垂れているだけ。自分にそう言い聞かせる。

親指が貫通して頭蓋骨にまで達する。

女はわめいて膝からくずおれ、ピアの襟にしがみつく。ピアは脚を引き抜かれそうになりながら、どうにか体をひねって逃れる。親指が吸いつくような音を立てて女の眼から抜ける。その音を一生忘れることはないだろう。もし、生きてここを出られれば。

ピアはヤルノのほうを見る。まだ眼はあいているが、もう何も見えていない。

女はピアのズボンの腰のあたりにつかまり、立ち上がろうとする。ピアの膝蹴りが女の顎を直撃し、顎が鋭い音を立てて閉じる。勢いそのままに蹴りが女の胸にはいり、女は仰向けにひっくり返ってヤルノの肩に頭が直撃する。

つぶれた眼が女の頬をすべり落ちる。それでも女は立ち上がろうとする。その動きが止まることはない。

ここにいるのは怪我をしたただの動物。人間だと思っちゃだめ。怪我をした動物にしてあげられるもっとも人道的な対応は？　殺すことだ。

ピアは室内を見まわす。備えつけられた家具はほぼすべて固定されている。ランプにはひもが付いている。引っ張り抜いて、そのひもで窒息させられないだろうか？　そこでピアは気づく。女は呼吸をしてない。

この人は呼吸していない。

さっきからずっと。

一度たりとも。

その事実をまえにピアはめまいを覚える。

デスクの椅子は？　軽すぎて攻撃の役には立たないが、椅子で鏡を割り、その破片で刺すことならできるかもしれない。

いや、無理だ。あんなことをしたあとでは。それはあまりに個人的で私的な制裁だ。どこまで臆病者なの。この弱虫。自分で始めたことすら終わらせられないなんて。

女はうめき、よろめく足でピアに向かってくる。両手を伸ばし、宙を探る。においを嗅ぎ、まっすぐピアのほうを向く。もはやないはずの眼が見えているかのように、ピアの動きを追って旧式のテレビが置かれた部屋の隅に突っこんでくる。

ピアはテレビを壁に固定している金具を引っ張り、全体重をかけてぶら下がる。壁がたわみ、耳をつんざくような音がして、大きなボルトがはずれる。落ちてきたテレビを金具もろとも受け止める。

かなり重い。頭上に持ち上げると、重みで腕が震える。ピアは今、最後の力を振り絞っている。それは自覚している。

チャンスは一度。たった一度きりだ。

バルティック・カリスマ号

〈クラブ・カリスマ〉のダンスフロアのビートが後部甲板にまで響く。人々は煙草を吸い、笑い合い、キスを交わし、携帯電話で写真を撮る。プロムナードデッキのずっと先に隠れている赤いパーカの男の子には誰も気づいていない。男の子は辛抱強く待っている。ダンスフロアから逃げてくる人々をできるだけたくさん手にかけようと待ち構えている。そのときはもうすぐ来る。全身でそう感じる。

男の子の母親も同じことを感じている。大惨事が起ころうとしている。彼女は船首のデッキの舳先のそばで海を背にして立っている。カリスマ号の威容が彼女に迫るように立ちはだかる。マストの先端でレーダーがくるくるとまわり、囁《ささや》きに似た音が風に乗って聞こえてくる。彼女はロケットペンダントをはずす。隙間に親指の爪を差しこむと、鈍い音がして蓋が開く。ふたつのしかめ面が写真の中から彼女を見返す。当時の撮影技術では露出時間が長いので、顔がぼやけないようにふたりともポーズを取ったままじっとしている。

ひとりは頬骨が高く、何もかも見通すような眼をした男性。もうひとりはブロンドの髪をきちんと梳《と》かした男の子。息子は今も当時のまままったく変わらない。しかし、彼女は息子を永遠に失った。とうの昔に失っているのに、それからずっと片時も離れず一緒にいる。写真の男性の顔を見る。息子が彼の首を切り裂いたときに彼が見せた驚きの表情を思い出す。それ以来、彼女は息子の真実の姿から眼をそむけてきた。まだ幼いこの子には変身は耐えられないだろう。長老たちはそう警告した。人間とはどういうものか、きっと忘れてしまうと。が、彼女はその警告を無視した。聞き入れておくべきだったと気づいたときには、もう手遅れだった。そして今、その代償を払わなければならないときがきた。

今夜は大量の血が流れる。彼女にはその最後の一滴にまで責任がある。

もうひとりの母親は行方不明の息子を捜している。今もまだ車椅子で案内所にとどまっている。今夜のことは全部自分のせいだ。もはや避《さ》けて通ることはできないと、どうしてもっと早く気づかなかったのか。そう自分を責めている。案内所のスタッフは警備員ふたりと一緒にバックオフィスにはいっていったまま出てこない。三人とも怯えた様子で、部屋に戻っているようにと彼女に言った。アルビンの捜索は続けると言われたが、ほんとうに捜してくれるとは思えない。何か大変なことが起きている。それが何かはわからないが、彼女の最愛の息子を捜すことより重大なことであるのはまちがいない。

独房に閉じこめられている赤毛の男の空腹は限界に達する。手首に口をあて、歯で肉と腱を嚙み切る。生命を失った血は血管の中でかたまりつつあるが、彼の胃を満たすにはそれで充分だ。

ピア

「ここには、はいらないで」ピアはトランシーヴァーに向かって言う。声がかすれているが、自分ではもはやそれすらわからない。「来たとしても、入れさせない」ドアは内側からデスクの椅子でふさいで開けられないようにしてある。今はベッドに坐り、霧雨が窓を叩く様子を見ている。部屋の明かりは全部消した。そのほうが落ち着く。眼が休まる。

このまま眠ってしまいたい。今すぐ。

「何が起きてる?」とミカが訊く。「ピア、何が起きてるのか教えてくれ。どうすればいいのかわからない」

ミカは早口でまくし立てる。早すぎて理解が追いつかない。ピアはトランシーヴァーを額に押しあて、どこから説明すればいいか考える。痛みに苛《さいな》まれながら、じっくり考える。向かい合っているもうひとつのベッドの上の影に眼をやる。彼らはそこに寝かせてある。

ヤルノと年配の夫婦、そしてその三人を殺した若い女。被害者と加害者。いや、四人とも被害者というべきか？

床には画面がひび割れたテレビが落ちている。割れたガラスに血と髪がへばりつき、暗闇でかすかに光っている。

さっきから年配の男の指が動いている。少しまえに死んだはずなのに。首を切り裂かれているのに。

ここにとどまって、彼らが起きださないように見張る。ピアにできることはそれしかない。ほかのみんなのためにもそれが最善の策だ。万が一、彼らが眼を覚ましたら、そのときは自分で始末するつもりだ。部屋の入口から消火器を持ってきて、眼を失った若い女にとどめを刺した。女のなれの果てを見て吐きそうになったが、とにかく女の動きは封じた。

「船内で何かの感染が広まってる」とピアは言う。「感染した人は暴力的になる。ものすごく凶暴になる」

怪物になる。

「嚙まれると感染する。嚙まれた人は最初は死んだように見える。でも、実は死んでない」全身に悪寒が走る。「死んでるのかもしれないけど。どっちにしても、その人たちはいずれ眼を覚ます」

「ピア、怪我してるのか？　錯乱してるみたいだ。パールとヘンケはここにいる。必要ならそっちに――」

「それはだめ」

「どうして？」

「わたしも嚙まれた。そのうち彼らみたいになる。できるだけ持ちこたえるつもりだけど、あとどれくらい時間が残されているかわからない」

口の中がまた痛くなる。唾《つば》があふれる。血の味がする。もっと血を味わいたくて、自分でも気づかないうちに歯の根もとを吸っている。犬歯がぐらつく。口を手で覆い抜けた歯を吐き出してナイトテーブルの上に置く。

「ピア……」

トランシーヴァーからミカの声がかすかに聞こえる。数百キロ離れた場所にいるみたいだ。数千キロかもしれない。どちらでも大差ない。この部屋の外にあるものはすべて、ピアにとってはもはや失われた世界なのだから。

「何？」とピアは答える。

「どうすればいい？　機関室は応答しない。操舵室《ブリッジ》とも連絡がとれない。パールとヘンケが様子を見にいったけれど、中にははいれなかった。それに、ボッセが死んだ。ピア、ふたりの話では彼はむごたらしく殺されてたって……」

犬歯が抜けた穴から血が流れ出る。血の味なんておいしくない。以前はそう思っていたが、今はちがう。もっと味わいたくて痛みすら感じる。誰かほかの人の血を飲みたくてたまらない。

「ピア？」ミカは涙声になっている。「戻ってきてくれ」

「それはできない。わたしは危険だから」

「そんなことない！」とミカは大声で言う。

「ダン・アペルグレンを見つけて。最後に会ったとき、小さな男の子を連れてた……」あの子がどうしてあんなふうに自分を見ていたのか、今になってようやくわかる。好奇心からではない。あの子にはわかっていた。彼女が誰かを知りたがっていたのではない。はっきり知っていたのだ。「その子も感染してる」

「何をおかしなことを言ってるんだ、ピア。わけがわからない」

「おかしなことを言ってるのはわかってる。でもほんとうなの。信じて。千二百人の乗客の命は今やあなたにかかってる」寒気がする。歯がかたかたと鳴り、さらに何本も抜け落ちる。「それから、何があってもトーマス・トゥンマンを独房から出さないで。あの人がすべての始まりだと思う。運がよければ、感染してる人はそれで全員よ」

向かいのベッドに積まれた死体の山から絞り出すようなうなり声が聞こえる。ピアは眼を閉じ、ほかに言い忘れていることはないか考えをめぐらせる。

「この部屋でバッグを見つけた。身分証と財布がはいってた。この部屋に宿泊してる女の名前はアレクサンドラ・カールソン。彼女のルームメイトを見つけて。持ちものからみて女性だと思う。その人も感染してるかもしれない」

「ピア、いったいどうなって——」

「あと、ライリは救護室でダンとふたりきりだった」ピアは突然そのことを思い出し、つけ加える。「ライリに連絡して、嚙まれていないか確認して。それから……」泣いちゃだめ。泣かないで。「……彼女にはヤルノのことも伝えなきゃならない。パールにはそれはできない。アンドレアスに頼むのがいいかもしれない。だけど、ここには来させないで。ヤルノの居場所は伝えないって約束して。もし彼が眼を覚ましたら……」

最後まで考えられない。また悪寒がして、体が震える。時間がない。ピアはベッドの上掛けを引っ張りあげ、頭からかぶって言う。

「わたしにはもう時間がない。あなたならきっとできる。船内放送で全員部屋に戻るようにアナウンスして。〈クラブ・カリスマ・スターライト〉と〈カリスマ〉に連絡して店を閉めるように言って。そのあと、なるべく乗組員をできるだけ一カ所に集めて。食堂とか、とにかく閉じこもっていられる場所に集めて、解決策を考えて……」

今は呼吸するのもやっとだ。「みんなに感染のことを伝えて。全員に知らせる必要がある。わたしの言うことを信じて。これ以上感染が広がらないように止めなくちゃいけない。ボッセのことを思い出して。彼の身に何が起きたかをよく考えて」

向かいのベッドで山積みになった死体が動く。

年配の女の体が重そうな音を立てて床に転がり落ちる。今に立ち上がるかもしれない。ピアはじっと見つめたままそのときを待つ。

だが、動きだしたのは年配の男のほうだった。ベッドから出ようとして、女をどかしたのだ。そのために労力を要したのか、男はうなり声をあげる。

「幸運を祈ってる」ピアはそう言うと、トランシーヴァーのスウィッチを切る。

男が起き上がろうとする。ピアは立ち上がり、デスクのほうにあとずさる。船内電話に手を伸ばし、うしろを向く。デスクの上の鏡越しに男の動きを眼で追いながら、フィリップの部屋に電話をかける。

呼び出し音が鳴る。一回。

二回。

男が完全に起き上がり、悲しげな声でうめく。

三回。

「もしもし?」カッレが眠そうな声で電話に出る。

ピアの眼に涙があふれる。「カッレ」と彼女は電話の相手に向かって言う。「カッレ、わたしよ」

口蓋《こうがい》の痛みが頭にまで響く。熱せられて真っ赤になった鉄の棒を頭蓋骨に突き刺したような痛みが走る。

「ピア? 大丈夫か? 声がおかしいみたいだけど」

ピアの視線の先で、男の影がベッドから出て立ち上がり、床に落ちた女の体を足でつつく。

「わたしは病気みたい」とピアは言う。「約束して。もしも……」

「ピア? ピア、何があった?」

ピアは息を吸う、が、肺の動きが弱まっていて、酸素を充分に取りこめない。

「ピア? 今どこにいる? すぐに行くから場所を教えてくれ」

「デッキ6。だけど場所は言えない……もう……手遅れ……」

過呼吸になりつつある。暗闇に小さな点のような光がいくつも散らばって見える。太陽系のまぶしい惑星がかすかに光る糸でつながっているかのようだ。

カッレがベッドから出るのが音でわかる。「約束して……」とピアは言う。

もはや考えをまとめることすら困難だ。意識を集中させ、最初から話す。「この船でものすごく恐ろしいことが起きてる。もしわたしを見かけたら……」

鏡越しに男が近づいてくるのが見える。ピアは消化器を握る指に力をこめる。

「もしわたしを見たら、とにかく遠くまで走って逃げて」

「何を言ってるんだ？」

彼女の意識はどうにか暗闇から這い出ようとしている。溺れた人が鼻だけでも水面から出そうとするようにもがいている。

「愛してるわ、カッレ。約束よ」

ピアはそう言って電話を切る。

バルティック・カリスマ号

リラのパジャマは両親の血にまみれている。〈クラブ・カリスマ〉の下の階で壁に沿ってそっと歩く。空腹は満たされたが、それでもまだ欲している。温かい体がたくさんあるこの場所に引き寄せられるようにしてやってきた。ここは暗くて混み合っている。自分と同類の人がいるのを察知し、ダンスフロアの手前で立ち止まる。人混みに眼を凝《こ》らし、すぐにダンを見つける。彼がリーダーだ。彼女にはそれがわかる。ただ、ほかにも彼女の気を引くものがある。リラは階段の踊り場に眼を向ける。ほかの人たちより温かい誰かがそこにいる。

〈クラブ・カリスマ〉の上の階で、ヴィクトリアという女がバーテンダーにクレジットカードを渡し、シメオネに向かって微笑む。シメオネは言う。「スウェーデン人はお見合い《ラヴ》客船《ボート》が好きだって聞いて、スウェーデンに来たんだ」わたしが好きなのは、あなたのイタリア訛りよ。ヴィクトリアは心の中でつぶやいて笑い、期待どおりだったかと彼に尋ねる。

「だといいけど」シメオネはそう答え、彼女の腰に手をまわす。薄手のワンピースの上から彼の指先の熱が伝わってくる。

「さっきからずっと感度が悪くて」とバーテンダーが言う。ヴィクトリアはなんのことかわからず、日に焼けた年配のバーテンダーの顔を見る。カード読み取り機のことを言っているのだと気づき、財布をあさってしわくちゃの紙幣を二枚取り出す。シメオネの手がまえに来る。お腹のうえにぬくもりを感じ、ヴィクトリアは彼の手に自分の手を重ねて指を絡ませる。血が勢いよく押し出され、体内をめぐる。体が火照《ほて》ってくる。うっすらと汗をかき、汗が薄い膜のように背中を覆う。

「わたしの部屋に行かない？」と彼女は言う。「ほら、すぐそこだから。そこがラヴボートの一番いいところよ」

彼はうなずく。ヴィクトリアは買ったばかりのビールに口をつけ、息がにおわないことを願う。「あなたのお友達にお別れの挨拶をしてこなきゃ」

ふたりは手をつないで階下《した》のダンスフロアに通じる階段を降りる。真鍮とスモークガラスの手すりのそばに人が大勢集まっている。アロハシャツを着た中年の男が大声でなにやら叫びながらバーテンダーのほうに駆けていく。男のことばは途切れ途切れにしか聞こえない。

「……呼んでくれ……大変なことに……」

なにかあったのかとシメオネが訊く。ヴィクトリアはわからないと首を振る。そのとき、血まみれのパジャマを着た女の子が階段をのぼってくるのが見える。唇も血だらけで、その血はすでに乾いてかたまっている。

きっと誰かに口を思いきり殴られたんだわ。ヴィクトリアはそう思う。

女の子が階段をあがってくる。背後でライトが明滅している。

助けてあげなきゃ。ヴィクトリアはシメオネの手を放し、女の子に駆け寄る。ほんの一瞬、女の子の顔が眼のまえに迫り、次の瞬間には床に仰向けになっている。リラというその女の子が彼女を押し倒したのだ。女の子の髪がヴィクトリアの鼻をくすぐる。ベースの音が階下《した》から伝わって床が振動し、彼女の体を震わせる。そして痛みが走る。リラの歯が肌に食いこむ。歯は咽喉《のど》の中まで達し、大きな塊を食いちぎる。

ヴィクトリアは悲鳴をあげようとする。が、もはや声が出ない。視界の隅で何かが噴き出す。新たに発見された油田から噴出するように、自分の血が噴き出している。まわりの人たちが悲鳴をあげる。が、ヴィクトリアにはもうその声は聞こえない。女の子の歯がまた彼女の咽喉を切り裂く。

階下《した》のダンスフロアで、ダンは温かい血が空気と混ざるにおいを察知し、階段の踊り場を見上げる。叫び声が聞こえるが、ダンスフロアにいる人々は誰も反応せず、ただ踊り続ける。恐怖の気配が増す。階上《うえ》には怯えている人が大勢いる。彼らの心臓が早鐘を打つ。ダンはひたすら耐える。その一瞬一瞬が甘美な苦痛となる。薄手のワンピースを着た女の体が手すりにぶつかる。ガラスに押しあてられた顔はゆがみ、つぶれている。眼は片方しか見えない。じっとダンスフロアの明かりを見ているが、その実、何も見えていない。眼の白い部分に次々と切り替わるライトの色が反射している。シルクのパジャマを着た少女が手すりのそばに現われる。男がうしろから羽交い締めにしているが、少女は激しく体をくねらせてその手から逃れる。弾《はず》みで肩を脱臼する。こわばった体を弓なりにして、四方八方に向けて歯を鳴らす。薄手のワンピースを着た女の体にはまだ血があふれている。その血の滴《しずく》が踊り場の縁からこぼれ、ダンスフロアにしたたり落ちる。ダンから数メートル離れた場所にいるベージュのレースのワンピースを着た女の頬にべっとりとした血が飛び散るが、女は気づきもせずに、手を高く掲げて踊りつづける。血だ。おれには血が要る。もう我慢できない。ダンは踊り場の下に立ち、上を向いて口を開ける。温かく濃厚な滴《しずく》が頬と舌に落ち、直接咽喉に流れこむ。

レースのワンピースの女がダンを見る。何が起きているのかわからず、踊り場を見上げる。誰かが倒れているのに気づき、悲鳴をあげて、そばにいる人に飛びつく。誰かが叫ぶ。

「ヴィクトリア。友達のヴィクトリアよ。なんてこと。ヴィクトリア――」

人々がダンを指差す。踊り場から逃げようとする人たちのくぐもった足音が聞こえる。誰かが踊り場から落ち、ダンスフロアで腰をくねらせて踊っている女たちの真ん中に落下する。骨が折れる音がする。さらに悲鳴があがり、階上《うえ》から聞こえてくる痛みを訴える叫び声と混ざり合う。

もう我慢できない。ダンは眼を閉じ、空気のにおいを嗅いで、そばを走り抜けようとする温かい体をつかむ。

フィリップ

〈カリスマ・スターライト〉でフィリップが電話を切る。そのまましばらく受話器を見つめ、理解しようとする。ミカはノイローゼになりそうな様子だった。言っていることが支離滅裂だった。

「何かの感染が発生してるらしい」フィリップはマリソルにそっと伝える。「客を全員部屋に帰らせて、食堂に集まれって」

口に出したとたん、現実味がわいてくる。

「感染って?」とマリソルは訊く。

特に心配している様子はない。そんな彼女を見て、フィリップも少し落ち着きを取り戻す。仮に何かの感染が発生しているとしても、ミカが大げさに騒いでいるだけで、きっとたいしたことじゃない。たぶん。

「わからない」とフィリップは言う。「なんでもないとは思うけど、とにかくすぐにここを閉めなきゃならない」

「あら、お客に絶賛されそうね」

フィリップはバーカウンターの外に出る。順番を待っている客がうしろから罵声を浴びせ、手を伸ばして捕まえようとするが、その手をよけて進む。ダンスフロアの人だかりを抜けるのはむずかしそうなので、迂回して進む。真鍮の手すりに触れないように気をつけて歩く。どのテーブルにもグラスが置かれている。この部屋のどこかに病気の人間がいるのか？　どうやって感染するんだろう？　マリソルも彼も客が差し出すクレジットカードや現金を素手で受け取っている。客の手に触れることもある。すれちがいざまに女の汗ばんだむき出しの肩が彼の腕にあたってこすれ、シャツが女の汗で濡れる。

ようやくステージにたどり着き、横からステージにあがる。彼の表情を見て何かあったと察したのだろう、イェニーがすぐに歌うのをやめる。ベーシストの指が弦の上で止まり、ドラムのビートがゆっくりになって、やがて静かになる。客席からブーイングが起きる。

イェニーがフィリップに歩み寄り、頼んでもいないのにマイクを渡して寄越す。

音楽が流れていないと、室内の喧噪《けんそう》はとたんに騒々しく聞こえる。

「お愉しみのところ失礼します。船内で技術上の問題が発生しました」とフィリップは話しはじめる。「ご心配には及ばないと連絡を受けています」

〈カリスマ・スターライト〉の外から悲鳴と叫び声が聞こえる。フィリップは手をかざしてスポットライトの明かりをさえぎり、客席を見る。客たちはそわそわと体を動かしている。店内がざわめいている。

「落ち着いて部屋に戻ってください。心配ありません。詳しいことがわかり次第、お知らせします」

「どういうことだ？」バーのそばにいる男が怒鳴る。「ビールを買ったばかりなのに」

「わたしも！」どの曲も一緒になって歌っていた女のグループのひとりも大声で言う。

「部屋に持ち帰っていいの？」

「だめだと言うなら金を返せ！」とバーのそばの男が怒鳴り、同意する声があがる。フィリップはなんと答えればいいかわからない。規則では船室に酒を持ち帰ってはいけないことになっている。が、今ここでそんなことを言ったら、暴動になりかねない。

「何が起きてるの？」とステージのすぐそばにいる女が大声で訊く。

「ただの点検です」とフィリップは答える。「心配は要りません」

フィリップは嘘が下手だ。熱いスポットライトの光も彼の助けにはならない。

店の入口付近で女が悲鳴をあげる。全員がそちらを見る。室内の空気が一変する。フィリップはステージを降り、声がしたほうに向かって走る。今度は誰もが進んで道をあける。

急いで酒を飲み干す人が大勢いる。胃の中に入れてでも部屋に持ち帰るつもりのようだ。

ドアのそばでさらに悲鳴があがる。視界の隅にバーカウンターを乗り越えるマリソルの姿が映る。隣りに来て一緒に走る。

「助けて！」と女が叫ぶ。「お願い、助けて！　やつらが追いかけてくる！」

女の姿が見える。ショートカットの髪を赤と黒に染めている。タンクトップの右側が血に染まっている。脇の下のあたりから腕の大部分がない。顔は汗と涙で濡れている。女は四つん這いになって泣きじゃくる。

店内の人々が叫ぶ。一目散に出口へ向かう人もいれば、店の奥へ逃げる人もいるが、ほとんどの人は何が起きているのかよく見ようと近寄ってくる。

フィリップは動揺する。マリソルが女のそばにひざまずく。

「あの人たちがすぐそこにいる！」女は息も絶え絶えに訴える。

「どの人たち？」とマリソルは尋ねる。フィリップはシャッターに向かって走る。

「あいつらどうかしてる。絶対におかしい！」ブロンドのドレッドヘアをした緑の党の支持者が叫ぶ。

「見て」彼の腕につかまっている女が激しく震える手で指を差す。ワインがグラスからこぼれる。

シーラ

「……慌てずに移動してください。早急に問題を解決するために全力で……」

大音量のせいで頭上にあるスピーカーのプラスティック部品が震えて音を立てている。シーラはその声に聞き覚えがある。案内所のスタッフの声だ。声音から彼が怯えているのがわかる。

エレヴェーターのチャイムが鳴り、デッキ6で止まる。シーラははやる気持ちを抑えてドアをじっと見つめる。そうしていれば意思の力でドアが早く開くとでもいうように。

アッベとルーはきっと部屋でお菓子を食べながら映画を見ている。リンダがふたりを見つけたかもしれない。

神さま、お願いですから、どうかそうでありますように。

ようやくドアが開く。通路のスピーカーから流れるアナウンスはフィンランド語に変わっている。操作レヴァーを前に倒すと、車椅子はかすかに音を立てて前進し、エレヴェーターの外に出る。彼女は左舷側の通路に出たいのだが、エレヴェーターホールのまえにある大きな階段から人が大勢降りてきて、押し合いへし合いしながら左右の通路へなだれこむ。背後でエレヴェーターのドアが閉まる。車椅子を方向転換させるスペースがほとんどない。シーラは車椅子を少し後退させ、レヴァーを引いて、わずかに角度をつけて前進する。今度は反対側にレヴァーを倒して切り返す。それを何度も繰り返す。

悪夢のような事態が次々と脳裏をよぎる。アッベが海に落ち、冷たい水の中に消えていく。船のまわりの潮に流され、溺れて船のスクリューに巻きこまれ……

アッベの身に何かあったら、どうやって守ればいい？

家にいるときでさえ、守ってやれなかったのに。息子は現実にいなくなってしまった。アッベは何も気づいていない。傷ついていない。まだ何もわからない。なぜそう思えたのか？　何年もまえからリンダに言われていたのに。今となってはもう知らぬふりはとおせない。アッベはちゃんとわかっている、もちろん。あの子は頭のいい子だ。自慢の息子だ。とはいえ、モルテンと別れられない理由をあの子になんと説明すればいい？　夫には以前から、アッベを取り上げるとあからさまに脅されている。彼女には息子の面倒をみることができないのは誰の眼にも明らかだ、と。確かに彼女は自分の面倒すらみられない。しかも病状はどんどん悪化している。遅かれ早かれ施設にはいらなければならなくなるだろう。

レヴァーを握る手がすべり、動きの鈍い獣のような車椅子を正しい方向へ向けるのに苦労する。彼女と眼を合わせようとする者は誰ひとりとしていない。助けを求められたくないのだ。

やっとのことで車椅子をめざす方向に向け、誰かが割りこませてくれるのを辛抱して待つ。ほとんどの人はパーティが台無しになって苛立ち、退屈そうな顔をしている。のんきに笑いながら会話している人もいる。一方で、怯えて混乱している人もいる。その人たちはスピーカーから流れてくるアナウンスに耳を傾け、周囲を静かにさせようと無駄な努力をしている。誰も割りこませてくれないので、シーラはしかたなくらっぱの絵が描かれたボタンを押す。クラクションの哀れな音色が響く。階段の最後の一段を降りようとしていた女が立ち止まり、先に行かせてくれる。シーラは礼を言い、通路に出て、今度はそれほど苦労せずに左折する。

もう一度クラクションを鳴らす。人々は慌てるでもなく、のんびり脇に寄る。シーラはどいてと叫びたい衝動に駆られつつ、進んでは止まり、止まってはまた進む。横一列になって歩く肥った三人組の男たちは、彼女が真後ろまで迫るとようやく気づき、壁ぎわに寄ってよける。シーラがレヴァーを思いきり倒すと、車椅子は勢いよく前進する。幅の広いタイヤがカーペットにこすれる音がする。

アッベ。アッベ。アッベ。

どうかわたしたちの部屋かリンダたちの部屋にいますように。

通路の突きあたり近くまで来ると、ようやく六五一〇号室と六五一二号室のドアが見えてくる。

スピーカーから聞こえるアナウンスは英語に変わっているが、背後から聞こえる音にかき消される。人々が逃げまどい、悲鳴をあげている。

それを聞いてシーラはぞっとする。初めて身の危険を感じる。もし海に落ちたら助かる見こみはない。今はもう泳ぐこともできない。まえを行く人々が振り返り、ペースをあげる。彼女も振り返ってうしろを確認しようとするが、首がいうことをきいてくれない。

「うしろで何が起きてるの?」とシーラは大声で訊く。「誰か教えて。何が起きてるの?」

しかし、誰も何も答えない。

前方のドアが開き、首の太い、坊主頭の男が少しだけ通路に出てくる。腹が大きく出ていて、Tシャツにプリントされたローリング・ストーンズの口の形をしたロゴが横に広がり、ひしゃげている。二十五歳にも四十五歳にも見える。

「何が起きてるの?」とシーラは訊く。「ここは狭くてうしろを向けないの……いったい何が起きてるの？」

男は少しためらう。「妻がまだ外で踊ってるんだ」強い訛りのある口調でそう言って笑う。「いつものことだけど」

「何が起きてるの？」声がうわずらないよう必死で気持ちを抑える。

「知らないのか？」

シーラは首を振る。わたしは何も知らない。息子がどこにいるかも、リンダのほかに子供たちを捜してくれている人がいるのかも。この船で何が起きてるのかわからない。そもそもどうしてクルーズ旅行などしたのか、なぜそれが名案だなんて思ったのか。何もわからない。

「テレビで見た」と男は言う。「ほら、ダンスフロアにカメラがあるだろ……最初はホラー映画かと思った……」男はそこで口ごもる。

通路の突きあたりにはもう彼女とこの男しかいない。彼女のまえにいた人たちはみな部屋に逃げこんだ。ドアが勢いよく閉まる音がする。

「どういうこと？」と彼女は問い詰める。「何を見たの？」

男にはその声が聞こえていないようだ。「きっとガスか何かだ。こういう船は核廃棄物を積んでる。知ってたか？　乗客に黙ってほかにも何か積んでいたとしてもおかしくないの」

「何を見たのか教えて」とシーラは懇願する。「お願い、息子がいなくなってしまっただろ？」

男はまばたきし、初めて彼女をちゃんと見る。その眼は憐れみに満ちていて、それが何よりも彼女を怖がらせる。

「なんですって？」

「息子さんのためにできることはない」と男は言う。「階上《うえ》ではみんな殺し合ってる」はるか後方で別の男が怒鳴る。「早く。急げ。早くしろ」さらにドアが閉まる音がする。

「ひょっとすると兵器かもしれない」と男は言う。「とても人間とは思えない。頭がイカれてる」

シーラはかぶりを振りレヴァーをつかむ。

「妻を捜しに行くべきなんだろうけど」と男は言う。「もし行かなかったら、あとになって自分を許せると思うか？」

見上げると、男は懇願するような眼をしている。シーラは本心を告げるべきかどうか迷う。もし歩けたなら、もし助けることができるなら、船内を上から下まで走りまわってアッベを捜し出す。たとえ何があろうと。そうしなければ絶対に自分を許すことなどできない。

　十メートルほど先で大きな音がしてドアが内側から勢いよく開く。男は驚いて音がしたほうを見る。

　女がふらふらと通路に出てくる。さきほど〈カリスマ・スターライト〉にアッベとルーを連れてきてくれた警備員だ。それにしても、様子がどこかおかしい。

「ここにもいる」男が息を呑む。

　さきほど会った人とはまるでちがう。別人だ。

　あんなに温かくやさしかった眼が完全にうつろになっている。顔に血が飛び散り、やはり血に染まったシャツは襟のあたりから裂けている。きっちりおだんごにまとめていた髪はほぼほつれ、もつれ合って肩にかかっている。アイロンのきいた黒いズボンにはねばねばしたものがこびりつき、親指は絵の具に指を突っこんだかのように赤茶色に染まっている。

　女の口が開き、また閉じる。

「すまない」と男は言う。「すまない、すまない。おれには無理だ。とてもじゃないけど……」

　部屋のドアが音を立てて閉まり、男の声はそこでいきなり途切れる。

女が近づいてくる。胸のあたりで汚れた名札が光り、シーラは名札を見る。

Ｐｉａ《ピア》？　Ｆｉａ《フィア》？　それがなんだというの？　どのみち、ここにいるのはあの人じゃない。別の生きものだ。

シーラとモルテンの部屋は、彼女と警備員がいる場所の真ん中あたりにある。しかし、ドアのまえまで行って、カードキーを出して……追いつかれるまえに狭い入口を通って部屋に逃げこめるだろうか？

それは危険すぎる。ここから逃げなければ。

がむしゃらにレヴァーを動かしてバックし、車椅子の向きを変える。背後の壁に車椅子がぶつかる。

レヴァーをまえに倒し、前進してさらに向きを変える。

「モルテン！」もう一度切り返しながら叫ぶ。「モルテン、助けて！」

あの人ももう彼らの仲間になっているの？

その様子が鮮明に思い浮かび、きのこ雲のようにパニックが噴き上がる。

警備員のうしろに年配の女が現われる。ナイトガウンに包まれた重そうな体を揺らしながら近づいてくる。歯をカチンと鳴らして宙を嚙む。

カチン。カチン。カチン。

シーラはレヴァーを目一杯の右斜めまえに倒す。車椅子が急なカーヴを描きながら発進し、金属製のフットレストが反対側のドアにぶつかる。車椅子をバックさせ、今度は左に向ける。足音が聞こえる。ブーツがカーペットを踏む重い足音が背後から迫ってくる。ごぼごぼという湿った音がする。呼吸のようだが、はっきりとはわからない。今にも指が伸びてきて、首をつかまれるのではないか。そう覚悟して首の全細胞が身構える。

ようやく車椅子がさっき来た方向を向く。レヴァーを押すと同時に、女の指の爪が彼女の頭のすぐそばで、背もたれの粗い布地を引っかく。車椅子が前進する。また爪が伸びてきて、彼女のショートカットの髪をつかもうとする。が、車椅子はモーター音を轟《とどろ》かせてスピードを上げる。

シーラは彼女に合わせた特別仕様の座面で前屈みになり、横目で通り過ぎる船室のドアを見ながらひたすら進む。

通路の先では彼女を追っているものを見て人々が悲鳴をあげる。何人かは慌ててカードキーを出して部屋にはいる。ほかの人たちは階段を駆け戻るか、横に伸びる通路に逃げこむ。反応はさまざまだが、ひとつだけ共通していることがある。誰も彼女を助けようとはしない。

無理もない、と彼女は思う。もし自分が彼らの立場なら、同じように考える。自分が襲われるよりましだと。

カチン。カチン。カチン。

シーラは悲鳴をあげる。ほかにできることは何もない。

この先で通路はスパのガラスの壁に突きあたる。階段とエレヴェーターのある横の通路を突っ切ろうとして、レヴァーに手を置いたまま、ほんの一瞬躊躇する。そこにはまだ大勢の人がいて、恐怖の眼差しで彼女を見ている。さっきのように人をよけながらあそこを進むのはとうてい無理だ。

ガラスの壁まであと数メートルしかない。〈カリスマ・スパ＆ビューティ〉の文字がどんどん迫ってくる。壁のすぐ手前で通路は右へ直角に折れているが、このスピードではとても曲がりきれそうにない。

だからといってここで止まって、ただ死を待つわけにはいかない。

生き延びるためならどんなことでもする。アッベのために。

フィリップ

くそシャッター。この忌々《いまいま》しいくそシャッター。防犯シャッターはいつものように床から一メートルあたりで動かなくなる。四方から客たちの叫び声と泣き声が聞こえている。たった今フィリップが眼にしたものを見たら、さらにひどいパニックに陥るにちがいない。

「何も言わないで」そばにいる人たちにそう頼み、シャッターを引っ張る。

彼らは首を振ってわかったと意思表示する。そのうちふたりは、通路であの男たちを追い越してきたグループの一員だ。

男たちはあと十メートルのところまで迫ってきている。ゆっくりではあるが、確実にこちらに向かっている。全員血まみれだ。まだ十代かそこらの若者のようだ。ふたりは逞しい体つきをしていて、Tシャツの下で筋肉が隆起している。もうひとりは背が低く、ずんぐりしていて、人種差別主義のくだらないスローガンが描かれた黒いTシャツを着ている。

フィリップがシャッターを引っ張るたびに三人とも一様に首を傾けて音をよく聞こうとす

る。彼らの背後で四人が床に倒れ、逃げようとしている。

フィリップは眼にした光景がいまだに信じられない。それでも、彼らが〈カリスマ・スターライト〉にはいってきたらどんな事態になるかということだけははっきりわかる。

シャッターを数センチ押しあげ、前後に揺らす。それから一気に引き下ろそうとする。

しかし、また同じところでつかえてしまう。

遠くから悲鳴が聞こえる。ひとつ上の階にある〈クラブ・カリスマ〉で何かあったにちがいない。

三人の男たちは血で汚れた口を動かしている。眼のまえの空気を噛むことで速く先に進めると思っているかのようだ。女の腕を食いちぎったのはどいつだろう。ほかにも噛まれた人が大勢いるのだろうか。

もう一度シャッターを引っ張る。また大きな音がする。彼らは三人でひとつであるかのように、揃って首を傾ける。が、互いの存在にはまるで気づいていないようでもある。

感染すると暴力的になるとミカは言っていた。これがその感染なのか？

彼らはもうすぐそこまで来ている。あとほんの数メートル。まるで感情のない眼をして迫ってくる。

「このくそったれ！」フィリップは叫び、シャッターを思いきり引っ張る。ようやくつかえが取れ、シャッターはものすごい音を立てて床にぶつかる。こんなにすばらしい音は聞いたことがないにちがいない。一歩下がる。息があがっている。

次の瞬間、またしてもシャッターが揺れる音がする。彼らが隙間から鉤爪のような指を突っこみ、顔を押しあてている。

においを嗅ぎ、歯を鳴らしている。

フィリップはシャッターに背を向け、それらの音を遮断しようとする。

腕を食いちぎられた女はバーカウンターのそばで仰向けに寝ている。呼吸は速く、浅い。ショック症状によるものだろうか。かたわらでマリソルが救急箱を開けている。広げた消毒布と血まみれの丸まったガーゼが床に散乱している。

「すごく痛い」と女は言う。「ものすごく……」

この女も感染しているのか？　だとしたらマリソルも？

そんなことを考えていると見抜かれたくなくて、フィリップはマリソルと眼を合わせられない。

「傷はできるかぎりきれいに拭いた」とマリソルが女に言う。「だけど、細菌を確実に全滅させるには、アルコールをかけなきゃならない」

「どうしても？」女は無意識に懇願するように首を振る。

「念のためよ。いいわね？」

フィリップは走ってカウンターのところに行き、アルコール度数の高いコスケンコルヴァのボトルを手に取る。

「しみると思うけど」フィリップがボトルを渡すとマリソルは女に言う。「だけどこれが最善策なの」

「先に一口飲ませてくれる？」と女は言う。「麻酔のかわりに」

フィリップは銀色の注ぎ口《ポアラー》を女の口にあてがい、ボトルを傾ける。赤ん坊に哺乳瓶でミルクを飲ませているみたいだ。

女がうなずき、もう大丈夫だと伝える。フィリップがボトルを持ち上げると、女は口の中に残った酒を吸って咳きこむ。「やって」と女は言う。

マリソルが女の腕をやさしく、しかし、しっかりと押さえて傷口を上に向ける。ボトルから透明な液体が細く流れ出て、傷口の上に広がり、傷を拭いたあとで滲み出た血を洗い流す。

「ひいいいいいいいい」女は大声でうめき、フィリップの手をつかんでものすごい力で握りしめる。

またしてもシャッターを揺する大きな音がして、女は恐怖に怯えた眼で入口のほうを見つめる。

「ここにはいってこられない」とフィリップは安心させるように言う。

マリソルはボトルを置き、大丈夫よ、何も心配いらない、すぐに助けがくると女をなだめる。

フィリップは何も言わず、救急箱からガーゼを出して女の傷口にあてる。マリソルが腕に包帯を巻く。女の咽喉《のど》ががらがらと音と立てる。女は唾《つば》を飲みこみ、咳払いして、もう一度飲みこむ。痛みに顔をゆがめる。歯が血にまみれている。

「口の中も怪我してるの？」とマリソルは尋ねる。「舌を嚙んだの？」

女は首を振り、また顔をゆがめる。「すごく痛い」と喘《あえ》ぎながら言う。

「やつらが去っていく！」入口のそばで誰かが大声で言う。

フィリップはシャッターのほうを見る。外からしがみついている者はもういない。それなのにちっとも安心できない。

立ち上がり、シャッターのそばまで行って外を見る。彼らの背中が通路の先へ遠ざかっていく。いったいどこに行くつもりなのだろう。

突然現実から切り離された気がして、フィリップはめまいを覚える。

「ここから出して！」とひとりの女が叫ぶ。

「何が起きているのか確認できるまではここにいたほうがいい」よく響く低い声で男が反論する。「あの連中はいったい何者なんだ？」

「部屋に帰りたい。部屋に戻るようにって言ってたじゃない」

「勘弁してくれ！　ここにいるほうが安全だ。外の悲鳴が聞こえないのか？」

「聞こえてる。でも、子供たちが外にいるの。子供だけじゃとても――」

「子供たちをほったらかしにして飲み歩いているほうが悪いんだろうが！」

「こんなことになるなんて誰も思わないでしょ？」

堰《せき》を切ったように全員が怒鳴りだす。誰もが人より大声を出そうとするせいで、津波のごとく音量が一気にあがる。

嚙まれた女が横向きになり、血を吐く。すすり泣く声がだんだん小さくなっていく。

マリソルがまっすぐにフィリップの眼を見る。その眼は恐怖をたたえて光っている。あまりに強烈なその輝きに耐えきれず、フィリップは眼をそらす。マリソルが女の髪を撫でているのが視界の隅に映る。

バーカウンターの中の電話が鳴る。フィリップは走って電話のところに行き、ひったくるように受話器を取る。

「もしもし？　ミカ？」

「いや、おれだ」

「カッレ！　そっちは大丈夫か？」

全員の眼が自分に注がれているのを感じ、間の抜けたことを訊いてしまったと実感する。

「いったい何が起きてる？」とカッレが言う。「乗組員が続々と食堂に集まってる。だけど、誰も事態をきちんと把握してない。ミカは感染がどうとか言ってたけど……正気の沙汰とは思えない」

「確かに正気の沙汰じゃない」とフィリップは静かに言う。指で耳の穴をふさいで、外野の雑音を遮断する。「ここにも嚙まれた女がいるんだ、カッレ」

「嚙まれた？」

「狂犬病みたいなものらしい」

カッレは何も答えない。電話の向こうから慌ただしい物音が聞こえる。どこか遠くで囁《ささや》く声が重なり合っているような音がする。

フィリップは息を吞む。「ここは防犯シャッターを閉めてある。とりあえずは安全だと思う」

「それならよかった」とカッレは言う。「お手柄だ。本土から救助が来るまでそこにとどまっていられそうか？」

「そう願ってる」

「ヴィンセントはそこにいるか?」

「いや。きみが出ていったあとは見てない」

カッレがまた押し黙る。フィリップには彼が何を考えているかわかる。「そこにいろ。それが一番安全だ」

「ピアから電話があった」とカッレは言う。「もし……もし自分を見たら、できるだけ遠くに逃げろって言ってた」

フィリップは眼を閉じてピアの姿を思い浮かべる。ふたりでカッレのスイートルームにリボンを飾りつけていたとき、とても嬉しそうにしていた姿が眼に浮かぶ。彼女は今どこにいるのか?

何になってしまったのか?

「彼女がそう言ったなら」フィリップは振り向き、床に寝ている女を見ながら言う。「言われたとおりにするほうがいい」

カッレ

カッレはスイートルームの番号にかける。呼び出し音が何度も何度も鳴り続ける。ヴィンセントは電話に出る気はないようだ。それでもカッレは受話器を置くことができない。

ミカは乗組員専用エリアにだけ聞こえる船内放送で全員至急食堂に集まるようにと指示を出している。

船上で火事が発生した場合、あるいはカリスマ号が沈没する恐れがある場合、乗組員は少人数のグループに分かれ、あらかじめ決められた配置につく。救助艇と救命ボートは全乗客分に加え、念のため余分に装備されている。しかし、船内で感染症が大発生した場合は？　カッレが知るかぎり、そういう事態を想定した対策の手順はない。

電話はまだ鳴りつづけている。

ヴィンセントはスイートルームにいないのか？　だとしたら、いったいどこにいるのか？

マリアンヌ

マリアンヌとヴィンセントは〈マクカリスマ〉の席を立つ。バーテンダーに全員部屋に戻るようにと言われたのだ。数十人が店のまえを走り抜ける。階上《うえ》にあるおぞましいクラブから出てきたらしい。わめき散らしている人もいる。すっかりパニックになっているようだ。が、マリアンヌに彼らの何がわかる？　ほんの一、二杯飲んだだけで、すぐに馬鹿騒ぎする人たちのことなど理解できたためしがない。彼女も内心では恐怖におののいているが、過剰に反応して笑いものにはなりたくない。

黒髪の女が通路にじっと立っている。眼を閉じ、何かを聞き取ろうとしているようだ。どこか見覚えがある。きれいな人だ。艶《つや》のある巻き毛。ほのかにバラ色の頰。チープなファストファッションと厚化粧だらけのこの船の中で、この女性には時代を超越した不思議な存在感がある。まるでこの場に属していないような雰囲気がある。ヴィンセントにも彼女が見えているか訊こうとして思いとどまる。完全にイカれた人だと自分から思わせることはない。

「いったい何が起きているんだろう?」とヴィンセントが言う。

「わからない」とマリアンヌは答える。「何もない海の上では〝技術上の問題〟なんていうことばは聞きたくないわね」

「おいおい、落ち着けよ」通路に近い席にひとりで坐っている老人が言う。「おれはこれまで何百回もクルーズ船で旅行しているが、危ない目にあったことはない。車のほうがよっぽど危険だよ」

「でもすごい悲鳴が聞こえているけど」とヴィンセントが言い返す。

「ふん」と老人は鼻を鳴らして言う。「みんな勝手に騒いでいるだけだ」

「すみませんが」とバーテンダーが口を挟む。「あなたも部屋に戻ってください。心配は要りませんが、部屋に戻ってもらわなければなりません」

マリアンヌはバーテンダーを見る。眼が合うと、バーテンダーは不自然なほど急いで眼をそらす。

何が起きているにしろ、水面より下にある自分の部屋に帰りたくはない。もし船が沈没したら、閉じこめられてしまう。マリアンヌは横目でヴィンセントを見る。例のお友達のことを心配しているのがわかる。こんなことを頼んでもいいものか、彼女は少しためらう。

「ひとりになりたくない」

「ぼくもだ」とヴィンセントは答え、立ち上がる。「一緒に行こう」

マリアンヌはもう一度通路を見る。さっきの女はもうそこにはいない。

バルティック・カリスマ号

「お客さまにお願いします。すみやかに船室にお戻りください……」船内にまたミカの声が響く。早めに寝た人々も今やすっかり眼を覚まし、アナウンスに一心に耳を傾ける。「……落ち着いて船室にお戻りください……ご協力お願いいたします……」

黒髪の女が〈カリスマ・スターライト〉に向かって通路を歩いている。床に転がった死体のそばで立ち止まる。青いシャツを着た男が彼女を呼び止め、懇願する。「頼む、お願いだ、助けてくれ。耐えられない。もう無理だ」男の口から血が噴き出す。

黒髪の女は通路の突きあたりにある防犯シャッターを見る。シャッターの奥で動いている人影は見えるが、こちらを見ている人はいない。女は男の顎をつかみ、反対の手を首のうしろに添える。もう大丈夫と声をかけ、男の顎をそっと床に向ける。そうやって声が出ないように黙らせ、すばやく首を反対側にひねる。頸椎の結合組織がぶつりと切れる。男の眼を閉じる。その眼があくことは二度とない。

女はほかの死体も同じように処理していく。そうしているあいだも、階上《うえ》から悲鳴と走る足音が聞こえる。大勢の人がいる。多すぎる。恐怖のにおいが船尾の階段を通って漂ってくる。長老たちはかねてからいつか大惨事になると彼女に警告していた。それはこのことだったのだと彼女は今になってはっきり理解する。この惨事がもたらす結果は想像するまでもない。

女は最後の死体の処理に取りかかる。巻き毛のかわいい少女だ。首の嚙み痕はすでに治っている。もう変身が始まっている。もう一度シャッターのほうに眼を向けて誰もこちらを見ていないのを確認すると、少女の首をへし折る。この通路にある死体は病気のようなものだ。彼女はそう考えている。この人たちが感染しただけではない。さらに感染が広まるおそれがある。チャンスさえあれば見境なくどんどん感染していく。彼女にはそれを止める使命がある。息子を傷つけずに、どうにかして止めなければならない。自身の欲望にも抗《あらが》わなければいけない。走って逃げ、悲鳴を上げる人々。彼らの血が彼女の欲望を目覚めさせる。ついさっき腹ごしらえしたばかりだというのに。

〈クラブ・カリスマ〉では音楽は止んだが、ライトはまだ明滅して暗いダンスフロアを照らしている。ダンスフロアの床は血と内臓ですべりやすくなっている。正面の入口では大勢の客が押したり引いたりしながら眼のまえに積まれた死体の山を乗り越えて店の外に逃げ出そうとしている。一方で、死体の山に突進していく者もいる。人間と同じくらい必死だが、彼らを駆り立てているのはとどまるところを知らない食欲だ。彼らはにおいを嗅ぎつけ、〈カリスマ・スターライト〉のシャッターから離れて群衆に突っこむ。汗ですべる体を切り裂き、口の中を血で満たす。それでも彼らの飢えが満たされることはない。まだ温かい肉体を保っている人々は足をすべらせ、もみくちゃにされ、床に倒れながら混乱の中を逃げ惑う。

運良く入口までたどり着いた者は何が起きているか目のあたりにする。どうしてそうったかは理解できなくても、何が起きているかは見ればわかる。慌てて店の中に引き返そうとするが、外に出ようとする人たちにどんどん押し流される。ダンスフロアの反対側では客たちが後部デッキに逃げ出そうとしている。外のデッキでは、混乱のさなか、赤いパーカを着た男の子があちこち歩きまわっている。時々騒動にまぎれてむき出しの肌に歯を食いこませ、手や腕を切り裂く。それに気づく人はほとんどいない。

ダン・アペルグレンはDJブースのうしろに隠れている若いカップルを見つける。ふたりとも涙を流し、互いにしがみついている。ダンは女のほうを引っ張りだす。女は首を振って懇願する。やめて。やめて。やめて。その眼が恐怖で見開かれる。ダンの体のあらゆる部分が反応する。血を飲みすぎてはいけないとアダムに忠告され、我慢していたが、耐えられそうにない。ひとりひとりちがう味がする。彼らの感情がダンをいっそう酔わせる。完全に息絶えるまで手放したくない。ダンの心臓が鼓動を打つように収縮する。体が膨らむ。指輪が指に食いこむ。女を引き寄せて腕に抱き、胸の谷間をはだけさせて片方の胸を強く揉みしだく。ボーイフレンドに見せつけたいのだ。女が彼をぶとうとすると、ダンは鎖骨の上のやわらかい筋肉に嚙みつく。女の腕がもがくのをやめ、だらりと垂れる。ダンは女を脇に放り捨て、ボーイフレンドに眼を向ける。恋人を助けようともせずに、ブースの奥にへばりつくようにして体を丸め、眼を閉じている。ダンが自分を欲しがらないことを願いながら。が、そうはならない。ダンは男に笑いかける。このあと何が待ち受けているか考える。おれは信じがたい歴史的な出来事の一部になるのだ。ダンの背後で階段の踊り場から死体がいくつか床に落ちる。

〈カリスマ・スパ〉のガラスの壁は粉々に砕けている。壁の奥で電動車椅子が横転している。砕け散ったガラスがかすかな光を浴びて、血に濡れたダイヤモンドのように輝く。少し離れた受付のそばでピアが体を丸めている。冷たい床に頬を押しあて、船の振動を感じている。慣れ親しんだ感覚に彼女の心は安らぐ。さきほど飲んだ血が全身をめぐる。今、彼女の心は平安だ。あらゆる思考がすでに去った。もはやどんな声も彼女に届くことはない。

カッレ

カッレは遠まわりする。食堂のまえを通り、中に顔を突っこんでのぞく。まったく変わっていない。コーヒーのしみがついたポット。チェック柄のテーブルクロス。造花の鉢植え。フルーツのはいったボウル。レストランの残りもののパンを入れたバスケット。そのそばに置かれた柄が明るい黄色のパン切り包丁まで同じだ。とはいえ、今は彼が経験したことのない雰囲気に満ちている。恐怖でどんよりと重い空気が漂っている。何人かが声を潜めて話をしている。ドアのすぐそばに免税店のアンティと総支配人のアンドレアスがいる。ふたりは彼を見るとあいまいにうなずく。ソフィアはどこにいるのだろう。カッレはそう思うが口には出さない。警備員はひとりもいない。操舵室《ブリッジ》からも誰も来ていない。

「乗組員はただちに食堂に集合してください」ミカがまた乗組員専用エリアの船内放送で呼びかける。

背後の雑音に混じって悲鳴が聞こえる気がする。

「まもなくミーティングが始まります。現在、食堂にいる乗組員の中で階級が一番高い総支配人のアンドレアス・ダールグレンを中心にミーティングをおこないます。繰り返します。まもなくミーティングが始まります」スウィッチが切れる音がして、放送が終わる。

カッレの頭の中を考えが駆けめぐる。先を急ぐ。誰もいない休憩室でテレビの画面が青く光っている。そのまえを通り過ぎ、階段に向かう。集まっている乗組員の中でアンドレアスが最高階級ということは、船長も副船長も機関長も食堂にはいないということだ。そう思うと不安が募《つの》り、なおさら決心がかたまる。どうにかしてヴィンセントを見つけなければ。今すぐに。

ドアを開けて階段に出る。駆け足で階段を降りながら、どこに行けばいいか迷う。どこから捜せばいい？

「この船は沈没するのか？」彼が階段を降りきると同時に誰かが大声で言う。カッレは驚き、足に強力なバネが組みこまれているかのように飛び上がる。

少し先の手すりのあたりで床にうずくまったみすぼらしい男が彼を見上げている。「頼むから放してくれ。このくそ忌々《いまいま》しいやつの鍵をはずして……」

男が鉄骨の手すりにつながれた手錠を引っ張ると、金属がぶつかり合う音がする。カッレは息を呑み、あとずさりする。業務用エレヴェーターの金属のドアに背中がぶつかる。

「おれは鍵を持ってない」カッレは申しわけなさそうに両手を上げてみせる。

「だったら持ってるやつを連れてきてくれ！」

「おれにできることはやってみる」とカッレは言う。

その約束が守られないのは明らかだ。男は黙ったまま憎しみをこめて彼を睨《にら》みつける。

「助けてくれ！」さらに下から声がして、金属がぶつかり合う音が響いてくる。

ピアが彼をひとり部屋に残して確保に向かったのは、この男たちなのか？　この男たちのせいで彼女は感染したのか？

「すまない」とカッレは言う。乗組員専用エリアの外に出る金属製のドアを見つめる。ここはデッキ9だ。ドアを出たらどこに向かうか、心は決まった。まずサンデッキに上がり、そこから下に向かって船内をくまなく捜索する。

ルールを決めて、そのルールにのっとって捜索を進める必要がある。自制心を失ってはならない。

カッレはドアのボタンを押す。鈍いクリック音がする。考え直す間《ま》もなく、ドアを押し開ける。

戦場をのぞきこんでいる気分になる。

階段が人であふれかえっている。プロムナードデッキから降りてきた人たちだろう。服が破れ、血を流している人がいる。互いに抱き合うようにして歩いている人もいれば、われさきにまえに進もうと手あたり次第に人を押しのけていく人もいる。必死に電話をかけようとしている人。携帯電話で動画や写真を撮っている人。画面を通して見ることで現実の混乱から距離を置けるとでも思っているのか、絶対に眼を上げない。階段で立ち止まり、静かに泣いている男もいる。

落ち着け。カッレは胸につぶやく。集中するんだ。混乱に陥った十階建てのこの船のどこかにヴィンセントがいる。

バルティック・カリスマ号

若い警備員が船体の外に設置された非常用はしごを操舵室《ブリッジ》に向かってのぼっていく。片手には防災用の斧が握られている。風と雨が顔に吹きつけ、制服は濡れて冷たい。あと少しでブリッジの色つきガラスの窓に手が届く。ヘンケは肩越しに下を見る。五層下の船首デッキで同僚のパールが外へ逃げようとする乗客に手を貸している。すすり泣きと悲鳴が風に乗ってヘンケの耳まで届き、頭上にあるサンデッキから聞こえてくる叫び声と混ざる。ヘンケは次の段に足を掛ける。はしごが濡れているせいで足がすべるが、どうにか上に体を引き上げる。

蜂の巣になった死体が転がっているのか。セミオートマチックのライフルを構えたテロリストがまだ中にいるかもしれない。ヘンケの想像が膨らむ。九・一一同時多発テロがあれだけ世界を騒がせたのに、乗船時に客の荷物の中身を誰も確認していない。頭のイカれたやつなら誰でもいとも簡単に手製の爆弾を船に持ちこめる。

ヘンケは斧を握りしめ、何度か深呼吸して、もう一段のぼる。さらに一段のぼり、窓の端からブリッジの中をのぞく。暗がりで影がいくつか動く。制服を着ていないのですぐにはわからなかったが、ひとりはベルグレン船長だ。髪は逆立ち、シャツは破れ、メッシュのヴェストの下にだらしなくたるんだ肉体が見える。ヘンケは思う。威厳も何もあったもんじゃない。

影は互いが見えていないかのようにまえへうしろへと動いている。いったい何をしているんだ？

ヘンケの額に濡れた髪が張りつく。払いのけたくても斧とはしごをつかんでいるので両手がふさがっている。ブリッジの内部ではモニターが破壊され、ワイヤーが引き抜かれている。金属製のはしごに掛けた足が鋭い音を立ててすべり、危うく斧を落としそうになる。足場を確かめて体勢を立て直す。心臓が早鐘を打つ。うしろを向き、カリスマ号の向こうの暗闇に眼を凝《こ》らす。ほかに船は見えない。ただ真っ暗な夜の闇があるだけだ。おれたちは消えてしまったのか。突然消息を絶ったあの飛行機みたいに……

窓の反対側から何かがぶつかる音がする。ヘンケは驚いて振り返る。ベルグレン船長が中から彼を見つめている。ヘンケがよく見る悪夢から抜け出してきたような眼をしている。もう一度音がする。船長が窓ガラスに額を打ちつけているのだ。額から血が出ているのに、ヘンケから眼をそらさず、まばたきすらしない。今すぐここから離れたい。ヘンケははしごから手を放し、そのまま落下したい衝動に駆られる。ゆっくりとはしごを降りる。どんな犠牲を払ってでも、この船から脱出する。もはやそれしか考えられない。

ミカは総支配人の執務室に閉じこもっている。マイクを置く。そろそろ食堂に行ってほかのみんなと合流する時間だ。胸が焼けるような痛みを無視し、制服のボタンが全部きちんと留まっているか確認する。部屋を出ようとして一瞬躊躇する。このまま隠れていたい。眠ってやりすごし、起きたときにはすべて終わっていてほしい。ドアの外で暗証番号式のロックが解除されたことを示すブザー音が鳴る。ミカは思わずあとずさる。が、部屋に入ってきたのが清掃員だとわかりほっとする。彼女は顔面蒼白で震えていて、ミカの知らない女を伴っている。おそらく乗客だろう。ここは乗客の立ち入りが禁止されている場所だが、今はそんなことを言っている場合ではない。女は黒髪の美人で、黒いワンピースのうえにだぶだぶのカーディガンをはおっている。

大勢の乗客が船室に鍵をかけて閉じこもっている。何人かは痛みを感じている。鏡のまえで口から血を流しているか、ベッドで横になり、枕に顔をうずめて叫んでいる。ひとりきりで部屋にいる人。友達と一緒に泣いている人たち。子供たちを抱きしめて、夫や妻に慰《なぐさ》められている人もいる。そんな中に、ずっと部屋にいて、船内で異常事態が起きていることにまったく気づいていない者が何人かいる。デッキ9の船室で金粉が散ったシーツにくるまってぐっすり眠っている女もそのひとりだ。女が寝返りを打つたび、カールさせてスプレーで固めた髪が枕にこすれる音がする。

〈カリスマ・スターライト〉ではマリソルが客に見られないようにひそかに泣いている。フィリップはふたりのあいだの床に寝ている女を見て、この女は誰なのだろうと考える。彼女を心配し、捜している人がいるのだろうか。感染する不安を振り払い、女の隣りにひざまずいて人工呼吸を試みようとする。女の口の中から甘ったるく、気持ちの悪い血のにおいがする。

「フィリップ……」と歌手のイェニーが声をかける。「だめよ。もう手遅れだわ。見ればわかるでしょ?」

フィリップは動きを止める。「できるだけのことはしないと」

それでもイェニーは首を振って続ける。「ゾンビ映画を見たことないの?」笑ったつもりなのだろうが、しかめ面にしかならない。彼女にじっと見つめられ、フィリップは諦めて体を起こす。店内では抗議の声がいっそう激しさを増す。シャッターを開けろ。いや、絶対に開けるな。双方の怒号が飛び交う。

アルビン

悲鳴で眼が覚める。

ルーが彼の手を強く握っている。ひどく怯えているのだとわかり、アルビンはもう一度、こんどははっきり眼が覚めた気がする。

「アッベ」とルーが言う。その声はか細く、弱々しい。

ふたりが隠れている場所の外にあるデッキを人々が走って通り過ぎていく。ひとりの人も、数人のグループもいる。ほとんどの人は服を着ているが、下着姿の人もいる。

「……いったい何がどうなって……？　あの血を見たか……？」みな口々にそんなことを言っている。

「この船、沈没するの？」とアルビンは囁《ささや》く。胃がむかむかする。

ルーは首を振って言う。「そうじゃないみたい。何か別の問題が起きてる」

アルビンにはそのことばが信じられない。船が傾いている気さえする。どこかつかまれる場所を手探りで探す。空を見上げると、真っ暗な闇を背景に雨が絶えず模様を描きつづけている。母さんのことを思う。もし通路が浸水したら、車椅子では移動できない。考えるまでもない。あんな映画、見なければよかったと心から後悔する。

——世界はぼくのものだ！

——ちょっと、タイタニックは沈没したのよ。縁起悪いことしないでくれる？

ルーが力をこめて彼の手を握る。指の関節が痛くなるほど強く。そのとき、Tシャツとパンツしか身につけていない男の人が眼にとまる。ふたりが隠れている階段のまえを前屈みで通り過ぎる。重いものを抱えるように、腹のまえで手を組んでいる。長い髪に隠れて顔は見えない。

この人はどこかおかしい。見つかっちゃだめだ。アルビンはもっとうしろに下がろうとするが、冷たい鋼鉄の壁にはばまれる。

男の人は階段の手すりにもたれる。息が苦しそうで、泣きながら何かを探すように暗闇を見つめる。風で髪があおられ、顔が見える。

といっても顔はほとんどなくなっている。頬があるはずの場所に大きな穴があいていて、何かつぶやくと中で舌が動くのが見える。

アルビンは両手で口を押さえる。ルーがさらに強く体を押しつけてくる。男の髪がまた顔を隠す。このあと何が起きようと、アルビンにはもはやどうでもいい。それを見ずにすむのなら。

悲鳴をあげないように必死でこらえる。体の中に悲鳴を押し戻そうとする。しかし、咽《の》喉《ど》から奇妙な声が漏れてしまう。

男が彼らのいるほうを見る。

血にまみれた手を上げる。

人差し指を立てる。

その指を唇にあてる。

シーーーーーー。

それからまたお腹に手を戻す。

時が止まる。

デッキのどこかから悲鳴が聞こえてくる。それでもアルビンはその男から眼が離せない。ふたりが物音を立てないようにしているのと同じように、男は身動きせずにじっと立っている。アルビンはもうこの男を恐れてはいない。むしろ、この男の身に何が起きるかを恐れている。

ナイトガウンを着た年配の女が足を引きずるようにして彼らのほうにやってくる。足はほとんど上がっていない。薄い靴下が丸まって足首のあたりでひとかたまりになっている。噛みつくように歯を鳴らす。男は大声で助けを求める。が、アルビンとルーのほうは見ようとしない。ふたりを差し出すような真似はしない。

女の口が彼を引き裂く。男はもはや腹の下の荷物を抱えていられない。Tシャツの下から大きな塊が解き放たれる。赤い蛇が何匹も水しぶきをあげて緑色の床に落下する。男がその上に倒れこみ、蛇に絡まる。女はプロムナードデッキに降りる階段へ男の体を引きずっていく。そのあとを赤い蛇がぬるぬるした痕跡を残してついていく。

アルビンはまた声をあげそうになる。このまま体内にためこんでいたら、爆発してしまいそうだ。

それでもこらえなければならない。ルーのまえでは強くいなければならない。

やがて、すすり泣きがやむ。誰かがスウィッチを切ったかのように突然収まり、頭の中が空《から》っぽになる。もはやここに存在していないような感覚を覚える。現実だと感じられるのは、時々頬に落ちる雨粒の冷たさだけだ。

男の体内からこぼれ落ちた、赤い蛇のような内臓が残したぬめぬめした痕跡はすでに雨で洗い流されている。

フィリップ

フィリップはテレビ画面に映る〈クラブ・カリスマ〉のダンスフロアのライヴ映像を見ている。これが現実に階上《うえ》で起きていることなのか。とても理解が追いつかない。ワールド・トレード・センターのツインタワーが崩壊する様子をテレビで見たのと似たような感覚だ。何千回も見た映画のようで、現実の世界で実際に起きたこととはとうてい信じられなかった。

「ここから出して」とひとりの女が懇願する。「子供たちが部屋にいるの。もし眼を覚ましたらどうなるの？」

女は早口でまくし立て、大きく息を吸う。

「うちの子たちも部屋にいる」まだ早い時間に店にいるのを見かけた家族の父親も言う。

フィリップはソファによじ登っていた幼い子供たちと、眼鏡をかけた少女のことを思い出す。

フィリップはシャッターを見る。反対側の階段の上から悲鳴が聞こえる。振り向いてマリソルを見る。テレビ画面の明かりに照らされた彼女の顔は幽霊のように蒼白で、首にかけた金の十字架を握り、静かに早口で何か唱えている。

「詳しいことがわかるまでここにいてください」とフィリップは言う。「すぐに連絡がありますから――」

「きみには子供はいない、ちがうか?」と男のほうが責めるような口調で言う。「子供がいれば、わたしたちの気持ちがわかるはずだ」

「ここにいるほうが安全です」とフィリップは説得を試みる。

「安全?」白いひげをたくわえた老人が吐き捨てるように言う。「そいつはクソつまらないジョークだ」

同意を示す叫びとつぶやきが店内に響く。

何が正解なのか、フィリップ自身がそれを知りたいと思っている。乗組員は最低でも二週間に一度避難訓練をおこない、非常時に誰が何をするか確認して、自分の役割を叩きこまれる。とはいえ、いざ災害に見舞われたらどうなるだろうと彼は常々《つねづね》考えていた。実際に災害に直面してみなければ、人がどう反応するかはわからない。もし船で火災が発生したら。もし沈没しそうになったら。そのときはどうすればいいのか、そのことがいつも彼の心を悩ませてきた。しかし、今となってはそんな心配は些細なことに思える。

「少なくとも彼らはここにははいってこられない」とフィリップは訴える。「それにみなさんが死んでしまったら、それこそ子供たちを助けられなくなる」

「だけど、もし子供たちがわたしを捜そうとして部屋から出てしまったら？」女がなおも言う。呼吸が荒い。今にも過呼吸になりそうな声だ。

「子供のいる人はここから部屋に電話すればいい」とイェニーが口を挟み、フィリップを見る。フィリップは感謝をこめてうなずく。彼自身がもっと早くそのことに気づくべきだったのは言うまでもない。驚いたことに、電話する順番をめぐる言い争いは起きない。イェニーがバーカウンターの中の壁に掛けられた電話のところへ女を連れていく。

「避難しないと」とひとりの男が言う。「救命ボートで避難すべきだ」

「船が動いているあいだはボートを海におろせないんです」とマリソルが答える。

「だったら、このくそクルーズ船を止めればいいじゃないか？　操縦できるやつはいないのか？」

　束の間、沈黙が流れる。床の振動とグラスがぶつかり合う音がやけに大きく聞こえる。

「すぐに救助隊が来ます」フィリップは確信しているように言う。「すでに遭難信号を発信しているはずです」

「船から降りたい」とバンドのドラマーがつぶやき、テーブル席に坐って頭を抱える。「ここから出たい。ここにいるくらいなら溺れるほうがましだ。船を降りたい。早くここから……」

「どうやって助けてくれると言うんだ？」と白ひげの老人が尋ねる。「救命ボートを海におろせないなら、救助隊が来たところで、どうやって助けてくれる？」

「ヘリコプターを使う」とマリソルが確信を持って答える。「わたしたちにできることは、パニックにならずに落ち着いて待つことよ」

老人は諦めたように首を振るが、反論はしない。

緑の党の支持者のドレッドヘアの男が椅子から立ち上がり、バーカウンターの中へ歩いていく。とても痩せていて、ぴったりした黒いジーンズを穿いた足は昆虫の足のようだ。マリソルはドレッドヘアの男を眼で追う。「あの、どうかしました？」

「気にしないでくれ。自分でやるから」男はそう言うと、棚に並べられたフェイマス・グラウスのボトルを手に取る。「せっかくだからちゃんと酔わないと。どうやらクルーズ船の運航会社がお代を払ってくれるみたいだから」

何人かが笑う。フィリップは一緒になって笑っている自分に気づき、驚く。電話口の女は苛立たしげに子供たちに言い聞かせている。

突然、頭上で大きな音がする。笑い声が急に静かになる。フィリップはテレビ画面を見上げる。〈クラブ・カリスマ〉のダンスフロアで椅子が飛び交っている。

緑の党の支持者の男はボトルからポアラーを引き抜き、ウィスキーを飲む。

「見て！」フィリップの隣りにいる女が甲高い声を出す。「生きてる！」

フィリップは困惑しつつ床に横たわっている女に眼を向ける。女の眼は大きく見開き、口が開いたり閉じたりしている。

「こっちに来て、起こしてあげて！」と誰かが大声で言う。

フィリップが近寄ると、女は何度かまばたきし、彼に焦点を合わせようとする。

「いや、動かしちゃだめだ」と別の誰かが言う。「もし頭を打っていたら――」

「馬鹿ね、頭なんて打ってなかったじゃない」

「ここに来るまえに何があったかわからないだろうが！」

フィリップはその言い合いを無視し、女のそばにしゃがみこむ。「気分はどう？」

女はさらに何度かまばたきをする。

「気をつけて」とイェニーが言う。「その人ももう彼らの仲間かもしれない」

フィリップは女をじっと見る。恐怖で胃がひっくり返る。

「見殺しにはできない」マリソルが彼の隣りで膝をつく。「わたしたちには責任がある」

そう言って、女の手を取り、手首に自分の指先をあてる。それからそっと咽喉《のど》に触れ、眉をひそめる。

女が牙を剝く。開いた口からのぞく歯が白く輝いている。

こんなに白かったか？

「イェニーの言うとおりだ」とフィリップはマリソルに言う。「気をつけて」

マリソルがわずかに身を引いたのを見て、フィリップは驚く。

「脈がない」とマリソルは静かに言う。「もう一度ライリに電話してみて。それから、誰かにお水を一杯持ってきてくれるように頼んで」

フィリップは立ち上がる。急に立ったので立ちくらみがし、額に手をあててめまいがおさまるのを待つ。「誰かあの人にお水を持っていってくれないか？」誰にともなく頼む。バーカウンターのそばにいる数人が顔を見合わせる。やがて緑の党の支持者の男が蛇口に歩み寄り、グラスに目一杯水を注ぐ。男がカウンターの上にグラスを置くと、水がこぼれる。

「これ以上近くには行きたくない」と男は言う。

突然、フィリップの背後で誰かが叫ぶ。次々に叫び声があがり、地獄から湧いてくるような混沌《こんとん》とした大合唱となる。

とマリソル。

振り向くと、女が鉤爪のような指をマリソルの髪に絡ませ、彼女を近くに引き寄せようとしている。

大きく口を開けたその姿は――

階上《うえ》のダンスフロアにいる人たちと同じだ。

嚙まれて彼らの仲間になってしまった。

「助けて！」とマリソルが叫ぶ。「誰か、助けて！」

女がここに来たときとまるで同じだ。

嚙まれたあとでここに来たときと。

女の歯が冷ややかな音を立て、口が閉じる。首を思いきり伸ばしているせいで、腱がロープのように浮き出ている。

フィリップはバーカウンターに向かって走り、並べてあったスパークリングワインの大瓶をつかむ。

数人の女が顔をそむける。彼がこれからすることがわかっているからだ。

「気をつけろ」フィリップはマリソルに向かって言い、そばにしゃがむと両手で大瓶を握る。女のうつろな眼が彼のほうに向く。フィリップは眼を閉じ、歯が鳴る音を聞きながら、瓶の底を女の顔に叩きつける。

衝撃が上腕まで伝わり、温かいものが顔に飛び散る。

「ああ。ああ。ああ」誰かが息も絶え絶えに言う。

フィリップの唇から滴《しずく》が垂れる。今、舌を出したら、血の味がするのだろう。この女の血の味が。

感染。感染。

フィリップは眼を開ける。

女の口があった場所に真っ赤な穴がぽっかり開いている。顎ははずれ、胸のあたりまで垂れ下がっている。舌が二、三秒あちこちをさまよい、動かなくなる。咽喉の奥に白い小石のようなものが見える。上唇は鼻の下まで裂けているが、血まみれの顔の残骸の中で歯だけが無傷で残っている。

フィリップはボトルを置き、エプロンのポケットから布巾を出して、一心不乱に口を拭く。布巾が鮮やかな赤い色に染まる。女の血が毛穴を通って自分の細胞組織に入りこんでいくような気がする。

マリソルの呼吸が浅く、速くなる。今やぐったりした女の指を髪から引き抜こうと悪戦苦闘している。フィリップは女の片手をつかむ。全身に震えが走る。まるで巣に絡まった動物の死体を握っているようだ。女の指を大きく開いて、マリソルの髪から引き離そうとする。

「切れてもいい」とマリソルは小声で言う。「ここにいるくらいなら、髪なんてなくなってもかまわない」

フィリップはもう一度女の顔を見て、胃が飛び出そうになる。マリソルの髪に意識を集中させる。ようやく死んだ女の両手が開く。

「行こう」フィリップはそう言ってマリソルの腕を取る。

ふたりは立ち上がる。いつのまにか店内は静まりかえっている。

「わたしも飲まなきゃやってられない」マリソルは鼻をすすりながらつぶやく。

フィリップはバーカウンターの中にはいり、キッチンスポンジの粗い面に洗剤をつけて顔と手をこする。マリソルは緑の党の支持者からフェイマス・グラウスのボトルを受け取り、ぐいっと一口飲む。フィリップが見るかぎり、彼女には噛まれた痕はない。マリソルはカウンターの上にボトルを置き、口を拭って、髪を結い直す。イェニーが隣りのスツールに坐り、彼女の背中を撫でる。

強くこすったせいで唇と肌がひりひりし、焼けるように痛い。フィリップは新しいスポンジにウォッカを染みこませ、顔にあてる。熱せられて先端が赤くなった針が一万本刺さったような激痛を感じる。

ウォッカのボトルに口をつけてぐいっと一口飲む。

「今夜、ほかに噛まれた人は？」と尋ねるが、返ってくるのは沈黙だけだ。人々はそわそわと体を動かし、そばにいる人を横目でうかがう。

「たとえ噛まれたとして、自分から名乗りでるやつがいると思うか？」緑の党の支持者が言う。「そこの床に倒れている人みたいになるとわかってるのに？」

「それでも訊かなきゃならない」とフィリップは言う。「わかるだろ？　訊かないわけにはいかない。あなただって何が起きたかその眼でしかと見たはずだ……」

そう言って大きな身振りでテレビのほうを示す。画面には今も〈クラブ・カリスマ〉のダンスフロアが映っている。明滅するライトの下で起きた惨劇を映し出している。

自分の言い分に説得力があるなどとどうして思えるのか？　彼自身、何も知らないのに。つぶれた女の顔を見て、自分は正しいことをしたとどうして言える？

イェニーがかろうじてわかる程度に小さくうなずく。呼吸がほんの少し楽になる。

「噛まれた人がいるなら、できるだけのことをして助けたい」とマリソルが言う。「これが病気なら、必ず治療法が……」

「その人は治らなかったけど」緑の党の支持者がそう言って笑う。

「……だけど、そのまえにその人たちを隔離しないといけない。全員の安全のために。バーカウンターの奥にスタッフルームがあるから……」

「だったら、まずそいつを閉じこめるべきじゃないか？」と緑の党の支持者はフィリップを指差して言う。「あの女の血を浴びた。感染してないともかぎらないんじゃないか？」

焼けるような顔の痛みが凍えるような寒気に変わる。無言で同意を示す人たちを見ないようにするのが精一杯だ。「ぼくは感染してない」

「どうしてそう言い切れる？」

「そうよ、どうして言い切れるの？」カウンターの中でちょうど通話を終えた女が加勢する。「ここにいる人なら誰が感染していてもおかしくないでしょ？　誰でも可能性はある。なんてこと、なんてこと。わたしたちはここで何をしているの？」女は今もまた苦しそうに呼吸している。

視界の隅で何かが動く。フィリップは反射的にそちらを見る。

床に倒れていた女がうつ伏せになり、四つん這いで立とうとしている。女の口から白い塊がこぼれ落ちる。背が弓なりになる。暗めのピンク色のパンプスが片方脱げている。女は周囲のにおいを嗅ぐ。はずれて垂れ下がった顎の上で舌がうねる。空気の味を確かめて、探しものを見つけようとしているかのようだ。

客たちは一斉に店の出口に向かって走りだす。彼らがシャッターを開けようとすると、シャッターは大きな音を立てる。

女は床を這って進む。女が頭を振ると、はずれた顎が前後に大きく揺れる。裂けた上唇がステージ上の赤いカーテンのように左右にめくれ、中から歯が見える。

シャッターはいつもと同じ位置で大きな音を立ててつかえる。女は顔を傾け、音がしたほうに這っていく。

フィリップは反射的に非常ボタンに手を伸ばす。が、すぐに無意味だと思い直す。呼んだところで誰が助けにくるというのか?

ピアは来ない。ピアはもういない。

女が床を這う。さらに悲鳴があがる。さっきまで音楽に合わせてずっと歌っていた若い女のグループが飛び退いて女の行く手から逃げようとする。が、女が急に手を伸ばしてひとりの足首をつかむ。つかまれた女は顔から床に突っ伏す。女が彼女を近くに引き寄せる。上の歯が倒れた若い女のふくらはぎに食いこみ、深い溝ができる。フィリップには女が舌なめずりしたのが気配でわかる。

イェニーがスツールからすべり降りて急いで駆け寄り、女の頭をめがけて蹴る。その一撃は女のこめかみの真下に命中する。女は横向きに倒れるが、それでも若い女の足首は放さない。女はもう一度傷口に顔を寄せる。血を吸う湿った音がどこか妖艶《ようえん》に聞こえる。下顎が乾いた音を立てる。上の歯が骨にあたり、噛まれた女の悲鳴が大きくなる。

フィリップの心の保護フィルムが破れる。フィルムのおかげで、この船で起きていることは現実ではないような気がしていた。フィルムがなくなった今、怒りがふつふつと湧いてくる。それが力に変わる。

フィリップはまな板の上に置かれていたナイフをつかみ、バーカウンターの外に出る。鼓動が激しくなり、今にも一線を越えてしまいそうだ。

床を這って進む女に追いついたときには、すでにマリソルが女の頭に大瓶を振りおろそうとしている。女が彼女を見上げる。べったりとして縄のように太い血が舌から垂れる。

マリソルは何度も何度も大瓶を振りおろす。瓶が砕ける音がだんだんくぐもってくる。女の頭蓋骨に大きな穴が開く。

噛まれた若い女は半狂乱で泣き叫び、助けを求めて友達のほうに手を伸ばす。が、友達はみなあとずさりする。

大瓶がマリソルの手を離れ、鈍い音を立てて床に落ちる。

フィリップはふと、緑の党の支持者の男がじっと立っているのに気づく。なんだか妙だ。次の瞬間、男の口が開き、血が噴き出す。

新たなパニックの波が室内に広がる。

「来てくれ」フィリップはマリソルとイェニーを呼ぶ。「全員ここから脱出させるんだ。そのあと食堂に行く」

アルビン

ルーが彼の手を握りしめ、顎で手すりのほうを示す。そこには大勢の人が集まってきている。円筒状のコンテナが開いており、救命ボートが進水用の吊り柱《ダヴィット》にぶら下がっている。オレンジ色のテントに似た形の、底が黒いボートが風に揺れている。

一団を率いている男は警備員の制服を着ている。

「あたしたちもあっちに行ったほうがいいと思う？」とルーが囁《ささや》く。

「わからない」

ほんとうはわかっている。アルビンはここを離れたくない。たとえ頼りない隠れ場所だとしても。怖くて動けない。

「警備員がいる」とルーは言う。「てことは、何か策があるのかも」

父さんと母さんは今頃どこにいるのだろうとアルビンは思う。「もう少し待つほうがいいんじゃないかな」

「どのくらい？　この船から逃げなくちゃ、アッベ」

ルーの心はもう決まっている。顔を見ればわかる。アルビンが何より怖いのは、ひとりでここに置き去りにされることだ。

「ママもシーラおばさんもモルテンおじさんもきっと救助してもらえる」とルーは言う。

「あたしたちが助かることを願ってるに決まってる」

ルーはそう言ってアルビンを引っ張る。アルビンにはもう抗《あらが》う気力すら残っていない。

ルーの言うとおりだ。立ち上がると足がよろける。転ばないように壁にもたれかかる。

ルーが先に立ってランプが灯《とも》るデッキに出る。

マッデ

マッデは寝ぼけたまま起き上がる。どうして眼が覚めたのかよくわからない。夢を見ていたのだとしても、どんな夢か覚えていない。頭がずきずきと痛み、口がからからに渇いていて息をするだけでも痛い。部屋の電気は全部つけっぱなしになっている。室内を見まわす。服と免税店の買いもの袋とザンドラのピンク色のスピーカーが床に散乱している。テーブルの上にビール瓶とカタログが置かれている。鈍い音が聞こえた記憶がぼんやりよみがえってくる。やはり夢を見ていたのかもしれない。マッデはまた眠りに落ちていく。深く、もっと深く……

何かが激しくドアを叩く。

マッデはやっとの思いでベッドから抜け出す。立ち上がり、自分の靴につまずく。服を着たまま寝ていたらしい。薄い布地が汗で湿っている。マッデはドアを見る。取っ手が外から下に押し下げられ、跳ね上がるようにしてもとの位置に戻る。また何かがドアにぶつかる音がする。マッデは歩いてドアのところまでいく。頭の中の靄《もや》が少し晴れてくる。

「どなた?」とマッデは呼びかける。「ザンドラ? ザンドラなの?」

どこかに閉じこめられているみたいに声が跳ね返る。ドアの反対側にいる人にはとても聞こえそうにない。マッデはドアと側柱のあいだのわずかな隙間に口を押しあてて言う。

「ザンドラ?」

また鈍い音がして、マッデは驚いて飛び上がる。

冷たい風が背中の汗を撫でているような感覚に襲われる。窓のない窮屈な船室には隙間風が吹くはずはないのだが。

咽喉《のど》の奥から絞り出したような長たらしいうめき声が聞こえる。聞き覚えのあるその音に、マッデはにやりと笑う。ザンドラはカードキーをなくしたにちがいない。それとも、部屋の鍵も開けられないほど酔いつぶれているのか。

マッデは取っ手に手をかける。その瞬間、大きな音を立ててドアが勢いよく開き、ザンドラがよろけながら部屋にはいってくる。

「びっくりさせないでよ!」とマッデは怒鳴る。「いったいなんなの?」

ザンドラは前後に揺れている。カーペットに深く食いこんだヒールのおかげでかろうじてまっすぐ立っているといった有様だ。眼はうつろで、口はだらしなく開いている。髪は乱れ、無造作に垂れている。

マッデはドアに眼をやる。側柱の鍵が取り付けてあった部分が壊れているのを見てため息をつく。ザンドラは酔いつぶれている。今、小言を言ってもしかたない。親友が通れるように脇によけ、手を差し出してよろける体を支える。

「もう帰ってきたの？」とマッデは訊く。「ちゃんとお股を拭いてきたでしょうね？」

ザンドラが眉根を寄せる。マッデのことが誰だかわからないようだ。

「大丈夫？　気持ち悪いの？」

ザンドラが部屋に入ると、マッデはドアを閉める。が、きちんと閉まらない。まったく。鍵が完全にいかれてしまっている。

ザンドラはまばたきし、うめくようにわけのわからないことを言う。ただ、口のにおいからわかることがひとつある。もう吐いたあとらしい。マッデはその可能性に賭けてザンドラをバスルームではなくベッドに連れていく。

「あんたの息ときたら、ごみ収集車みたいにひどいにおいがする」マッデはそう言いながら、床に転がっているヘアスプレーの缶を蹴ってどかす。

ふたりは並んでベッドに坐る。マッデは屈んでザンドラの靴を脱がせてやる。ヒールの底にピンクの羽根がくっついているが、ショールは見あたらない。体を起こし、もう一度ザンドラを見る。底なし沼のような、うつろな眼をまじまじとのぞきこむ。

「ねえ、ほんとに大丈夫？　具合が悪そうだけど」

ザンドラが顔を傾ける。口から細い糸のような唾《つば》が垂れる。壁に取り付けられた突き出し燭台風の明かりのもとで見ると、唾はほんのりピンク色をしている。

マッデはまたしても冷たい風に背中を撫でられるような寒気を覚える。

「何か飲んだの？」ザンドラの眼のまえで指を鳴らして尋ねる。「あいつらが飲みものに何か混ぜたの？　ねえってば」

マッデはザンドラに腕をまわし、すぐに引っこめる。やけにべとべとしている。

手が真っ赤に染まっている。

今やマッデの心の中では風が吹き荒れている。「ちょっと背中を見せて」

ザンドラは反応しないが、マッデがそっと背中を押すとおとなしくまえに屈む。服が破れ、血が流れている。切れた服が肌に貼りついてかたまっている。

「何があったの？　あいつらにやられたの？　ねえ、教えて！」

ザンドラは屈んだ姿勢のまま、マッデのほうを見る。顔の筋肉が引きつる。ザンドラのこんな表情は見たことがない。いや、誰であろうとこんな表情は見たことがない。

マッデはシーツに手を突っこんで携帯電話を探す。指が汗で濡れて、画面のタッチパネルが反応しない。上掛けで手を拭き、どうにかロックを解除する。電波は届いていない。

しかたなくザンドラのそばを離れてデスクに歩み寄る。内線電話の受話器を持ち上げて言う。「今、助けを呼ぶから待ってて」

マッデはデスクに散乱したパンフレットや免税店のカタログをめくる。部屋の外から悲鳴らしき声が聞こえ、一瞬、手を止める。一番分厚いパンフレットを選び、うしろからページをめくっていく。どこかに案内所の番号が書かれているはずだ。救護室に直接つながる番号もあるかもしれない。確かに白い十字の印がついた緑色の標識を見かけた覚えがある。あれって救護室のマークよね？

しかし、パンフレットの中身はレストランの案内や映画スターが宣伝する香水の広告ばかりで、肝心の番号がどこにも見あたらない。

「どうにかなる」とマッデは言い、適当に番号をダイヤルする。ゼロ、九、ゼロ。「どうにかなるから安心して。とにかく誰か呼ばないと……」

背後でがらがらという湿った音が聞こえ、マッデは口をつぐむ。振り返るとザンドラが立ち上がり、痛みに顔をゆがめながら、何歩かこちらに近づいてきている。

マッデは床に散らばるがらくたをよけて駆け寄り、ザンドラに腕をまわして支える。

酔っぱらって喧嘩なんてするんじゃなかった。そうすればこんなことにはならなかったのに。

「あいつらにやられたんなら、全員殺してやる」とマッデは言う。

ザンドラの両手がマッデの脇に触れる。驚くほどぐったりしている。耳の下のにおいを嗅がれ、むず痒さを覚える。

「約束する」とマッデは言う。「聞こえてる?」

体を引いてあらためてザンドラを見る。息が止まる。

ザンドラの眼の焦点が合っている。自分の手を見つめ、マッデの腕の上をすべらせるようにして動かす。唇を引き結び、歯を見せる。

ザンドラの歯じゃない。

前歯の一本がほかの歯に重なっていたはず。ミドルスクールの頃からずっと見てきたんだから、どんな形をしてるかはっきり覚えてる。

ザンドラの手がマッデの肩の上をさまよう。指先が大きな蜘蛛の脚みたいに顔を這い上がってくる。

「やめて!」マッデはザンドラの手を払いのける。

ザンドラはまばたきすらしない。

「あいつらに何をされたの?」とマッデはもう一度訊く。声が一音一音ひび割れる。

ザンドラがまた手をあげて、マッデが耳につけている大きなフープのイヤリングに触れる。じっくり眺め、うっとりして、曲がった指をフープにかける。マッデの耳たぶが伸びる。

「やめて」とマッデは言い、ザンドラの手首をつかもうとする。「引っ張らないで。引っ張らないでったら——」

いきなり耳に焼けるような痛みが走る。誰かに火をつけられたのかと思うほど激しい痛みを感じる。

「なんてことするの！」とマッデは怒鳴る。

ザンドラが手を引っこめる。イヤリングが彼女の指をすべり、音もなく床に落ちる。

耳が焼けつくように痛い。温かい血がマッデの首を伝う。

ザンドラが口を開ける。

マリアンヌ

狭い通路に人があふれ、マリアンヌはあっちからまたこっちへと押し流される。ヴィンセントも彼女もそのうち人の流れが穏やかになると期待していたのだが、むしろ人がどんどん集まってきてもみくちゃになる。走り、つまずき、怪我する人もいる。〈カリスマ・スターライト〉の防犯シャッターが音を立てて開き、さらに大勢の人がなだれこんでくる。

マリアンヌはヴィンセントの手を強く握る。見知らぬ人がどんどんぶつかってくる。怯えた顔があちこちに見え、いたるところで大切な人を呼ぶ声がする。

あとどのくらいだろう？　この先のどこかにビュッフェ・レストランのそばの中央階段がある。ヴィンセントの部屋があるデッキ9に行くには、その階段をのぼらなければならない。髪に血のついた女に脇へ押しやられ、それから煙草の煙とこぼれたビールのにおいが染みついたジャケットを着た長身の男の背中に押しつけられる。誰かが彼女を押しのけて通り過ぎ、突然つないでいた手が離れる。

まわりを見てもヴィンセントの姿はない。

背後で悲鳴があがり、周囲の圧力が大きくなる。四方八方から押しやられ、息ができない。押し流されて狭い通路に出ると、ビュッフェ・レストランの看板が眼にはいる。ようやく階段が見えてくる。さっきよりも広い場所に出たのに、ここはさらに混沌《こんとん》としている。別々の方向へ向かおうとする人でごった返し、互いにぶつかりあっている。チャイムの音がしつこく呼び鈴を鳴らすように何度も何度も聞こえる。音のするほうを見ると、エレヴェーターのドアが半分開いては閉じ、半分閉じては開くことを繰り返している。

背後でさらに悲鳴があがり、パニックが広がる。パニックの波はマリアンヌにも押し寄せる。まるで全員が同じアドレナリンを共有しているかのようだ。まだ生きたい。もっと生きたい。そう強く望んでいる自分に気づき、マリアンヌは驚く。いきなり横から強く突き飛ばされ、体勢を崩して床に倒れる。両腕で頭を覆い、体を丸める。人々の足がすぐそばを通っていく。膝が彼女の肩にあたり、誰かが彼女につまずき、ブーツのかかとが耳のそばをかすめる。立ち上がろうとするが、何かが首のうしろを強く叩く。

誰かがすぐ隣りで倒れる。彼女と同年代の男で、大きな白いひげを生やし、濃い眉の一本一本は針金のように太い。眼は彼女を見据えているが、何が見えているかわかっていないようだ。ブロンドのドレッドヘアの若い男が倒れた男の背に飛びかかり、カーペットに顔をこすりつけるようにして白ひげの男の首を嚙みちぎる。肉の塊を吐き出し、傷口に顔をうずめる。わずか二分の一秒の出来事だ。

誰かがマリアンヌの腕をつかんで引き上げる。

ヴィンセント。

足が地に着いたのがわかる。ヴィンセントが彼女を抱きかかえるようにして雑踏の中を進む。

ようやく階段にたどり着く。背後ではまだチャイムのチンという音が鳴りつづけている。赤い髪をした女が血まみれのシーツを体に巻きつけ、よろめきながら近づいてくる。シーツをきつく巻いているので、胸と腹が隠れている。女はマリアンヌをじっと見て、すれちがいざまにフィンランド語でなにやら怒鳴る。

「次の階だ」ヴィンセントはマリアンヌを促し、さらに先へ、上へと進む。

階段を降りてくる人たちが彼女を押しのけようとするが――チン――ヴィンセントが両手で彼女の――チン――肩を支える。マリアンヌは――チン――エレヴェーターのほうを見る。

エレヴェーターのドアの隙間に、鮮やかな色をした小さな塊がはさまっている。子供の腕らしきものが飛び出ている。が、腕のはずはない。腕だとしたら、あんな角度に曲がるはずはない。

眼をそむけると、反対側では通路に並ぶ人々が窓に押しつけられている。肉体と血を持つ彫像のように身動きひとつせずじっと立っている。何人かはあたりを見まわしている。誰かがやってきて、どうすればいいか教えてくれるのを期待するように。

が、誰も来ない。

ふたりはデッキ8とデッキ9のあいだの踊り場まで来る。ヴィンセントがうしろを歩き、人の波に逆らって階段をのぼる。人々が階上《うえ》から逃げてきているのは明らかだ。マリアンヌは血まみれのシーツをまとったフィンランド人の女のことを思い出す。あの人は何かを警告しようとしてくれていたのか？

「みんな、どこに向かってるのかしら？」とマリアンヌは言う。

「デッキ9には船室があまりないんだ」とヴィンセントが答える。「ほとんどの人はもっと下にある部屋に泊まってる」

マリアンヌは水面より下にある、悪臭がする通路に面した自分の狭い部屋を思い浮かべる。新たな決意で脚に力が漲《みなぎ》り、ヴィンセントと一緒にデッキ9まであがる。ひとつ上の階からガラスのドアが開閉する音が聞こえ、人々はプロムナードデッキから逃げてきたのだとわかる。

ヴィンセントが先に立って吹き抜けをまわり、ガラスの壁のまえを通り過ぎる。反対側にこの船にひとつしかない暗い会議室がある。

「ぼくたちの部屋はこの先だ」ヴィンセントは眼前に広がる入り組んだ通路の先を指差して言う。「まっすぐ進んだ、突きあたりにある。見える？」

マリアンヌは黙ってうなずく。それほど長くない通路で、誰もいない。突きあたりにほかの船室とそっくりなドアが見える。

そのドアの向こう側に行けば、安全に閉じこもっていられる。

マッデ

ザンドラは騒々しく鼻を鳴らし、マッデの裂けた耳をじっと見る。

マッデは最後の力を振り絞り、ザンドラを思いきり押しのける。

ザンドラはよろめいて後退する。体の動きに足が追いつかず絡まってもつれる。ベッドの端に尻餅をつき、床に転げ落ちる。

「ごめん」とマッデは言う。「ごめん。でも、どうすればいいかわからない」

親友は起き上がろうとしている。

「ザンドラ、お願い。どこが悪いのかわからないけど、今、助けを呼ぶから。ね？　すぐによくなるわ」ザンドラが娘をあやすときの声を真似てなだめるように言う。

ザンドラは四つん這いでマッデに迫り、手を伸ばす。背中についた血の痕がはっきり見える。

いったい何を飲ませたの？

ザンドラが喘《あえ》ぎ、背中を弓なりにする。口から赤いものが吹き出し、カーペットと床に散乱した服に飛び散る。マッデの裸足の足にも撥ねる。

ひとしきり吐き出すと、ザンドラの背中から力が抜ける。

ねばついた赤い液体を指ですくい、口に入れている。

マッデはうしろ向きでドアのほうに進む。ヘアスプレーの缶を踏み、足をすべらせる。つかまるところがない。床に尻餅をつくと、ザンドラが顔を上げる。口はせっせと指を舐《な》めている。

「ザンドラ、やめて」とマッデはすがるように言う。「お願い」

ザンドラの口から出てきた指が唾液と血でぬめぬめと光る。這ってマッデに突進する。マッデが蹴る。足は肩に命中するが、それでもザンドラは前進をやめない。ぬるぬるした指がマッデのふくらはぎを撫で、膝頭をくすぐる。

マッデは手探りでヘアスプレーの缶をつかむ。呼吸があがっている。意識の片隅で、この部屋の中で呼吸しているのは自分だけだと気づく。腰まで迫ったザンドラの顔にスプレー缶のノズルを向ける。

「ごめん」と小声で謝る。

スプレーが噴射される音とともに、ねっとりした甘い花の香りの雲ができる。

ザンドラが甲高い悲鳴をあげ、眼をこする。どこかが痛い子供のように泣きじゃくる。

「ごめん」とマッデはもう一度言い、尻餅をついたままカニのような動きで床に散乱した服をよけながら移動する。

ザンドラが手をおろす。眼から涙がこぼれる。もはや誰だかわからないほど顔がゆがんでいる。口を大きく開くと、中から歯がのぞく。新しい歯が……

ザンドラじゃない。こんなのザンドラじゃない。

マッデはもう一度スプレーを噴射する。が、今度はザンドラも構えていて、眼を閉じ、顔をそむける。ヘアスプレーのにおいが室内に充満し、マッデは咳きこむ。

じわじわと移動し、ようやく背中がドアにあたる。立ち上がろうとするが、ザンドラが足にしがみついて引っ張る。

マッデはドライヤーをつかみ、ザンドラの顔に叩きつける。ザンドラの額に大きな傷ができる。もう一度ドライヤーを顔面に叩きつけると、ひび割れたような乾いた音がする。ザンドラが声にならない悲鳴を上げる。マッデは立ち上がり、ピンクのスピーカーを拾い上げてザンドラめがけて投げつける。

ザンドラも立ち上がる。一歩も退く気配がない。彼女の身に何が起きたにしろ、今の彼女が何者にしろ、マッデを同じ目にあわせるまではおとなしくなりそうにない。

「やめて、お願い、やめて」マッデは呼吸しようとするが、パニックで咽喉《のど》が詰まる。どうにかドアを開け、部屋の外に出てドアを閉じる。もはやきちんと閉まらないドアを。

マリアンヌ

突きあたりはもうすぐそこだ。あとわずか十メートル。

が、マリアンヌは途中で足を止める。どこからか、ドアが勢いよく閉まる音がする。誰かが走っている。音は迷宮のような通路の壁にこだまして、どこから聞こえてくるのかわからない。マリアンヌは耳のうしろが痛くなるほど緊張して耳を澄ます。

ヴィンセントも隣りで立ち止まる。

足音はまだ聞こえる。誰かが必死で走っている。

足音がすぐうしろに迫ってくる。振り返ると、ブロンドの肥った女がいる。シースルーの布地でかろうじて大事な場所だけが隠れている。女は狂気じみた眼でふたりをじっと見る。

「助けて」と囁《ささや》き、そばにくる。裸足の足に血が飛び散っている。

片方の耳たぶがふたつに裂け、血が滴《したた》り落ちている。もう一方の耳に大きな金のフープがぶら下がっているのを見て、マリアンヌは何が起きたか察し、身震いする。ほんの数分まえにもっとひどい光景——およそ現実とは思えない恐ろしい光景——を目のあたりにしたばかりだが、裂けた耳の痛みは想像がつくだけに現実味があり、こちらのほうがよっぽどひどいことのように思える。マリアンヌは首を振る。

「突然ごめんなさい。あたしはマッデ。あたし……人を呼んでもらいたいの」女はマリアンヌの上着を引っ張りながら小声で言う。「親友の様子がおかしくて……きっとクスリか何かを盛られたんだと……」

「誰もその人を助けることはできない」とヴィンセントが静かに言う。「今のところは。ぼくたちと一緒に来て」

マリアンヌはヴィンセントに視線を送る。このマッデという女も彼らの仲間かもしれないのがわからないの？

「だめ、誰かを呼んでザンドラを助けなくちゃ」とマッデは泣き声で訴える。

隣りの通路から重たげな足音が聞こえてくる。マリアンヌの胃が恐怖で引きつる。「この船にはあなたのお友達と同じような人が大勢いるの」とマリアンヌは急いで言う。「一緒に来て。来ないならその手を離して」

マッデが走ってきたのと同じ通路からザンドラが現われ、血走った眼で彼らを見つめる。

ヴィンセントがマリアンヌを引っ張る。彼らの背後に現われた怪物が全身の骨を揺るがすような悲鳴をあげ、マリアンヌは痛む腰と膝を無視して走りだす。マッデはまだ彼女の上着をつかんでいる。時間も距離も失われたような錯覚に陥る。眼のまえの通路が悪夢のようにどんどん伸びていく。さらに足音が聞こえる。騒ぎを聞きつけた彼らの仲間が集まってくる。ヴィンセントは部屋のまえにたどり着き、大慌てでカードキーを差しこみ口の狭い隙間に差しこもうと苦労している。ようやくカードキーがはいるものの、何も起きない。ヴィンセントはドアの取っ手を上下に動かす。鍵はかかったままだ。

マッデがカードキーをひったくり、差しこみ直す。一発でうまくいく。ブザーが鳴ってロックが解除され、三人は部屋になだれこむ。

ドアが閉まり、すべてが暗闇に包まれる。

アルビン

救命ボートは吊り上げられ、デッキの外側で揺れている。ルーとアルビンは手すりのそばで半円形になって集まっている集団にまぎれこむが、ふたりに気づく人はいない。警備員がロープを引っ張り、ロープの反対側を握っている乗客に大声で指示を出す。ボートには何人乗れるのだろうとアルビンは思う。待っている人々はほとんど救命胴衣を身につけているが、全員ではない。人々は互いに囁《ささや》き合う。血、死、信じられない、頭がおかしい、麻薬、怪物――そういうことばが断片的に聞こえてくる。

アルビンはそれを聞きたくない。ただ、船から離れたい。今すぐに。ルーの言ったことは正しい。急がなければならない。はるか下では海水が猛スピードで流れている。この船の下層のどこかに母さんと父さんがいる。だけど、今はどこにいるのか考えているときではない。死んでしまうかもしれないということも。

ルーが一緒にいる。

「股にかけるひもがない」男が救命胴衣を着て、すぐに文句を言う。「これじゃ海に落ちたときに脱げてしまう。別のをくれ！」

「一緒に行きたい人は早く乗って」と警備員が大声で言う。「二十五人まで乗れる」

ルーがアルビンの手をしっかり握り、ボートに近づく。誰かがふたりに救命胴衣を渡す。そのとき、明るいオレンジの円盤のようなボートの下に女が現われる。ボートが揺れ、女はいなくなる。

「この忌々《いまいま》しいひもはどうなってるんだ？」と誰かが叫ぶ。「誰か教えてくれ！」

誰も答えない。アルビンは救命胴衣を着て、どういう仕組みになっているのか理解しようとする。乗客が警備員の手を借りて次々にボートに乗りこむ。そのたびにボートはまもなく孵化する幼虫が詰まった繭《まゆ》みたいに大きく揺れる。アルビンは睫毛にかかった雨粒を払いのける。デッキの床の振動が体に伝わり、背すじまで震える。

ルーが列に割りこみ、早くついてこいと言わんばかりに苛立たしげに手まねきする。

「この子たちを先に乗せてやってくれ！」アルビンのうしろにいる男が大声で言う。その声に応じて数人が脇によけ、男はアルビンの肩をしっかりつかんでまえに押し出す。

ルーが股ひものかけかたを教えてくれる。どこでそんなことを覚えたのだろうとアルビンは不思議に思う。警備員が左右交互に坐るように指示を出している。アルビンはまえに並んでいる人数を数える。自分もルーも乗れそうだが、できるならルーと隣りあわせで坐りたい。順番がきて、アルビンは警備員を見上げる。名札には〝ヘンケ〟と書いてある。「ぼくたちはふたりでひとりってことでいい？」とアルビンは訊く。「一緒に坐っちゃだめ？」

ヘンケは黙ったままじっとアルビンを見る。この警備員も自分と同じくらい怖いのだとアルビンは悟る。

「とにかく急いで」と警備員は言う。

「おい！」と誰かが叫ぶ。「待ってくれ、ボートをおろしちゃだめだ！」

警備員は声がしたほうを向き、雨とライトの明かりに眼を凝《こ》らす。「どうしてだめなんだ？」

「おれは以前、この船で働いてた。そのおれが知ってるってことは、あんたも知ってるはずだ。今、ボートをおろしたりしたら、着水したとたんにひっくり返る」

アルビンは振り返り、ボートに近づいてきた男をじっと見る。スキンヘッドで濃い色のひげを生やしている。

「船に残るつもりはない」と警備員が言う。「そんなのごめんだ」

「わからないのか？　死んでしまう」と男が言い返す。

　アルビンはルーを見る。

　警備員が吊り柱《ダヴィット》からウィンチの取っ手を引き抜く。取っ手はランプの明かりで銀色に輝いている。

「そうなったらそれまでだ」と警備員は言う。「ここにいるよりよっぽどいい」

　男は悪態をつき、ボートを見る。すでに乗りこんだ人たちは体を寄せて、温め合っている。

「ボートから降りろ！」男は強風にかき消されないように大声で怒鳴る。「すぐに降りろ！　部屋に戻って、そこで待つんだ！」

　誰も返事をしない。

「ルー」とアルビンは言う。「やっぱり戻ろう」

　ルーは首を振る。

「戻るほうが安全だ！」と男はなおも怒鳴る。

「危ない！」ルーが突然叫ぶ。銀色の液体が流れるように、何か光るものが宙で弧を描く。男が振り返ると同時に、重いウィンチの取っ手が大きな音を立てて彼の顔面を直撃する。

　アルビンは思わず耳をふさぐ。

　が、もう遅い。もう聞こえてしまった。今さら聞かなかったことにはできない。男の鼻から血が噴き出す。よろよろとあとずさりし、倒れ、立ち上がろうとする。

警備員が倒れている男に近寄る。アルビンから見えるのは、制服を着た彼のいかつい背中だけだ。警備員は取っ手を振り上げ、思いきり振りおろす。警備員が立ち去ったあとも、男は床に倒れたままだ。顔が血まみれで、死んでいるみたいに見える。

「超イケてる、このクソ野郎！」とルーが叫ぶ。

警備員がルーのほうを見る。アルビンの息が止まる。が、警備員はウィンチの取っ手を振り上げることはしない。「一緒に来るのか？」ただそう訊く。

アルビンとルーは首を振る。警備員は最後の数人に手まねきして乗るように合図し、最後に自分も乗りこむ。ボートはロープに吊られて揺れながらゆっくりと水面に向かって降りていく。

ルーが殴られた男に駆け寄る。が、アルビンは重い繭のようなボートから眼が離せない。手すりのそばまで行くとめまいがして、手すりをしっかりつかむ。ボートに乗った人たちは互いに話をしているだろうか。それともじっと押し黙っているのか。殴られた男の声が聞こえた人はどのくらいいるのだろう？　気が変わって、部屋に戻りたくなった人はいるのか？　だけど、もう遅い。

ロープが軋《きし》む。

ボートはどんどん下に降りていく。クルーズ船のまわりを流れる泡の上で横すべりする。そのあと大きな音を立ててロープが切れる。ボートはクルーズ船の船体にぶつかり、まるで重さがないかのように宙返りして船の後方に姿を消す。はるか下から悲鳴が聞こえた気がするが、きっと気のせいだろう。アルビンは勇気を出して手すりの上からのぞきこむ。最後を見届けなければならない。はるか後方の泡の合間にボートの黒い底が見える。それから完全に見えなくなる。

ルーも自分もあのボートに乗っていたかもしれない。

アルビンは手すりをぎゅっと握り、そして吐く。

マッデ

ドアの外側に何か重いものがぶつかる。ザンドラだ。もはやザンドラではないザンドラが中に入ってこようとしている。

ザンドラは諦めない。

また音がする。マッデは耳を押さえ、わめきだす。「何がどうなってるの?」

老婦人がおそるおそるマッデの腕に触れる。マッデは耳から手を離す。またしてもドアから鈍い音がして、マッデはその音を全身で感じる。

明かりがつく。涙のせいで何もかもが輝いて見える。

「さあ、こっちへ」男のほうがそう言って部屋の中にはいる。さらに明かりがつく。

マッデは涙を拭い、まばたきする。指先にマスカラの黒いあとがつく。

ふたりのあとについて、部屋の中にはいる。階段の手すりがリボンの束で飾りつけされているのが眼にとまる。部屋は上下階に分かれている。ダン・アペルグレンが泊まっていると思っていたスイートルーム。ただし、想像していたよりもずっと豪華な部屋だ。このスイートルームは彼女とザンドラの部屋のすぐそばにあるが、マッデがよく知っているカリスマ号とはまるで別世界だ。

裸足の足の下で、しおれたバラの花びらがカーペットに沈みこんでいる。

マッデは窓に近寄り、眼下のデッキを見おろす。舳先《へさき》の手すりは先端がゆるやかにカーヴしており、真っ暗闇を背景にくっきり浮かび上がって見える。人々が走りまわっている。ふたりの若い女が老人に襲いかかる。老人の顔は上を向き、口も眼も大きく開かれている。そのすぐそばで年配の女が手すりによじのぼり、首を振る。泣いているようだ。手すりから降りて舷縁《げんえん》に立つと同時に、強風でブラウスが破れる。若い男のグループが半円状に彼女を取り囲み、じわじわと迫る。マッデはその男たちに見覚えがある。〈クラブ・カリスマ〉にいた男たちだ。女が手すりから手を放す。両手で顔を覆い、体がのけぞる。次の瞬間、夜の闇が女を呑みこむ。

女はみずから海に飛びこんだのだ。死ぬとわかっていながら。

マッデの眼にまた涙があふれる。それなのに眼をそらすことができない。混乱の中、ひとりよろよろと歩いている別の女がいる。振り向いた女の顔を見て、マッデはすぐに誰だかわかる。女はいつもの制服姿ではなくワンピースを着ていて、濡れた服が肌に張りつき、髪も濡れてちぢれている。いつもは一分の隙もない完璧なメークが雨で流れ落ちている。何度も名札を見ているのでマッデは女の名前も知っている。免税店の店員のソフィア。

　十歳にも満たない女の子がソファのそばを走り抜けようとする。ソフィアは女の子を捕まえて抱え上げ、首に顔をうずめる。女の子は電池を抜かれたおもちゃのようにぐったりする。

　ほかにも大勢いる。みんなザンドラみたいになっている。

「そんなところにいないで、坐りましょう」老婦人はそう言ってマッデをソファに誘《いざな》う。

「何が起きてるの？」マッデはもう一度訊く。

「わからない」と男のほうが答える。「嚙まれると感染する……そうやって感染が広まっているようだ」

　マッデはコーヒーテーブルの上にあるハート型のゼリーがはいったボウルをじっと見る。ちぎれた耳たぶにそっと触る。軽く触れただけでもとても痛い。

「あの歯」とマッデは言う。「ザンドラには新しい歯が生えてた」

　マッデがそう言ってソファに坐ると、老婦人と男が顔を見合わせる。

「気分はどう？」老婦人が隣りに坐って尋ねる。「怪我はない？」

　とてもいい人そうだ。何歳だろう？　ストレートの髪を赤く染めている。白髪をカールさせたいかにも年寄りじみた髪型はいつ頃から見なくなっただろう？

「噛まれたの？」

「ううん」とマッデは答える。

　またドアに何かがぶつかる音がする。マッデは階上《うえ》に通じる階段を見る。もしザンドラが部屋にはいってきたら、どこに逃げればいい？

「悪いけど、訊かざるをえない」と男が言い足す。「きみの耳には傷が……」

「イヤリングごと引き裂かれた」とマッデは言う。「あたしは噛まれてない」そこで急に思いつく。「あなたたちは？　あなたかあなたのお母さんが突然彼らみたいにならない保証はある？」

　ふたりはまた顔を見合わせる。

「わたしたちも噛まれてはいない」と老婦人が言う。「それから、わたしは彼のお母さんじゃない」

　マッデは彼女の顔をじっと見て、信用することにする。ほかにどうすればいい？　「ここから出たい」とマッデは言う。「家に帰りたい。こんなところにいたくない」

「気持ちはわかる」とヴィンセントが言う。「だけど、ここにいればとりあえず安全だ」どうしてそう言える？　ここにいる誰に何がわかっているのか。それは訊かないでおく。

カッレ

カッレは額に触れる。髪の生えぎわのそばの傷に指を近づけると、痛みがまるで根を張るように足の裏まで激痛が走る。

眼のまえに子供がふたり立っている。十二歳くらいだろうか。ふたりともあどけない眼をしている。とても怯えているが、女の子のほうは感情を隠す術《すべ》をすでに知っている。少なくとも隠そうとしている。

カッレはやっとのことで起き上がる。鼻から呼吸ができない。顔の真ん中に煉瓦を埋めこまれたみたいに感覚が麻痺している。口の中は血の味がする。吊り柱《ダヴィット》を見る。救命ボートがなくなっている。

「何があった？」とカッレは尋ねる。口の中がべとついて声がくぐもる。咳払いして唾《つば》を吐く。

「いなくなった」と男の子が言う。「みんな……みんないなくなった。海の中に消えちゃった」

カッレは立ち上がろうとするが、めまいがして船全体が傾く。手すりの先の暗闇を見つめる。このあたりの水深は四百五十メートル以上あり、水温は氷点下に近い。

救命ボートに乗りこんだ人たちのことを思う。船体に衝突したにしろ、救命ボートに閉じこめられたにしろ、どんな姿になっていることか。ひとつはっきり言えるのは、全員死んだということだ。

もしもっと早くここに来ていたら。もし襲撃をかわせていたら。警備員を止めることができていたら。そうすれば今頃彼らはまだ生きていたかもしれない。

少なくとも、もう少しのあいだは。とはいえ、船に残っている人々に生き残るチャンスはあるのか？

恐怖を振り払い、気を取り直して子供たちのほうを見る。

「何が起きてるか知ってるの？」と女の子が訊く。

デッキの先のほうにふらふらと歩くふたりの人影がみえる。やられたのか？　感染しているのか？　子供たちを安心させられることを言えればいいのにと思う。信じてもらえそうなことばを。少年にはそれが必要だ。だが、ここで彼が適当なことを言えば少女はそれを見抜き、二度と信用してくれなくなるにちがいない。

「いや」と彼は言う。「よくわからない。船内で病気が発生してるみたいだ。感染した人たちは……おかしくなる」

そのことばを裏付けるように船尾で悲鳴があがる。

「ここで何をしてる？」とカッレはふたりに尋ねる。「お父さんとお母さんは？　どこにいるかわかる？」

男の子が首を振る。

「部屋はどこ？」

「デッキ6」と男の子は答える。「父さんは部屋にいると思う。だけど母さんたちはぼくたちを捜してるかもしれない。ぼくたちは、その……隠れてたから」

デッキ6。ピアが電話してきたときにいた部屋と同じ階だ。そこが今どんな状況になっているのか、カッレには見当もつかない。

「母さんは車椅子に乗ってる。ひとりじゃ逃げられない」男の子は勇ましく見せようと頑張っている。

カッレは泣きそうになり、顔をそらす。どうにか立ち上がり、痛みをこらえて考えようとする。必ずヴィンセントを見つける。それだけに集中しなければ。確か統計資料を見たことがある。災害時に生き延びる人は、文字どおり屍《しかばね》をまたいで逃げる人だ。誰かを助けようとする人は生き残れない。

女の子が口を開いて何か言いかける。そのとき、プロムナードデッキに降りる階段から悲鳴が聞こえる。感染した人の一団が中年の男ふたりを階段の手すりに追いこんでいる。男たちが視界から消える。悲鳴が突然途絶える。

「見ちゃだめだ」とカッレは言う。男の子は言われたとおりすぐに顔をそむける。が、女の子は眼をそらさずに見つめている。

カッレはみずからを恥じる。子供たちをここに置き去りにはできない。かといって、頭がきちんと働かなければ誰も救えない。そのためには気持ちを切り替える必要がある。一度にひとつずつ、順番に解決するしかない。大局を見ずに眼のまえのことに集中しろ。でないと力が出せなくなる。

「ついておいで」とカッレは言う。「ここにいたら危ない」

「どこに行くの？」と女の子が訊く。「あの人たちはどこにでもいる」

頭がずきずき痛む。が、痛みはだんだん鈍くなり、おさまりつつある。まず何をすべきかに思いが至る。そのあとでヴィンセントを捜す。

「いない場所がある」と彼は言う。「乗組員専用エリアにきみたちを連れていく。あそこなら彼らもはいれない」それが真実であることを願う。いずれにしても、それが彼にできる最善の策だ。

女の子が眉をひそめて言う。「あなたがあの人たちの仲間じゃないってどうして言えるの？　もしかしたらあたしたちをどこかに連れこんで、ひとりで静かに落ち着いて食べるつもりかもしれない」

男の子が彼女を見て、それから彼を見る。

カッレが説き伏せなければならないのは、まちがいなく女の子のほうだ。「あの人たちはそんなに計画性があるように見えるかい？」

女の子がカッレを見る。迷っている。「わかった」

「よかった」カッレはサンデッキの反対側にある階段を見る。そこには感染した人たちはいなそうだ。とはいえ、急ぐに越したことはない。カッレはふたりの手を取る。小さな手が彼の手にすっぽり収まる。

フィリップ

最後の客が〈カリスマ・スターライト〉を出ていく。フィリップはバーカウンターのうしろにあるスタッフルームのドアを開ける。そこは何もかも普段と変わらない。かたい木の椅子もビニールのテーブルクロスもいつもどおりだ。ストックホルムを出航したときにコーヒーを飲んだデュラレックスのグラスが洗いかごにそのまま置かれている。マリソルとバンドメンバーの男たちが先に立って部屋の反対側にあるドアを押している。そのドアの向こうが乗組員専用エリアになっている。

イェニーの姿が見えない。ほかの人たちも見ていないという。最後に彼女を見たのがいつだったか、フィリップは思い出せない。先に逃げたのか？

頼む、とフィリップは心の中で願う。どうかもう食堂にいますように。

ふと、マリソルの信仰心をうらやましく思う。彼女には祈りを捧げる対象がある。

戸口で立ち止まり、もう誰もいない店内を振り返る。〈カリスマ・スターライト〉を見るのはこれが最後。そんな気がする。

「ちょっと」ドアを閉めようとしたそのとき声が聞こえ、フィリップは驚く。

青いシャツを着た男がバーカウンターの中にはいってくる。顔が大きく剝がれ、いくつにも裂けた皮膚が片方の眼と頬を覆い隠すように垂れ下がっている。ところが、そのことに気づいていないのか、男は平静そのものだ。

フィリップは息を呑む。「はい？」落ち着いた声にわれながら驚く。

「この騒ぎのせいで船が遅れるなんてことはないだろうね？」と男は訊く。フィリップはただじっと男を見つめる。「明日の朝、トゥルクで大事な会議があるんだ。もともとタイトなスケジュールだったんで、このせいで遅れないといいんだが」

フィリップは首を振って答える。「わかりません。すみません。ぼくは……もう行かないといけなくて。でも……」

フィリップは男の顔をよく見る。助かる見こみはない。どれだけ願っても、フィリップがこの男のためにできることは何もない。

それでも、ドアを閉めてみんなのあとを追いながら罪悪感に苛《さいな》まれる。このあとあの人の身に何が起きるにしろ、全部おれのせいだ。彼の死刑執行令状に署名したのはこのおれだ。

バルティック・カリスマ号

数年まえまでこの船で働いていた男がふたりの子供を連れてサンデッキを横切る。プロムナードデッキに降りる階段は三人が並んで通るには狭すぎる。男は子供たちの手を放し、先に立って階段を降り、混乱した状況を観察する。誰が感染しているか見分けようとする。が、それは不可能だ。急に背後が騒がしくなる。振り返ると階段の上でいくつかの体がぶつかり合っている。男は子供たちの手を取り、最後の数段を飛び降りる。子供たちを近くに引き寄せ、船内にはいるドアに向かう。

「しっかりつかまってて」と男は言う。

船内の通路は走りまわる人でいっぱいだ。いたるところに体がある。死体と瀕死の体とまさに覚醒しようとしている死体がそこらじゅうにある。生まれ変わった者たちの中には食べすぎてじっと横になり、吸収した血を消化しようとしている者もいる。

大勢の乗客が船室内に閉じこもり、外の通路から聞こえる音を聞いている。そのひとりにモルテンという男がいる。ひとりきりで、ベッドの端に坐っている。通路から聞こえてきた妻の助けを求める叫び声が今も耳にこだまする。部屋のカーテンは閉まったままだ。時々立ち上がり、電話のところまで行って、隣りの部屋の番号にかける。壁の反対側から呼び出し音が聞こえるが、誰も電話に出ない。

カッレ

ガラスのドアまであと一メートル。そこまで行けば、乗組員専用エリアに通じる目立たないドアまでは眼と鼻の先だ。カッレはうつむき、また子供たちの手を握る。誰とも眼を合わせないように気をつけつつ、ヴィンセントの姿を捜す。

頭上のサンデッキで大きな悲鳴があがる。手すりの外側で何かが翻《ひるがえ》る。誰かが海に飛びこんだのだろう。彼らの背後でさらに悲鳴が聞こえる。「うしろを見るな」とカッレは囁《ささや》く。それは子供たちのためであり、彼自身のためでもある。

叫び声の主《ぬし》を見るのは耐えられない。人間とも思いたくない。見てしまったら現実になる。あれは自分か子供たちだったかもしれない。次は自分たちかもしれない。ヴィンセントはもうやられているかもしれない。そういう事実があからさまになる。

カッレは船内から外に漏れる明かりに意識を集中させる。あと五十センチ。三十センチ。

ガラスのドアにたどり着き、暖かく明るい船内にはいる。遠くの階段に人影が見える。

そのうちのいくつかは動いている。おそるおそる子供たちの手を放し、フィリップのＩＤカードを読み取り機にかざす。ドアを押し開け、いつうしろから手が伸びてくるかと怯えながら、子供たちを先に通す。ドアを閉め、ロックがかかる音を聞いて、安堵が全身に行き渡る。

女の子は灰色の通路を眺めている。外の大混乱がまるで嘘のように静まりかえっている。もっと大勢ここに避難させられないだろうか。ほかにも救える人がいるかもしれない。カッレはそう逡巡《しゅんじゅん》する。が、誰が感染しているのか彼には見分けがつかない。

今はそんなことを考えている場合ではない。少なくとも自分にそう言い聞かせる。

カッレは子供たちの眼の高さまでしゃがんで言う。「ここにはきみたちを助けてくれる人がいる。みんなこの船で働いている人たちだ」

「あなたを殴った警備員みたいな人？」と女の子が言う。「あの人が助けてあげた人たちは今頃彼にとても感謝してるでしょうね」

「一緒にいてくれないの？」と男の子が訊く。

カッレは深呼吸し、頼りになる大人の役を必死で演じる。首を振り断固とした口調で告げる。「捜さなきゃならない人がいる」

「誰？」と女の子が訊いてくる。

「ボーイフレンドだ」

今もまだそう呼べるのであれば。

「だったらぼくたちも一緒に行く」と男の子が言う。

「その人を捜すのを手伝う。そのかわり、ぼくたちの父さんと母さんを捜すのも手伝ってくれればいい」

「きみたちはここで待っていなさい。一緒に連れてはいけない。どんなことになってるか見ただろ？　ここからなら部屋に電話できる。もしかしたらお母さんたちはもう部屋に戻っているかもしれない」

「だけど、もし部屋にいなかったら？」男の子は必死で訴える。

「ぼくがきみたちのお母さんも捜す。約束する」

ふたりの子供は顔を見合わせる。

「一度にひとつずつ解決していこう」

ダン

ダンは後部デッキに立ち、タールのようにどこまでも真っ暗な空とその下にある漆黒の海を見つめる。同じ黒でもさまざまな色合いがあり、グラデーションになっている。ダンは初めてそのことに気づく。

血管が熱を帯びている。血を飲みすぎた。指先の毛細血管に至るまで燃えるように熱く、心臓の筋肉の動きが鈍くなりつつある。もはや自分では制御できない。体内を満たす血で体が重く、だるい。血は脳にまで行き渡り、動きを止めた心臓に流れこむ。あそこの先まで血で満ちている。千本の針で刺されているような痛みを覚える。背後でため息とうめき声が聞こえる。〈クラブ・カリスマ〉の店内で誰かが繰り返しつぶやく。「おれは死ぬのか？　誰か助けてくれ。このままじゃ死んでしまう」

音はほかにも聞こえる。生まれ変わった者たちがよろよろと立ち上がる。空腹と恐怖を訴えて悲痛な叫びをあげている。

ダンは振り向く。

デッキにはたくさんの死体がひしめいている。クラブの下層階にあるガラスのドアがひとつ粉々に割れている。女がうつ伏せに倒れ、砕けたガラスが女の血で染まっている。女はまだ息をしている。ダンは転がっている死体をいくつかまたいでその女のそばまで行き、靴の先を女の顎の下に突っこむ。顔を少し持ち上げてよく見る。濃いメークの下にあばたがある。女の眼が彼を見上げる。雨が眼にはいってまばたきする。呼吸が浅く、速くなる。

やがて女は死ぬ。呼吸が止まる。音も立てずに命が消滅する。女の眼はまだ彼を見つめているが、もう何も見えていない。雨が目玉にあたる。

そろそろ時間だ。ダンは散乱する体をよけて進む。手が伸びてきて、彼のズボンをつかむ。彼が九〇年代にしていたのと同じ、顎の長さに切りそろえた髪型をした男だ。男はダンを見て口を大きく開ける。歯はすでに何本か抜けている。男の指が彼のズボンをつかみ、ダンの足を引っ張る。ダンは足を蹴り上げて男を振り払う。

一瞬、激しい不安がダンを襲う。死体の山はまだ何も知らない世界に待ち受ける災いの前兆だ。ローションをすりこみ、鮮やかな色を塗りたくり、香水をつけ、安物の服に身を包んだ死体は、やがてみなよみがえる。

あと戻りはできない。今になってダンは実感する。車がスリップしたときのように、あるいは飛行機が乱気流に突入したときのように、もはやできることは何もない。

その不安は、生まれたときと同じくらいすぐに消え失せ、胸に鈍い痛みだけが残る。血管が肌の下で燃えている。が、それもいずれおさまるだろう。

ダンは自分に悪態をつく。長いあいだ、人生に臆病になっていたせいで、新たに手に入れた力に恐れをなしている。しかし、今の彼は今までのダンとはちがう。無敵と言ってもいい。世界じゅうの人が地に倒れても、ただひとり強くいられる存在だ。ダンはその一瞬一瞬を心ゆくまで愉しむつもりでいる。

突然、強風が吹きつける。ダンは船尾側のプロムナードデッキの上部にある構造物の風下に身を隠す。風のないこの場所では血のにおいがよりいっそう強く感じられる。ここにはさらにたくさんの死体が散乱し、階段のほうまで死体が連なっている。その階段をのぼると、船首まで続くプロムナードデッキに出られる。女がひとり、手すりに覆いかぶさっている。背骨が折れて反対側にそり返り、体がL字に曲がっている。ちょうど目覚めたところで、パンプスを履いた足がすべる床の上を行ったり来たりしながら踏ん張れる場所を見つけ、おかしな角度に曲がった体でどうにか立ち上がろうとしている。

黄色い蛍光色のサッカーチームのユニフォームを着た日焼けした男が、生まれ変わったふたり組に襲われ、階段に追い詰められている。助けを求め、白馬の騎士を見つけたとでもいうように、まっしぐらにダンのほうに向かって走ってくる。生まれ変わった者たちが男の手をつかみ、獲物を奪い合うように両側から引っ張る。男の叫び声がことばにならない悲鳴に変わる。男はどうにか拘束から逃れ、まだ助けを期待するようにダンを見る。が、この男が助かることはない。

すると、男はいきなり手すりを乗り越え、夜の闇に消える。生まれ変わりのひとりはぎくしゃくした動きで男を追い、みずからも海に身を投げる。もうひとりはその場にたたずみ、歩き去るダンを見ている。

船内に通じるガラスのドアが開いている。さっきの生まれ変わりがダンのあとをついてくる。船内にはいると、空気が濃密になる。〈クラブ・カリスマ〉の入口に散らばるまだ温かい死体から放出される電流で空気が震えているかのようだ。

ダンは階段を降りる。生まれ変わりの老人が四つん這いになっている。ダンはこの老人に見覚えがある。カラオケ・バーにいた男だ。生まれ変わった老人がまたがっている体はまだ息をしており、カーキ色のズボンを穿いた足が痙攣している。が、ほどなく事切れるだろう。老人が顔をあげる。口から血があふれ出る。ダンが通り過ぎると、老人はゆっくり顔をそちらに向ける。

ダンは階段を降りてデッキ8の通路に出る。〈カリスマ・スターライト〉のまえにさらにたくさんの死体が転がっている。振り向くと、生まれ変わりの老人とプロムナードデッキにいた男が彼のうしろについてきている。ふたりは警戒するような眼でダンを見つめる。ダンはまたしても陶酔にひたる。アダムの言ったとおりだ。ただそこにいるだけでみながついてくる。生まれ変わった者たちにとって、アダムとダンは紛れもなく群れを支配するボスだ。カリスマ号はさながらハーメルンであり、彼らはその笛吹きなのだ。

音を立てないようにしている人々がいるのがわかる。カジノの奥にふたりで息を潜めて隠れている。どちらも年寄りだ。年寄り特有の体臭とすえた汗と尿のにおいがする。

そのうちひとりのにおいは今夜嗅いだおぼえがある。このチャンスを逃す手はない。薄暗いカジノの中をのぞくと、実用的なウォーキングシューズを履いた太いふくらはぎが一対、ブラックジャックのテーブルの下からはみ出している。

ダンはテーブルに近寄り、しゃがんで、クルピエの椅子を脇によける。

女の体にぴったりした服は汗で濡れている。男のほうはさっき着ていたニットのヴェストを脱いでいて、痩せこけた体をだぶだぶのシャツが包んでいる。リュウマチを患った手が女の肉付きのよい手の中にみじめにおさまっている。女の圧力できっと骨がすべて砕けているにちがいない。

ふたりは怯えながら薄明かりに眼を凝《こ》らす。ダンにはふたりの姿がはっきり見えている。

「これは、これは、ゲリュケセボから来たビルギッタじゃないか」ダンは満面に笑みをたたえて声をかける。「まさかルビー婚式がこんなことになるとはね」

ダンは今夜のステージ上での自分を見事に再現している。ふたりが安心するのが伝わってくるようだ。

「ああ、神さま」ビルギッタは歌うような訛りで囁《ささや》き、嗚咽《おえつ》を漏らす。「彼らの仲間かと思った」

「しーっ」ダンは手を差し出して言う。「そこから出ておいで。部屋まで連れていってあげるから」

ビルギッタは首を振る。「彼らがそこらじゅうにいる」そう言って大きく息を吸う。

「心配ないよ」とダンは言う。「もう事態は収拾したから」

通路では生まれ変わった者たちが興奮気味に体を揺らしている。ビルギッタが夫を見ると、夫は首を振る。

「もう何もかも心配ない」とダンはさらに言う。「救助隊がこっちに向かっているし、病気の人たちは全員隔離したから」

「だけどまだ悲鳴が……」とビルギッタが言いかける。

「もう終わった。さあ、行こう。ここにずっと隠れててもしかたない」

「ほんとうなのか？」夫がビルギッタよりも詰りのきつい口調で――そんなことがありえるなら――訊く。「ほんとうに終わったのか？」

「信じてもらえないでしょうけど、とんでもないものを見たのよ」とビルギッタは泣きじゃくりながら言う。

「おれもだ」とダンは言う。「おれも見た。だけど、もう安全だ」

ダンとしては噴き出さないようにこらえるのが精一杯だった。生まれ変わりのひとりが歯を鳴らす。〈カリスマ・スターライト〉の外に山積みになった肉塊が動いている。だが、ビルギッタにはそれらが眼にも耳にもはいらない。彼女はすっかりダンを信用しきっている。

ダンは夫妻にテーブルの下から出てくるよう促す。膨れ上がった頬に押され、眼がつぶれて見えなくなるほど満面の笑みを浮かべる。ビルギッタが差し出された手につかまって出てくる。背が低く肥った彼女の体にダンが腕をまわすと、ビルギッタは両手で顔を覆い彼にもたれて泣きだす。顔を覆ったまま激しく泣きじゃくる。

夫もテーブルの下から這い出てくる。しなびた体のあちこちをきしませ、関節を鳴らしながら、テーブルを支えにして立ち上がる。

「何が起きたのかさっぱりわからない」とビルギッタは言う。「とても愉しく過ごしていたのに、あっというまに何もかも悪夢みたいになってしまって……ほんとうに怖くて怖くて……」

「わかるよ」ダンはこれ以上ないほどやさしい声で言う。「さぞ怖かっただろうね。でも少なくともきみたちは一緒だった」

ビルギッタはうなずく。泣きながら全身を震わせる。

「ビルギッタにもしものことがあったらどうしようかと」夫が涙を拭う。

「わかるよ」とダンはやはり言う。「おれは永遠の愛というすばらしい経験には恵まれなかったけど。最近では誰もがその恩恵にあずかれるわけじゃない」

ダンは女のずんぐりした体を強く抱きしめる。

ビルギッタは泣きながらたじろぐ。

「ビルギッタのためならあんたはなんでもする、ちがうか？」ダンは夫の眼を見据えて言う。

「もちろん」

ビルギッタがダンの腕の中でもがく。彼に抱かれて体が温かくなり、新たに鼻をつくような汗のにおいを発する。

「そう、あんたたちみたいな連中は口ではいつもそう言う。だけど、彼女のために本気で命を差し出す覚悟はあるか？」

「お願い、放して」ビルギッタがしわがれた声で言う。

「今ここでその覚悟を証明できるチャンスをやろう」とダンは夫に向かって言う。

「ほんとうに彼女を愛していると言うなら、彼女を解放してかわりにあんたを殺す」

「やめて……苦しい……」

ダンがさらにきつく抱きしめると、咽喉《のど》の奥から絞り出したような声とともに、彼女の肺の中から最後の空気が外に漏れ出る。

「さて、どうする？　あんたはどうしたい？」

「妻を放せ」と老人は言う。眼からまた涙があふれ出す。

「おれはもう満腹だ」とダンは言う。ビルギッタは彼の腕のなかでもがいている。「すぐには終わらせない。ものすごく苦しむことになる。想像を絶するほどの苦しみだ。ただ、あんたには逃げ道を用意してやる。ひとこと口に出して言えばいい。そうすれば、かわりにこの哀れなビルギッタを餌食にしてやる」

夫は躊躇する。

言え。ダンは胸の内でつぶやく。さっさと言ってしまえ、この老いぼれが。それをビルギッタが最後に聞くことばにしてやれ。

夫は首を振って言う。「だったら、おれを食べればいい。この忌々《いまいま》しい悪魔が」

ダンはその答が気に入らない。この男は、この期《ご》に及んでまだ自分の気持ちに嘘をつく気なのか。

そろそろ茶番を終わりにする時間だ。とはいえ、ビルギッタなど欲しくない。この女に口をつけて味わいたいとは思わない。ダンは女の首に両手をかけ、ありったけの力をこめる。ビルギッタの体は温かく、むくんでいる。大きな丸い眼が眼窩から飛び出す。この女が最後に眼にするものはおれの顔だ。

夫が両手で弱々しくダンの頭を叩く。へなちょこなパンチの嵐は小さな鳥の群れにつつかれているようなもので痛くも痒くもなく、ダンは気づきもしない。もはやこれは彼とビルギッタだけの物語だ。ダンはブラックジャックのテーブルの緑色のフェルトの上に彼女を寝かせる。今こそそのときだ。まさにこの瞬間に彼女はすべてが終わると理解する。自分は死ぬ、この男のせいで。そう実感する。ダンは彼女の顔の些細な表情までひとつ残らず記憶に焼きつける。あとで何度でも思い出して愉しめるように。

夫のほうはプロムナードデッキからついてきた生まれ変わりに始末させる。あっというまに終わる。

外に出ると、さらに多くの生まれ変わりが通路で立ち上がり、彼についてくる。腹をすかせた彼の軍隊。彼の従順な子供たち。彼の奴隷。〈カリスマ・ビュッフェ〉の外でアダムが待っている。自分についてきた生まれ変わりの一団を示し、腹が立つほど得意げな顔をしている。苛立ちが棘のごとくダンを刺す。確かに、すべての始まりはアダムだったかもしれない。しかし、ダンがいなければこれほどうまくいかなかったはずだ。カリスマ号を外界から隔離し、邪魔がはいらないようにする方法はアダムにはわからなかった。次に何をすべきかさえわかっていない。

「食べすぎだよ」とアダムは言う。「警告しただろ。そんなに食べたら具合が悪くなってしまうって」

ふたつの生まれ変わりの集団がこちらを見ている。彼らがどのくらい理解しているのか、ダンにはわからない。

このさきもアダムは必要か？　彼から学ぶことはまだあるか？　そうは思えない。もはや誰の手も必要ない。

「おれなら大丈夫だ」とダンは言う。「心配には感謝するが」

「ぼくが心配してるのは計画のことだ。ひとりで大丈夫？」

「大丈夫じゃない理由があるか？」

「それならいいけど」とアダムは言う。「きみが計画を実行してるあいだ、ぼくはママを捜す」

「好きにすればいい」

ママのかわいい坊や。ママがいなきゃなんにもできないんだろ。ちがうか？

ダンはＩＤカードを取り出す。が、乗組員専用エリアのドアの隣りに備え付けられた読み取り機にカードをかざそうとして、途中で手を止める。においがする。信じられないくらいよく知っているにおいが。そうだ、これは彼女のにおいだ。今まではそれに気づいていなかっただけだ。

胸の筋肉が収縮する。さらに大量の血が全身に送りこまれ、肌が赤みを増す。ダンはアダムを振り返って言う。「さきにやらなきゃならないことがある」

小さな男の子のなめらかな眉間にしわが寄る。「何？」

おまえには関係ない。この坊やに説明する義理はない。協力してことを進めるにしても、忠実なしもべの役割を引き受ける気などはなからない。一度でもケツを掘らせたら、そのあともずっと我慢しなければならなくなる。

「さっさとママを捜しにいけ」ダンはそう言い、ＩＤカードをポケットに戻す。

そのまま男子トイレに向かい、スイングドアをそっと押して中にはいる。合成物質のにおいに圧倒される。洗剤、安っぽい石鹸《せっけん》、シトラスの香りの脱臭剤。だが、彼女のにおいも強烈に感じ取れる。

ダンの靴底が大きな音を立てて床を叩く。その音は彼女にも聞こえているはずだ。

生まれ変わった者たちが列をなしてついてくる。しきりに空気のにおいを嗅いでいる。まだ食事にありついていない者も何人かいる。乗客がはいれる場所にはもう食べものはあまりない。運良く嚙まれずに逃げおおせた人々は、みな船室に閉じこもっている。しかし、ダンは生まれ変わった者たちが食欲を満たせるところに連れていくつもりだ。まずはここで前菜からだ。

洗面台の上にある鏡に自分の姿が映る。眼の血管が肥大して破裂し、真っ赤になって、何かの病気のようにみえる。

個室のひとつの薄っぺらいドアのまえで立ち止まる。中で彼女が息を潜めているのが感じられる。もはや逃げ道はない。それは彼女もよくわかっている。彼女の心臓が脈を打つたび、追い詰められた獲物に似たにおいがどんどん強くなる。

ダンは個室に近寄る。ドアの下の隙間から彼の足が彼女にも見えるくらいそばに立つ。くぐもった音がする。彼女が息を吞む。ダンはその瞬間を心ゆくまで味わう。

これは神聖なる正義だ。彼はみずから神となる。

アルビン

通路の突きあたりにある鋼鉄製の灰色のドアのまえまで来たとき、階段の吹き抜けから耳障りな甲高い音が聞こえてくる。アルビンは思わず下をのぞく。

階下《した》の踊り場に手錠で手すりにつながれた男がいる。禿げて光る頭と広い背中が見える。

「さあ、早く」カッレがアルビンの手を引っ張る。

「あの人も嚙まれた人の仲間？」

「いや。少しまえに話したけど、普通だった」

「外にいる人たちも、もともとはみんな普通の人だった」とルーが言い返し、アルビンの隣りに移動する。「それに、あの人が危険じゃないなら、どうして手錠をはめられてるの？」

「独房がいっぱいのときはあそこにつないでおくんだ」

「そんなことしていいの？」とルーは言う。「そんなのおかしい」

「彼らのためでもあるんだ」カッレはそう言うが、本心では彼自身も納得していない。アルビンにはそれがわかる。

「あの人たちがここにはいってきたら、〝さよなら、どうぞ召し上がれ〟ってことね」とルーは言う。

アルビンはもう一度階下《した》を見る。男が首をうしろにそらせてまっすぐに見つめ返してくる。

「おい、あんた！」と男は叫ぶ。男が手を動かすと、手錠が手すりにぶつかってやかましい音を立てる。「鍵は見つかったのか？　どうなんだ？」

「いや、まだ見つからない」とカッレは答える。

男は動くのをやめ、肩を落とす。「クソ野郎。船が沈んだら、このままここで溺れろっていうのか？　新聞があれこれ書きたてるぞ。この船が客をどんなふうに扱ったかってことをな。それとも、だからこそおれが溺れるほうがいいのか？　おまえたちが何をしたかばれないように――」

「鍵を持ってる人を捜してみる」とカッレはさえぎって言う。「ただ、船は沈まない」

「でも、何かあったのは確かだ。スピーカーから聞こえてきたよ、階上《うえ》で緊急会議があるって」

「心配しなくていい」とカッレは言う。

ルーはアルビンを見る。それが大嘘だということは彼らにもわかる。

「行こう」とカッレは言い、ふたりの肩に手を置く。それでもアルビンはその場から動けない。

男は泣きだす。「リルモアは行くなって言ったんだ」小声でそう言う。アルビンにはよく聞き取れない。「あいつはずっと海を嫌ってた。生まれてから一度も船に乗ったことがない。それでも、あいつが今ここにいてくれたらって思うよ……ずいぶん勝手だよな？」

アルビンは眼をそらす。船が四方から迫ってきて、生きたまま押しつぶされるのではないかという気がしてくる。

「この船は沈まない」とカッレは繰り返す。「心配無用だ」

今度はアルビンもルーも手すりから離れてカッレについていく。カッレが鋼鉄製のドアを開ける。中から騒々しい話し声が聞こえる。

ダン

「おまえに見せたいものがある」とダンは言う。

個室のドアを蹴って開けたとたん、イェニーは彼の脇をすり抜けて逃げようとする。むなしい努力だ。ダンの体が戸口をほぼふさいでいる。それでも彼女は無理矢理外に出ようとする。だから、ダンは彼女の頭をトイレのうしろの壁に叩きつけ、眼を剝くまで押さえつける。

ダンは少し待ってから何度か平手打ちを食らわせる。彼女の眼の焦点が合う。

彼女はしかと見なければいけない。理解しなければいけない。そこが重要だ。

生まれ変わった者たちはダンのうしろに集まり、静かに待っている。

ダンは自分の手をあげ、歯を食いこませる。もろい骨が砕ける音がトイレの壁のタイルにこだまするほど強く嚙む。口の中に血があふれ、顎をつたって流れ落ちる。手にできた傷を思いきり吸い、傷口のまわりを舐《な》める。そうするあいだもじっとイェニーを見据えている。そうやって彼女にショーを披露する。

「しっかり見てろ。すぐにわかる」と顎を拭きながら言う。

イェニーは静かに泣きだす。こぼれ落ちる涙のひとすじひとすじが彼女を打ち負かした証拠だ。

「おまえを不死身にすることもできた」とダンは言う。「でも、そうするつもりはない」

ダンはイェニーの顎をつかみ、無理矢理彼の手を見るように仕向ける。傷は早くも治りつつある。彼の体内でかすかな音を立てながら骨が結合していく。

イェニーには理解できない。何もわからない。愚かなクソ女が。

「わかるか？」とダンは言う。「おまえは生まれ変われたかもしれない。おれみたいにもっといい存在に。あと少しいいやつだったら」

今となっては、どっちが過去の人なのか？　ノーと言えるのはどっちだ？

ダンはイェニーを殺しにかかる。二度と眼を覚まさないように。やり方はアダムから教わっている。

フィリップ

食堂では総支配人が前方に立ち、話をしている。早口でまくし立てるので、舌がもつれる。フィリップはそんな彼を不憫《ふびん》に思う。この部屋にいる乗組員たちはアンドレアスのことをよく知っている。彼は船内で接客に携わる乗組員を統率する立場にあるが、リーダーの器でないことは誰もが知っている。アンドレアス本人もそれがよくわかっている。それなのに、いきなりこの船で最高階級の立場にまつりあげられてしまったのだ。

操舵室《ブリッジ》と機関室で何があったかは誰にもわからない。

信号《シグナル》ブースターは作動せず、無線は壊れている。衛星通信も、デジタル選択呼出装置《DSC》も、船舶共通通信《VHF》システムも、救助艇や救命ボート内に設置されたものに至るまでことごとく破壊され、外部と連絡を取る手段は何もない。火炎信号すらない。カリスマ号は世界から完全に切り離された。

バルト海の真ん中で叫んでも誰にも聞こえない。フィリップは緊張が極限に達して笑いだしそうになる。今はだめだ。ここで笑ってはいけない。

カリスマ号が自動操縦であらかじめ設定した航路を進んでいるかぎり、外部の人間は船内で異常事態が発生しているとは思わない。タンクに燃料が充分にあれば、自動操縦のままトゥルクに到着する。事前に指定した最後の変針点《ウェイポイント》に到達したら、そのあとカリスマ号は設定された最後の航路を自動操縦で進み、埠頭に衝突するか座礁するかのどちらかだ。

「フィンランドの近くまでいけば、携帯電話の電波が届くようになる」とアンドレアスは言う。「フィンランド警察か軍に救助を要請して……」

「でも、それは何時間もあとの話だ」と誰かが言う。「それまではどうする?」

フィリップは室内を見まわす。見慣れているはずの顔ばかりなのに、みな恐怖があからさまに表情に出ていて、いつもとはちがって見える。フィリップ自身は不思議なくらい落ち着いている。事態は予想していたよりも悪い。ずっと悪い。それでも、ひとまず対処しなければならない問題が何かはわかった。

食堂は大勢の人ですし詰め状態で、暖かく湿った空気が充満している。ここにいないのは誰か、その人たちの身に何が起きたのか。考えまいとしても、ピアのこと、ピアとヤルノがここにいないという事実が頭から離れない。ライリは顔面蒼白で眼は真っ赤になっている。マリソルが彼女を抱いているが、それすら気づいていないのか、ただ左手の結婚指輪をもてあそんでいる。

イェニーはまだここには来ていない。カッレの姿も見あたらない。フィリップの部屋のウォッカのボトルがほとんど空《から》になっていたことをのぞけば、彼がさっきまでそこにいた痕跡を示すものは何もない。おそらく船内に戻ってボーイフレンドを捜しているのだろう。愚かな決断にはちがいないが、フィリップにはその気持ちが痛いほどわかる。

フィリップはあらためて室内を見渡す。ミカは前方のテーブルのそばにある椅子に坐っている。薄くなった髪が頭皮に張りついている。

一夜かぎりのショーの出演者やその関係者など、見覚えのない人もちらほらいる。その中に〈カリスマ・スターライト〉のダンスフロアの近くをうろついていた女の姿がある。ぶかぶかのカーディガンのポケットに両手を突っこんでいる。さっき見たときよりも血色がよく、若々しく見える。あのときはダンスフロアのまぶしいライトの影になり、どことなく不幸そうに見えていただけかもしれないが。カーディガンを着ているのに、この部屋でただひとり汗をかいていない。警戒するような眼差しで周囲に眼を走らせているが、正気を失ってはいない。

部屋の真ん中あたりでリゼットが立ち上がる。新任の清掃責任者で全清掃員のリーダーだ。フィリップは彼女が制服を着ていない姿を初めて見た。リゼットは乱れた髪を手で梳《と》かし、室内を見まわして言う。「ここにいれば安全でしょう。わたしもほかの人たちも救助が来るまでここにいるつもりよ。よけいなことを言ってわたしたちを危険にさらすのは……」

「だけど、乗客はどうなる?」料理人のひとりが口を挟む。「ここで死ぬ運命だったと割り切って見捨てるのか?」

「そうよ」カジノでクルピエをしている女が同調して言う。「わたしたちにはできるかぎりのことをする責任が――」

「できることなんてない」リゼットはオーケストラにもっと静かに演奏するように指示する指揮者のように両腕を広げて言い放つ。「あの人たちがどうしてあんなふうになったのかすらわからないのに」

みな不安げに顔を見合わせる。先陣を切って同意しようとする者はいない。

「助けにいきたいのなら、どうぞご自由に」とリゼットはさらに言う。「だけど、そんな自殺行為をわたしたちに強要できる人はいない。わたしの言ってること、まちがってる? ねえ、どうなの?」

リゼットはアンドレアスに向き直り、わざとらしく眉をつりあげてみせる。今度は彼女に同意するつぶやきが聞こえる。

彼らはまだわかっていない。ここから外に出た人はそう多くはない。

「ここにいても安全とはかぎらない」フィリップはそう言い、マリソルと顔を見合わせる。

「すでに感染している人がここにもいるかもしれない。自分でもまだ気づいていないだけで」

乗組員たちの控えめな視線が室内を行き来する。どの顔にも新たな恐怖の色が浮かんでいる。

そのことばはフィリップ自身の心にも深い影を落とす。汗が背中を伝い、ナイロンのシャツの脇の下から滴《したた》り落ちる。口が渇く。ひょっとして、これは初期症状なのか？　フィリップは同僚たちの顔を眺める。この船で何年も一緒に働いてきた仲間たちが大勢いる。

もし感染していたら、おれは彼らを襲うのか？

一瞬、室内が静まりかえる。〈カリスマ・スターライト〉にいた女が自分を見ているのにフィリップは気づく。何か知っているのか？　フィリップの様子から彼が感染しているとわかるのか？

フィリップは女と眼を合わせないようにする。

「どうしてもわからないことがある」と誰かが言う。「感染したらサイコパスになるなんて、いったいどんな病気なんだ？」

「ピアはダン・アペルグレンに気をつけろって言ってた」とミカが言う。「ダンは感染してるって……乗組員専用エリアに出入りできるＩＤカードを持ってるし、彼なら船内の仕組みも全部わかって……」

「まだわからないのか？」警備員のパールが割りこむ。「盛りを過ぎたかつてのユーロヴィジョンのスターがひとりでできることじゃない。これはテロだ。過激派組織のクソＩＳＩＳの仕業だ。外界との連絡手段を遮断して、超強力な炭疽菌を水のタンクかどこかに混入したんだ。裏でやつらが手を引いてるに決まってる」

「とにかく落ち着こう」アンドレアスが袖で額の汗を拭きながら言う。「われわれがパニックに陥っていては、誰も助けられない」

「もう手遅れだと思うけど」とリゼットがつぶやく。

誰かがフィリップの肩に手を置く。振り返るとカッレがうしろに立っている。額に大きな傷があり、鼻は腫れているが、とにもかくにも生きている。

フィリップはカッレに抱きつく。「よかった。嬉しいニュースがほしいと思ってたところだ」

「おれも」とカッレは言う。

そのときになってフィリップはカッレが子供をふたり連れていることに気づく。今夜〈カリスマ・スターライト〉で見かけた男の子と女の子だ。女の子の髪は濡れていくらか色が濃くなっている。ふたりは黙って彼を見上げる。どちらも数時間まえに見かけたときよりもいくらか大人びて見える。

そんな子供たちを見てフィリップは泣きだしそうになる。カッレの肩に顔をうずめ、背中を叩く。この三人は外でどんな困難に直面したのだろう。「ここにはいい知らせはあまりない」フィリップは子供たちに聞こえないように声を落として言う。「本土と連絡が取れないんだ」

体が離れると、カッレはフィリップを見つめる。

「船から降りたい」と女の声が言う。「救命ボートで脱出すれば死なずにすむ」〈ポセイドン〉のウェイターがその女の手を取ってなだめようとするが、女は彼の手を振り払う。

「今の速度のままじゃ救命ボートを海におろすことはできない」とアンドレアスが言う。「十ノットか、せめて十二ノットまで減速しないと、FRBでも無理だ。今は少なくとも十八から十九ノットで進んでいるから――」

「なんの話をしてるの?」と女がさえぎって言う。「FRBって何?」

「高速救助艇のことだ」とアンドレアスは答える。「FRBは——」

「FRBでもなんでもいいけど、乗客と同じボートに乗るのだけはごめんだわ」リゼットが口を挟む。「ボートが波に揺られてるあいだに、誰かが変身したらどうなると思う？」

「きっとうまくいく！」ともうひとりの女は言い張る。「ゆっくり慎重にボートをおろせば——」

「無理だ」とカッレがさえぎって言う。「すでに脱出を試みた人たちがいる。救命ボートは満員だった。警備員もひとり乗っていた」

全員が一斉にカッレに注目する。が、フィリップだけは四人の警備員のうち、ただひとりここにいるパールを見る。カッレが言っているのはヘンケのことだろう。

「カッレはその人たちを止めようとした」と女の子が言う。「だけど、その警備員はこの船にとどまるくらいなら死んだほうがましだって言って、カッレを殴った」

フィリップはカッレの額の傷に眼をやる。そんなことがあったなんてとても想像できないが、今夜は想像できないことがたくさん起きている。

「ブリッジに行かなきゃならない」とパールが眼をこすりながら言う。「それから、あの怪物どもを船から追い出さなきゃならない」

「あの人たちは怪物なんかじゃない」とライリが言う。「ごく普通の人たちよ。病気にかかってるだけで」

「夫を殺されたのに、あいつらをかばうのか？」

パールはすぐに気まずい顔をする。越えてはならない一線を越えてしまったと後悔しているようだ。が、ライリはそんな彼を冷静に見据える。

「同感だな」と免税店のアンティが言う。「あいつらを船から追い出そう。全員ミンチにして、それからどうにかしてブリッジに乗りこめばいい」

フィリップは彼らをじっと見る。

〈カリスマ・スターライト〉で彼が感じていたように、彼らも今〝これは映画の中の話だ〟と感じているのだろうか。アンティやパールのような人々はずっとアクションスターになることを夢見て生きてきたのだろう。しかし、この映画の主役は自分ではないということが彼らにはわかっていない。そもそも主役などいない。すべてはカリスマ号を中心にまわっている。

アルビン

声はますます大きくなる。人々がこぞってしゃべり出す。室内の熱気が増す。アルビンが見上げると、カッレはバーテンダーの友達になにやら囁《ささや》いている。置いていかないでほしい。アルビンはそう思う。カッレがボーイフレンドを捜さなければならないのはわかる。そうじゃなければいいのに。

「この船を沈めればいい」とひとりの女が言う。「そうすればとりあえずは止まるから、その機に乗じて脱出できる」

カッレと友達のバーテンダーはその女のほうを見る。「ほかの人たちが溺れてもいいいって言うのか？」カッレの友達が言う。

「全員死んでしまうより、わずかでも生き延びる人がいるほうがいい」

同意してうなずく人たちの姿がアルビンの視界の隅に映る。水浸《びた》しの通路に取り残された母さんの車椅子が眼に浮かび、ものすごく嫌な気分になる。

部屋の外から、鋼鉄製の重い扉が閉まる音が聞こえる。ついさっき、アルビンとルーとカッレがはいってきたドアのようだ。

「誰を助けるかは誰が決める?」と誰かが言う。

「女性と子供が優先だ。そのあとで――」

「なるほど、今はそうなってるのか。男女平等とかいうたわごとは今じゃ大事にされないってことだ。ちがうか?」警備員の制服を着た年老いた男が言う。

室内はさらに騒がしくなる。

「燃料を捨ててしまえば止まるんじゃないか?」

「危険すぎる。簡単にはできないし、時間もかかる」

「明かりを全部消すのはどうだろう……それか点滅させるか……明かりが全部消えていたら、ほかの船が何かおかしいと気づくかも……」

「暗闇の中、手探りでそれをやれっていうのか?」

「だけど、機関室に行って主要な配電盤に水をかけることはできるんじゃないか? 強制的に運転を停止させれば――」

「なんでこんな話をしてるのかわからないよ。操舵室《ブリッジ》に行って、どうにかして中にはいるしかない。途中で人を嚙んでまわってるやつらに出くわしたら、そいつらをミンチにして

――」

「黙れ、アンティ」とカッレの友達が両手を大きく広げて言う。「おまえも彼らみたいに血に飢えてるみたいだな」

彼の脇の下に大きな穴のような染みができているのにアルビンは気づく。

「あの人たちに何が起きたかはわからないが」とカッレの友達は続ける。「だけど、彼らは人間だ。病気になって、助けを必要としてるんだ」

「へえ、そう思うか？」どこからか声が聞こえる。「おれにはおまえたちのほうこそ助けを必要としているように見えるが」

何人かが振り向き、悲鳴をあげる。見たくないのに、アルビンの眼もドアに引き寄せられる。

ダン・アペルグレンが入口に立っている。もっとも、その見た目は誰だかわからないほど変わり果てているが。体は膨らみ、真っ赤な眼が狂気に満ちて輝いている。

入口に感染した人々が集まってくる。みなにおいを嗅ぎ、歯を鳴らしている。しかし、彼らはダンのうしろまで来ると立ち止まり、動かずにじっとしている。まるで何かの合図を待っているようだ。

アルビンはルーを見る。

グリスレハムンで夜になるとルーとお互いを恐がらせて喜んでいた頃に戻った気分だ。今、彼らはあのカーテンのうしろをのぞいている。あの頃はカーテンの存在はおぼろげにしか感じられなかった。カーテンのうしろにどんな怪物が潜んでいたのか、今ならわかる。その怪物が眼のまえにいる。

椅子が次々と床に倒れる。アルビンの足の裏にも振動が伝わる。ドアのすぐそばにいた人たちが部屋の奥へと走る。

祈りのことばが聞こえてくる。〝天にましますわれらの父よ願わくは御名《みな》をあがめさせたまえ〟誰かが大急ぎで唱えている。手遅れになるまえに最後のアーメンまで言えるように。

マリアンヌ

こうしてじっとソファに坐っているだけなのに、心臓が早鐘を打つ。胸の中の爆弾がカウントダウンを続けていて、いつ爆発してもおかしくない気がする。

今はもうドアにぶつかる音は聞こえない。

「船が沈んだらどうなるの？」とマッデが訊く。今もまた窓のそばに立って外を見ている。

「沈まないよ」とヴィンセントは答え、ウィスキーを一口あおる。

「どうしてわかるの？」マッデの声は震えている。「船を操縦できる人はもう誰もいないかもしれない」

マリアンヌは急にめまいを覚え、必死で耐える。自分のアパートメントの部屋よりも広いこのスイートルームにいると、ここが地上ではないことを忘れてしまいそうになる。どこまでも理不尽な恐怖にとらわれる。マッデがその話をするだけで、実際に新たな災難が呼び起こされるのではないかという気がしてくる。「静かにして」気づくとそう言っている。「黙ってて」

マッデは彼女を無視してなおも言う。その背中は金粉で輝いている。「ひょっとして、あたしたちもう死んでるんじゃない？　地獄に落ちたんじゃない？」

「お願いだからやめて」とマリアンヌは懇願する。

「だってまるで地獄みたいじゃない」

「こっちにきて坐って」とヴィンセントが言う。「そうやってずっと外を見ていたら、頭がおかしくなってしまうよ」

「何をしててもどうせおかしくなる」

ヴィンセントはうなずく。もっとも、マッデには見えていないが。「とにかくそこから離れているほうがいい。もし誰かに見つかったら、標的になってしまう」

マリアンヌは妙な感覚に襲われる。上着の袖が縮んできつくなり、血流が止まる。首のあたりで髪の毛先が逆立つ。

「それなら大丈夫」とマッデは言う。「あの人たちは忙しくてそれどころじゃないから」

「とにかくそこから離れて」マリアンヌは強い口調で言う。

ヴィンセントが立ち上がり、窓ぎわにいるマッデのそばまで行く。外の混乱を見下ろし、〝友達〟を捜す。

もし見つけたらどうするつもりだろう？　わたしたちをここに置いて行くの？　そうに決まっている、もちろん。

「どう思う？　あの人たちは自分が何をしてるかわかってると思う？」マッデはそう言って彼を見る。「ザンドラは……なんて言うか……見た目はザンドラだけど、中身は誰でもないみたいだった」

「なんらかの衝動に突き動かされて行動しているんだろう」とヴィンセントは答える。

マッデは鼻をすする。「わけがわからない。ザンドラはどうして部屋に戻ってきたの？　どうしてあたしを食べようとしたの？　あたしのことが好きだから？　それとも嫌いだから？」

「どうして嫌われていると思うんだい？　きみたちは友達同士なんだと思ってたけど」

「最後に会ったときに喧嘩したから。あたしが悪かったの。あたしが馬鹿だった……」マッデは泣きだす。彼女が嗚咽《おえつ》を漏らすたびに体が震え、黒いシースルーの服の下できらきらしたものが星のようにきらめく。

マリアンヌももらい泣きしそうになる。大切な友達を失うことがどれほど辛いか、愛する人を心配することがどれほど苦しいか、彼らを見ていると痛いほどわかる。同時に、彼らの心の痛みがうらやましくもある。

これもまたある種の喪失だ。自分がいかに孤独かを思い知らされる。ヨーランに対してどんな幻想を抱いていたにしろ、それはあくまで幻想にすぎない。湿った手をスカートにこすりつけ、子供たちに手紙を書いてこのスイートルームに残していくべきか思案する。すべてが終わったときに誰かが見つけてくれるように。もし生き残れなかった場合に備えて。しかし、すぐに考え直す。そんなことをしたら諦めたのと同じだ。それに、どのみち何を書けばいいかすら思いつかない。

マリアンヌは立ち上がり、マッデのそばに行って彼女に腕をまわす。

マッデはその手を振りほどこうとはしない。マリアンヌの汗ばんだ上着に顔を埋めて泣きじゃくる。

「よしよし」マリアンヌはそう言い、窓の外を見ないように気をつけながら、マッデをもっと近くに引き寄せる。「大丈夫よ」

「家に帰りたい」とマッデは言う。

「わたしも」とマリアンヌは答える。「自分のアパートメントは大嫌いなんだけど」

ヴィンセントが鼻を鳴らす。笑っているのか、泣いているのか。どちらでもいい。

ダン

ダンはドアの側柱に寄りかかる。気分がよくない。まったくもってよくない。血管が震えている。イェニーの血は、どうにか飲みはしたもののすぐに逆流してきた。もっと時間があればあとのお愉しみにとっておいて、そのときを待ちわびる気分をじっくり味わうこともできたのだが。

しかし、彼のうしろには生まれ変わってまだ腹をすかせている者がいる。すぐそばで血のにおいを嗅いだせいで、空腹が限界に達している。

ダンは食堂の中を見まわす。この船で働くつまらない連中が集まっているつまらない部屋。人々は互いにしがみつき、悲鳴をあげ、うしろの壁に背中を押しあてる。そうしていれば助かるとでもいうように。部屋には彼らのにおいが充満し、むせかえりそうになる。最高だ。どんな賞賛よりも、世界じゅうのセックスよりも、これまで経験したどんなクスリよりもすばらしい。ひとりひとり順番に殺してやれたらどんなにいいか。とはいえ、見ているだけでも充分愉しめる。

これほど気分が悪くなければ。

ダンの視線がイェニーのバンドの負け犬どもに引き寄せられる。あのときあいつらはおれを嘲笑った。あいつらよりもおれのほうがよっぽどイケてる女を大勢ものにしてきたというのに。それから、クソ生意気なバーテンダーのフィリップ。偉そうに保護者を気取ったつもりか？　ひょっとしたら自分であの女を痛い目にあわせたかったのかもしれない。好きにしろ。彼女のところにいって、食いつけばいい。トイレの床に残った残骸でも舐《な》めていろ。

フィリップの隣りにいるひげを生やした男が子供をふたり連れている。アジア系の男の子には見覚えがある。確か携帯電話で彼の写真を撮っていた。女の子のほうがいくつか年上に見えるが、正確なところはわからない。

ダンはにおいを嗅ぎ、確信する。アレクサンドラの部屋から通路にでたあと、彼が追っていたのはこの女の子のにおいだ。新しい感覚を手に入れて、初めて感じ取ったにおいだ。

大人になることができたなら、この子はきっとものすごい美人になる。メークの下の子供っぽい顔にその片鱗が見て取れる。この子もあとでまた眼を覚ますことを願う。いずれ成長するが、小さな体はずっとそのままだ。何年かしたらものにできるかもしれない。

「やめて。お願いだから」

やわらかい声が耳に心地よく響く。過去からやってきたような古くさい響きはむしろ不気味に思える。アダムとそっくりな話し方だ。ダンには声の主が誰だかすぐにわかる。

「このまま続けたら、あなたが考えているよりずっとひどい結末になる」彼女はそう言って、部屋にはいってくる。髪は黒いが、見た目もアダムによく似ている。

ダンは寄りかかっていた側柱から背を離し、痛みをこらえているのがばれないように背すじをのばす。「よくわかってる」と彼は言う。「だからやってる」

女は首を振って言う。「せめてここにいる人たちには手を出さないで。欲しいものはもう手に入れたはずよ」

笑うしかない。まだ欲しいものは手に入れてない。一番のごちそうは最後にとってある。ケーキの上に乗ったチェリーは最後のお愉しみだ。「こいつらを救おうなんて、なんとも殊勝な心がけだ」とダンは言う。「だけど、あんたが何者か知ったら、こいつらはあんたを助けると思うか?」

アダムの母親は周囲を見まわす。ダンのことばに狼狽しているのがわかる。ちょろいもんだ。ダンはわざとらしくにおいを嗅ぐ仕種をしながら彼女に一歩近づく。そうやって、まわりで見ている人々にはっきりわからせようとする。

「この船に乗ってから、あんたも〝食事〟をした。こいつらはそのことをどう思うかな？」

「ひとたび用ずみになったら、息子はあなたをどうすると思う？」と女は言い返す。

「おれたちはずっと先のことまで計画を立ててる」とダンは言う。

「あの子は長いあいだずっと自由を求めていた。ひとたび自由を手に入れたら、そのあと誰かの指図を受けると思う？」

「どうして止めようとする？」とダンは訊く。「どうして自分を苦しめるような真似をするんだ？」

「わたしは自制できる。獣とはちがう」

ダンは彼女をじっと見る。何よりもまず、この女を永遠に黙らせてやりたい。アダムに知られることはない。ただ、今の彼にはその力がない。

どうでもいい。ダンは自分にそう言い聞かせる。どのみち彼女には止められない。相手はたったひとり、対してこっちは大軍だ。

ダンはうしろに下がり、入口の隣りに立つ。

生まれ変わった者たちが食堂になだれこむ。

先陣を切ったのはブロンドのドレッドヘアの痩せこけた男。脂ぎった頭皮とチーズに似カジノで働いている女をつかむ。彼女の咽《の》喉《ど》から最初の血しぶきがあがり、床に飛び散る。が、ドレッドヘアの男が傷口に口を寄せ、彼女の残りの血は直接男の体内に吸収される。

アルビン

　時が止まる。あらゆる動きがゆっくりになる。アルビンは部屋に駆けこんでくるいくつもの足を見ている。チューブソックスを履いた足。ハイヒールで床を叩いて鳴らす足。蛍光色のペディキュアを塗った裸足の足。ブーツを履いた足。スニーカーを履いた足が血の海ですべる。ドレッドヘアの男の下敷きになって横たわる女の人がこちらを向く。血の気は失せ、真っ青な顔をしている。体内の血がほとんど失われている。

　怪物は実在する。今、ここにいる。逃げ場はない。

　甘く、ねっとりとしたにおいが室内に充満する。悲鳴がいくつもあがる。ハサミの音――ハサミで肉を切るような音――がそこらじゅうから聞こえる。テーブルと椅子がひっくり返り、投げ捨てられる。骨が折れる。血が床と壁、さらには天井にまで飛び散り、部屋を赤く染める。さっき話をしていた年老いた警備員が床に血の痕を残しながら体を引きずっている。部屋の真ん中に、さっきまでダン・アペルグレンと話をしていた女の人がいる。

ダンはドアのそばに立ち、膨れ上がった顔に狂気じみた笑みを浮かべながら、真っ赤な眼で一部始終を見ている。

ルーがアルビンを引っ張る。口が動いている。ここから逃げるとか、そんなようなことを言っている。ルーにはわからないのだろうか？

「無駄だよ」とアルビンは言う。「逃げられるわけがない」

ルーはまばたきして言う。「やめて、アッベ。諦めるのはまだ早い」

答えかけたとき、足が突然床から浮く。宙を蹴る。かたい指が万力みたいに肋骨をつかむ。血と口紅のにおいがする。きらきらしたピンク色の唇と、不揃いな骨のかけらが一列に並んだような、眼がくらむほど真っ白な歯と、女の人の頭に巻かれた色鮮やかなスカーフが見える。女の人がアルビンの首に口を押しつける。肌に舌があたるのを感じ、アルビンは叫ぶ。

アルビンを助けようと手を伸ばしたカッレに、ブロンドのドレッドヘアの男が突進する。ルーの悲鳴が轟《とどろ》き渡る。放して助けなきゃ放して！

カッレ

歯。それしか見えない。顔からわずか数ミリのところで上下の歯が嚙み合わさる。血にまみれたドレッドヘアがカーテンのように視界をさえぎっている。彼の上に覆いかぶさる体はがりがりに痩せていて、押しのけようとすると上着の上からでも骨の感触がわかる。どうにか寝返りを打って横向きに向かい合う。男の上に馬乗りになり、手で咽喉《のど》を押さえて、思いきり締め上げる。が、男はひるまない。ひたすら歯を鳴らしつづける。首の筋肉が肌の下でくねるように動く。カッレはパニックに襲われ、ドレッドヘアをつかんで男の頭を床に打ちつける。何度も、何度も、数えられないほど繰り返す。止められない。頭の下に血だまりができているのに、男はまばたきひとつしない。

カッレが男の頭を再度持ち上げた瞬間、灰色の輝く塊が床に流れ出て広がり、男が眼を剝く。男の歯は最後にもう一度だけ宙を嚙み、動かなくなる。カッレは男から手を離す。かつては思考と記憶と意見を有していた血だらけの塊をじっと見つめる。

震える足で立ち上がる。胃が引きつって痛み、吐き気をもよおすが、何も出てこない。アルビンの姿を捜す。フィリップがルーを羽交い締めにして押さえている。ルーはアルビンの名前を叫びつづける。カッレはルーが行こうとしている方向に眼を向ける。

頭にスカーフを巻いた女が床に倒れている。黄色い柄のパン切り包丁が女の首から突き出し、血が流れている。ひとりの人間の体内には収まりきらないほど大量の血が流れ出ている。

人を刺した直後の蚊みたいだ、とカッレは思う。

女の口が開いたり閉じたりする。叫ぼうとしているのかもしれない。包丁をつかもうとするが、血まみれの柄に指がすべってうまくつかめないようだ。その包丁は――

頸椎のあいだ？　なんてこった、頸椎のあいだに刺さってるのか？

横たわる女のうしろに別の女が立っている。ダン・アペルグレンと話をしていた、黒い服を着た女がアルビンを小脇に抱えている。その手は指が何本か欠けている。女が彼らのほうに近づいてくる。感染したほかの者たちが彼女から距離を取っているのにカッレは気づく。みな、ある種の敬意をこめて彼女を見ている。

「急いで」と女は言う。「あの女はまたこの子に襲いかかる。そのまえにここを出ましょう」

カッレは女の背後の床を見る。スカーフを巻いた女が起き上がり、荒々しい眼でアルビンを見つめている。

ありえない。

それでも、カッレはためらわない。「行こう」と言ってフィリップを見る。

ルーは首を振る。「その人もあいつらの仲間よ」と言って反対する。

「今、この子を助けたのを見たでしょう」と女は言い、カッレのまえにアルビンをおろす。「子供たちを守りたいなら、武装したほうがいい。彼らを退治するには、心臓か脳を破壊しないといけない」

カッレは黙ったままうなずく。気づくと、食堂内の混乱はおさまっている。いたるところに死体が転がっている。

スカーフの女の首にはまだ血にまみれた包丁が刺さったままだが、女の手がようやく柄をつかむ。水が跳ねるような音がして、包丁が彼女の肉体から抜ける。

武装したほうがいい。

「厨房《ギャレー》に行こう」とカッレは言う。

黒髪の女が部屋の入口に向かう。ダン・アペルグレンはいなくなっている。カッレはアルビンの手を取り、フィリップとルーがついて来ているのを確認してから女のあとを追う。

感染した者が何人かそっと近づいてくるが、黒髪の女が一緒にいるので、それ以上そばまでは来ない。

彼らは彼女を恐れている。おれたちは彼女の獲物だと思っている。ひょっとすると、そのとおりなのかもしれない。

カッレはアルビンをもっと近くに引き寄せる。フィリップがマリソルを呼ぶ。

「おれたちも連れていってくれ！」ミカの声が背後のどこかから聞こえる。

一行は通路に出る。そこにもダンの姿はない。ただ、休憩室のまえにさらに多くの死体が転がっている。カッレは下を見ないようにしながら、死体のひとつをまたぐ。死体の中に友達がいるかどうかは知りたくない。

女が階段の吹き抜けに通じるドアを押して開けると、階下《した》から悲鳴が聞こえてくる。

「急いで」と女は言う。

女は悲しげな表情をしている。彼らの命を救ってくれたのに、許しを請うような顔をしている。どうして助けてくれたのか、この女は何者なのか。その答を知りたいが、今はそんなことを訊いている場合ではない。カッレは最後にもう一度振り返って通路を見る。アンティとミカが食堂からこちらに向かって走ってくる。そのうしろに感染した人が何人かいるのが見える。

「エレヴェーターで行こう」フィリップがカッレの耳もとで囁《ささや》く。「厨房《ギャレー》に直行できる」

カッレは十メートル先の吹き抜けにあるオレンジ色の鋼鉄製のドアを見てうなずく。

アルビンの手をしっかり握って走りだす。階段のところでつまずくが、どうにか体勢を立て直し、さらにスピードを上げる。マリソルとフィリップとルーがあとからついてくる。のが足音でわかる。エレヴェーターに体あたりして無我夢中でボタンを押す。明かりが点き、重い装置がゆっくりとまわりだす。子供たちは悲鳴をあげ、互いにしがみつく。カッレは意味がないと知りながらもう一度ボタンを押す。何かせずにはいられない。

アンティが黒髪の女を押し倒すようにして追い越す。ミカがその数歩うしろにいる。

「急げ！」とフィリップが叫ぶ。「早くしろ！」

階下《した》から聞こえていた悲鳴がやむ。かわりに足音が聞こえる。ゆっくり階段をのぼってくる。すぐそばまで来ている。

カッレは黒髪の女を見る。まだドアのそばにいる。女が唇を引き上げると黄色い歯がのぞき、カッレの体内を凍えそうに冷たい水が駆けめぐる。女の歯はその若々しい顔には似つかわしくないほど黄ばんでいる。

エレヴェーターのドアががたつきながら開き、カッレは急いで振り返る。中に感染した人が乗っていて、飛びかかってくるかもしれないと身構える。が、エレヴェーターの中は空《から》だ。

カッレはドアが閉まらないように体で押さえ、マリソルとフィリップが子供たちを急かしてエレヴェーターの奥に乗せる。

階段から感染した者がふたり現われる。三人いる。いや、五人か。アンティが全速力でエレヴェーターに駆けこみ、両手をまえに出して奥の壁に顔から突っこむのを免れる。

ミカはまだ数メートル離れた場所を走っている。どうしてそんなに遅いのか？　階段をのぼってくる感染者なみにのろい。

「急げ！」とカッレは怒鳴り、デッキ8のボタンを押す。ルーが急かすようにジャンプし、エレヴェーターが揺れる。

「急いでないように見えるか？」ミカは息を切らして言う。

「行って！」と黒髪の女が大声で言う。「その人をおいて行って！」

が、どうにかミカもたどり着き、カッレはドアから離れてエレヴェーターの中にはいる。ドアはすぐには閉まらない。一秒、二秒。カッレが苛立って大声を出す。ドアがようやく動きだす。

カッレはほかの人たちと一緒に奥の壁のそばに立つ。

ドアが完全に閉まる直前、金のブレスレットをつけた染みのある腕が隙間に差しこまれる。鉤爪のように曲がった指が彼らをつかまえようとする。ぱっくりと割れた顔がドアに押しつけられる。ドアは振動し、また開きかける。子供たちが金切り声で叫ぶ。

エレヴェーターの外で何かがすばやく動く。ぶかぶかの黒いカーディガンがちらりと見える。ドアの隙間に押しつけられていた顔が消える。外から苦悶に満ちた音が聞こえ、フィリップがもう一度ボタンを押す。

カッレの耳の奥で鼓動がうなる。エレヴェーターのドアが閉まる。

ドアが完全に閉じ、エレヴェーターが下降しだす。そのときになってカッレは息を止めていたことに気づく。

マッデ

マッデは窓から離れる。眼下の船首デッキで繰り広げられる惨劇をこれ以上見ていられなくなる。

実を言えば、眼を開けて起きているのさえやっとだ。泣き疲れて消耗し、打ちのめされている。倒れこむようにしてソファに坐る。このままやわらかいクッションの上で横になり、二度と眼を覚ましたくない。

ザンドラから病気をうつされていたとしたら？　こんなに疲れを感じるのはそのせい？

そう思うと、この体から抜け出したくなる。

マリアンヌが気持ちを見透かすかのように彼女を見る。

もしあたしが感染していると知ったら、この人たちはどうする？　きっとここからあたしを追い出すに決まっている。マッデはハート型のゼリーがはいったボウルを見つめる。

もしこのくそクルーズ船で死んだら、とマッデは考える。あたしは何を成し遂げてきただろう。誰かにとって何か意味のあることをしてきたのか。両親は悲しむだろう、もちろん。それに弟も。でも、家族はあたしのことを知らない。ほんとうのあたしを。

誰よりも彼女をよく知っているのはザンドラだった。が、そのザンドラはもういない。涙腺が痛む。が、もう涙は出てこない。涙はもう枯れてしまったのかもしれない。鼻をすすり、人差し指で鼻の下を拭く。ダイニングテーブルに眼がとまる。その上の天井は鏡張りになっている。テーブルには食べものではなくもっと肉欲的なごちそうが乗っていたのではないかとマッデは勘ぐる。

階段の手すりに飾られたリボンを見る。階段にはバラの花びらが撒かれている。下の階の踊り場の手すりのあいだから、ベッドの上に掛けられた横断幕が見える。〝おめでとう〟と書かれている。

マッデの頭のなかで突然すべてがつながる。ぞっとしているのか、感動しているのか自分でもよくわからない。老婦人を見て思う。この人はきっと大金持ちで、ヴィンセントはどうしてもそのお金が欲しいのだろう。

マッデは鏡張りの天井をもう一度見上げる。「ふたりは結婚するとか？」

「いいえ」と老婦人は急いで否定する。「そんなんじゃない」

「だったら、なんのお祝いなの？」とマッデは訊く。

「話すと長くなる」窓の外を見ていたヴィンセントが振り向いて言う。

離れていると眼の色がいっそう濃く見える。あらためて見ると信じられないくらいハンサムだ。ザンドラはきっとこの人を気に入るにちがいない。

ザンドラ。

「まあ、どこかに行くわけでもないし」とマッデは言う。「ほかのことを考えるのもいいんじゃないかしら」

ヴィンセントはアームチェアに坐り、マッデに向き合う。「プロポーズされたんだ」と彼は言う。「ボーイフレンドから」

マリアンヌとヴィンセントがヤってるところを想像せずにすんで、マッデはほっとする。

「その人はどこにいるの？」

「わからない」ヴィンセントは消え入りそうな声で答える。「いなくなってしまったんだ。こんなことになるまえに……どこにいるかわからない」

ヴィンセントがあまりに打ちひしがれているのを見て、マッデは訊いたことが申しわけなくなる。どうにか気分を晴らしてあげたいと思ったが、ヴィンセントはもう窓の外を見ている。

「おめでとう」とマッデは言う。「だって、あの、結婚するんでしょ」

ヴィンセントは微笑むが、その笑みはマッデがこれまで見たことがないほど悲しげだ。

「断ったんだ」と彼は言う。

「どうして？」思わず質問が口をついて出る。「ごめんなさい」言ってしまってからすぐに謝る。「あたしがどうこういうことじゃないわね。ただ……」

今度はすんでのところで口をつぐむ。あなたを見てると、その人を愛しているのがわかるから。

「気にしないで。だけど、そうだな、自分でもわからないんだ。時間をかけてじっくり考えたくて……」ヴィンセントはそう言って笑う。「まだ時間は充分あると思ってたから」

「人が嚙みついて引き裂き合うことになるなんて予想できるわけない」

「やめて」とマリアンヌが止めようとする。

「いや、そのとおりだ」とヴィンセントは認め、また笑う。それから両手に顔をうずめて言う。「彼を捜さなきゃ。あの混乱の中のどこかにいるはずなんだ」

「だめよ」とマリアンヌが言う。「きっと自分で戻ってくる。それができるなら」

「そう。それができるなら。だけど、もし助けを必要としていたら？」とヴィンセントは言う。

「行きちがいになったらどうするの？」とマリアンヌは諭す。「その人だって、あなたにはここにいてもらいたいと思ってるはずよ」マリアンヌは加勢を求めるようにマッデを見る。ヴィンセントのボーイフレンドが何を望んでいるか、マッデにははっきりわかっていると言わんばかりに。

「そうね、きっとそう思ってる」とマッデは言う。「あたしがその人の立場だったら、やっぱりここにいてほしいと思う」

もし自分に愛する人がいたなら、その人には絶対に安全でいてほしい。そして、自分が見つけられる場所にいてほしい。

それに、本音を言えば、マッデはヴィンセントにここからいなくなってほしくない。

カッレ

ドアが横にスライドして開く。エレヴェーターの明かりが四角く照らす部分以外は真っ暗だ。緑と赤の小さな点——巨大な調理機器のランプ——があちこちで光っている。

カッレは暗闇に耳を澄ます。換気設備が低くうなる音のほかは何も聞こえない。すばやくフィリップに視線を送る。

アンティが大げさにため息をつき、エレヴェーターの外に出る。これ見よがしに背すじを伸ばし、腕を大きく横に開いて胸を張って歩く。小さな犬が内心では怖がりながら、大きな犬のふりをしているのと変わらない。まるで逆効果だ。

カッレと子供たちが厨房《ギャレー》の中にはいる。マリソルとフィリップも続く。最後にミカがエレヴェーターから出てくる。

頭上で耳障りな音がして、蛍光灯が点灯する。電気のスウィッチのそばにアンティが立っている。顔が真っ赤に上気して、ほとんど紫色に近くなっている。ステンレスの巨大な調理台、大きなオーヴン、グリル、温蔵庫、フライヤーなどすべてが明るい光を反射して輝いている。どれも汚れひとつなく、徹底的に磨きあげられている。本来なら、そろそろ朝食の準備に取りかかる時間だ。食器洗い機の隣りの壁に掲示板があり、予定表と海辺にいるビキニ姿の女が写った絵はがきが貼ってある。そのさらに隣りに灰色の電話が壁に備え付けてある。

ヴィンセント。

電話せずにいれば、ヴィンセントはきっとスイートルームにいて安全だと自分に言い聞かせることができる。しかし、電話をかけて、もし応答がなかったら……

「武器が要る」アンティが手近な引き出しを乱暴に開けたり閉めたりしながら言う。

カッレはそっとアルビンの手を放し、作業スペースに歩み寄る。長いカウンターテーブルが四つあり、そのまわりを巨大な冷蔵庫が囲んでいる。引き出しを開けると、大きな包丁がきちんと並んでいる。

「ここにたくさんある」とカッレは言う。

マリソルが隣りのカウンターの引き出しから肉切り包丁と肉叩きを出して作業台の上に置く。眼が合った瞬間、カッレはマリソルに好感を持つ。包丁を何本か取り出して眼のまえに並べ、指にあてて慎重に切れ味を確かめる。刃はどれも鋭く、きちんと手入れされているのがわかる。やはり大きいほうがいいだろうか。それとも果物ナイフのような小さいもののほうが小まわりがきいて扱いやすいのか。それに、子供たちにも鋭利な刃物を持たせるべきか？

「こんなことをしてるなんて信じられるか？」とカッレは言う。

マリソルはカウンターに寄りかかり、額を拭いて言う。「さっき〈カリスマ・スターライト〉で女の人を殴り殺した。その人はあの人たちの仲間だった……でも……」そこでひと呼吸おいてから続ける。「もう一度同じことをできるかどうか」

「わかるよ。ぼくも同じだ」

カッレはドレッドヘアの男のことを思考の外に追い出す。頭から漏れ出すあれこれを考えないようにして、眼のまえに並べた包丁を吟味する。突然、こんなものを使うという発想そのものが馬鹿馬鹿しく思えてくる。彼は振り向いて子供たちを見る。

ルーが近づいてきて、刃がステンレスでできた大きなキッチンバサミを差し出す。彼女のすぐうしろにアルビンがいる。無表情で、ぞっとするほどうつろな眼をしている。

「これも何かの役に立つと思う」とルーは言う。

見た目はどう見ても子供だが、同時にとても大人びて見える。

カッレは顔をそむけてハサミを受け取る。ルーもアルビンもほんとうならこんなところにいてはいけない。安全な家で、ベッドの中にいなきゃいけない。

カッレは周囲に眼を走らせる。食器洗い機と山積みになった食器を入れるラックがあり、とぐろを巻いて寝ている蛇のような高圧ホースがシンクの上からぶら下がっている。視線がまた壁に掛かった電話を捉える。

あとですぐに電話する。ただ、そのまえに気持ちを落ち着かせなければならない。

うしろで何かが衝突し、激しくぶつかり合う音がして、カッレは慌てて振り向く。アンティが引き出しをいくつか引っ張りだし、逆さまにして中身をぶちまけている。泡立て器やパスタレードルやポテトマッシャーが床に散在している。

「おい、もっと静かにできないのか？」とフィリップが言う。

アンティは彼をじっと見る。別の引き出しを開け、わざと音を立てて中身を床にぶちまけて言い返す。「このほうが早い。おまえも試してみたらいい」

「彼らに聞こえて見つかってしまう」とカッレも言う。「そんなこともわからないのか？」

アンティは侮蔑のこもった眼差しをカッレに向けて言う。「黙れ、このおかま野郎！」

「最高のクソ野郎だね」とルーはアルビンに耳打ちする。「あの人たち、今すぐここに来てあいつを殺してくれないかな？」

カッレにはそのことばはほとんど聞こえない。アンティを見ると憎しみがこみ上げてくる。自分でもよくわからないほどのすさまじい憎悪を感じる。

しかし、実際はその逆だと気づく。その憎悪がなんなのか、彼にはよくわかっている。一緒に働いていたときは意気地がなくてアンティに言い返せなかった。が、今はその赤ら顔を殴り、ブーツで蹴ってめちゃめちゃにしてやりたい気持ちでいっぱいになる。

カッレはその憎しみに心地よさを覚える。燃え上がる怒りが恐怖を追いやり、感染のこともヴィンセントのこともピアのことも子供たちのことも一時忘れさせてくれる。

「くたばれ、アンティ」とフィリップが言う。「マッチョを気取った戯れ言はケツの穴にでも突っこんでおけ」

「それならお友達のケツに突っこんでやればいい」とアンティは言い返す。「きっと泣いて喜ぶぞ。おまえこそ、くそくらえ。ガキふたりとあばずれと思想警察なんかと一緒にされてたまるか！」

「もうよせ」とミカが言う。

カッレはミカの存在をほとんど忘れていた。温蔵庫に背をあずけて床にへたりこんでいる。

「おまえもだ」とアンティが冷笑するように言う。

「もうこんなところにいたくない」とミカは言う。「どうしてこんな仕打ちを受けなきゃならない？」

「仕打ち？」とカッレは言う。「少なくともおまえは生きてる。食堂にいたみんなはそうじゃない。ピアもヤルノも。それに乗客たちも――」

「なんの報いかわからないって言ってるだけだ。おれがどんなあやまちを犯したっていうんだ」

「あやまちの報いなんかじゃない！」とフィリップが半ば怒鳴るように言う。

ミカは不機嫌そうに彼らを見る。自己憐憫にひたる自分を否定するのはきわめて不当だと思っているようだ。

「とにかく落ち着きましょう」とマリソルが言う。「どんな問題に立ち向かってるのかすらまだよくわからないんだから」

「それならわかる」とルーが言う。「あの人たちが何者か知ってる。言っても信じてもらえないと思うけど」

カッレがルーのほうを見る。

「あの人たちは吸血鬼よ」

「ルー……」

「だってそうじゃない。わからないの？」

「あばずれとガキが」アンティが小声で毒づく。

「最初はゾンビかと思ってた」とルーは続ける。「だけど、ゾンビはしゃべれないし、考えることもできない。でも、あの人はちがった。ダン・アペルグレンはあの人たちの仲間だけど、どっちもできてた。それにあたしたちを助けてくれた女の人も」

「そのガキを黙らせてくれないか？」とアンティは言う。「ホラー映画の見すぎのガキのたわごとを聞く気分じゃない」

ルーは眼をすがめて反撃する。「だったらたわごとじゃない説明をしてくれる？ ちゃんと現実と思える説明をしてくれるんでしょうね」

吸血鬼。

ひょっとしたら正気を失いかけている証拠かもしれないが、吸血鬼ということばを聞いてカッレは何もかも合点がいく。どうかしていると思われるかもしれないけれど、彼らが吸血鬼だと考えれば、カリスマ号で起きているわけのわからない出来事にも説明がつく。

歯。嚙みつくこと。血。大量虐殺。大混乱の騒動。血を噴き出しながら咽喉《のど》に刺さった包丁を引き抜こうとしていた女。原形をとどめなくなるほど頭がつぶれるまで動きを止めなかったドレッドヘアの男。

混乱の様子が次々と脳裏に浮かび、現実を見失いそうになる。狂気の崖に飛びこみかけて、すんでのところで思いとどまっているような感覚を覚える。奈落の底に引きこまれそうになるが、落ちない。今はまだ。

ただ、その奈落はすぐそこにあり、彼が落ちるのを待っている。

「ダンは小さな男の子を連れていたってピアが言ってた」とミカが言う。「その子も仲間だと思うって」

「あの女の人はダンに息子の話をしてた」ルーが勢いこんで言い、カッレを見る。

「なるほど」とアンティがわざとらしく笑って言う。「そういうことか。すばらしい。えぇと、ここならどこかにニンニクがあるんじゃないか。それとも吸血鬼の心臓に打ちこむ木の杭でもつくるか？」

「それがいいかもしれない」とルーは言う。「あの女の人は心臓と脳を破壊しないといけないって言ってた」

「テロリストの仕業に決まってる」アンティはまわりを見て言う。「それとも、おとぎ話を信じてないのはおれだけか？」

カッレは両手で顔を覆い、うっかり額の傷に触れる。指先の汗がしみて激痛が走る。

「何を信じればいいのかわからない」とフィリップは言う。「だけど、あの人たちをどう呼ぶかは問題じゃない。大事なのはこのあと何をするかだ」

アンティが床に置かれた引き出しを蹴る。

「とにかく船を止めないと。そうすれば救命ボートが使える」とマリソルが言う。

「ヘンケとパールが操舵室《ブリッジ》にはいろうとした。だけど……」アンティの声は次第に小さくなる。

「そうね。だったら機関室に行ってみましょう。誰か、エンジンを停止させる方法を知ってる？」

アンティがため息をつく。「簡単なことだ」うんざりしたように言う。「主要な配電盤にバケツで何杯か水をぶっかけりゃいい。ポンプが止まって燃料も冷却液も供給されなくなる」

一同が顔を見合わせる。

「わかった」とマリソルは言う。「そうしましょう」

カッレは掲示板の隣りの電話を見る。機関室に行ってその計画を実行するなら、電話をかけるタイミングは今しかない。

もう次はないかもしれない。

その不安はあまりに大きく、受け入れがたいので、無理矢理心の奥に押しこめる。あくまで冷静でいなければならない。カッレは電話に近づく。鼓動が激しくなる。受話器を持ち上げ、脂でべとついたボタンを押す。九、三、一、八。

呼び出し音が鳴る。二回、三回。

「もしもし？」ヴィンセントが電話に出る。息を切らしている。

受話器を握るカッレの手に力がはいり、プラスティックの受話器が軋《きし》む。「おれだ」とカッレは言う。

泣かないように深くゆっくり呼吸する。ここで泣いてしまったらあの奈落の底に落ちて二度と這い上がれなくなる。

「どこにいる？」とヴィンセントが訊く。声がかすれている。

「厨房《ギャレー》」とカッレは答える。ヴィンセントが何も言わないので、こうつけ足す。「調理場《キッチン》だ」

「大丈夫か？」

「ああ」とカッレは言う。「大丈夫だ」

カリスマ号にめぐらされた回線が静かに雑音を立てる。いつ回線が切断してもおかしくない。そう警告する。

「そっちは？」とカッレは尋ねる。「大丈夫なのか？　噛まれてないか？」

「ああ、噛まれてない」とヴィンセントは答える。

そのひとことには大きな意味がある。安堵の波が押し寄せ、カッレの眼に涙があふれる。

「ここにいてほしかった」とヴィンセントは言う。

カッレは何度も何度も息を呑み、咽喉の中で大きくなる塊を取り除こうとする。電話線は木々を揺らす風のような音を立てる。それは遠くから聞こえる囁《ささや》きに似ている。

「おれもだ」カッレはどうにか声を絞り出す。

「いったい何が起きてる？　何か知ってるのか？」

吸血鬼。

「いや」

「そこは安全なのか？」

熱い涙がこぼれ、カッレの頬を伝う。「これから機関室に行って、船を止める。そうすれば救命ボートで避難できる……それに、遅かれ早かれ外部の誰かが異変に気づくだろうから……」カッレはそこで言いよどむ。はたと気づく。誰かが救助に来たら、その人たちも危険にさらされることになる。

壁にもたれ、落ち着こうとする。ことの重大さに呑みこまれるなと自分に言い聞かせる。正気を保つには、一度にひとつずつ対処するしかない。

「そこでじっとしてちゃだめなのか?」とヴィンセントが言う。「お願いだ、ぼくのためにも」

「できるだけのことをしなきゃならない」

ヴィンセントは何も答えない。何か言ってほしいとカッレは切望する。どんなことでもいい。何か言ってくれれば、もう少しだけ声を聞いていられる。しかし、ヴィンセントはもう何も言わない。

「部屋から出るな。そこにいると約束してくれ」とカッレは言う。「エンジンを止められなかったら、おれもすぐそっちに行く」

「ここで待ってる」とヴィンセントは言う。

そうしてくれ。愛してる。どうか危険に身をさらさないでくれ。

「じゃあ、あとで」とカッレは言う。

「ああ。あとで会おう」

ヴィンセントが電話の向こうで泣きだしそうになる。このまま電話を切りたくない。カッレはその思いを断ち切って別れのことばをつぶやき、受話器を無理矢理もとの位置に戻す。

「アルビン? ルー?」子供たちを呼ぶ彼の声はわれながら驚くほど落ち着いている。

「おいで。お母さんたちの部屋にかけてみよう」カッレは最後にもう一度涙を拭き、みんなのほうに向き直る。

フィリップはプラスティックのバケツとダクトテープを見つけたようだ。そのテープで、金属製の長い棒にステーキナイフをくりつけている。棒はモップの柄か何かだろう。

「連絡がついたのか？」

カッレは黙ってうなずく。

「よかった」フィリップはそう言うと、即席の槍を振りまわす。

とても満足げなフィリップを見て、カッレは思わず笑みを浮かべる。

ヴィンセントは無事だった。そうとわかって初めて、自分が今にも諦めそうな危険な状況にあったことを実感する。

ダン

アダムはデッキ8のアーケードゲームのそばで彼を待っている。ダンは〈ポセイドン〉のまえの通路に散らばる死体を蹴散らし、死体を踏まないように気をつけて足を置く。死体のいくつかがぶつかり合いながらゆっくりと動く音がする。顔を上げて、通り過ぎるダンの姿を見ている者もいる。

ダンは疲労困憊している。

混乱のさなかで起きたことを愉しめればよかったのだが。

とはいえ、全員が彼を目撃した。彼がこの騒動の黒幕であることを誰もが知った。眼を覚ましたら、みんな彼についてくる。思考能力を取り戻したら、自分たちに新しい命を授けてくれたのは彼だと知ることになる。

ダンはアダムの隣りに立ち、一緒に窓の外を眺める。空と海の境目にうっすらとすじが見える。人間の眼にもあれが見えるのだろうか。

新しい夜明け。まったく新しい世界の始まり。しかも、カリスマ号の外にいる人々はまだ誰もそのことを知らない。

「うまくいった？」

「ああ」

窓にふたりの透きとおった影が映る。ダンの顔は腫れている。体は血で満たされ、シャツがはち切れそうだ。横を見ると、ガラス越しにアダムと眼が合う。アダムの母親が言ったことを思い出す。あの子は二度と誰の指図も受けない。

それはダンも同じだ。今ここでアダムを殺して、アダム抜きで新しい世界に飛び出すほうがいいのかもしれない。生まれ変わった者たちを自分だけの配下に置くほうが。

「ママを見つけられなかった」とアダムは言う。「においも感じ取れない」

「おまえの母親は向こうにいた」とダンは言う。

アダムがダンのほうを向く。が、ダンは横を向かずにそのまま窓の外を眺めている。ほのかな明かりを浴びて海が水銀のように輝く。

「おまえの母親は何人かに手を貸して逃がした」とダンは言う。

「止めなかったの？」とアダムが訊く。

ダンは歯を食いしばり、アダムのほうを向く。この細い首なら簡単にへし折れそうだ。

しかし、アダムのか弱そうな見た目に騙されると痛い目にあう。具合がよくなるまで待つほうがいい。

「ママは誰を助けたの？」とアダムが訊く。

「雑魚を何人か。どいつも重要人物じゃない。子供もいた」

あのブロンドの女の子のことを思い浮かべると、血の流れがスムーズになる。あの子はとても若々しく、とても瑞々《みずみず》しい。

「ママは子供に弱い」アダムはそう言い、そのかわいらしい唇を引き結ぶ。「逃げた人の中に問題になりそうな人はいる？」

ダンは首を振る。免税店の店員ごときに何ができる？　香水をまいておれの仲間たちを窒息死させるとでも？

アダムは窓ぎわのベンチに腰をおろす。ぶら下がった足のかかとで壁を蹴る。青い眼でじっとダンを見据える。「絶対に？」

「やつらはどのみち助からない。ひとりがもうすぐ生まれ変わる。そいつに任せておけばいい」

新しい歯が生え、憎しみに満ちたあの顔を思い描く。恐怖と空腹をたたえた眼を思い浮かべる。が、なんの感情も湧いてこない。

背後で生まれ変わりのひとりがうなる。

「逃げられなかったやつらのことを考えたらどうだ」とダンは促す。弁解がましい泣き言に聞こえる気がして、おれのおかげでとは言わない。「あと数時間しかない。おまえの母親だって、もう何もできやしない」

「それでもママは止めようとする」アダムは口に出して考えるように言う。

「だったらそうさせないようにしろ」

この話はもうしたくない。食堂で会ったとき、彼女はダンを殺したいと思っていた。それは火を見るより明らかだった。こうして新しい力を与えられたのは、ただそれを失うためなどではない。今の彼には失う人生が多すぎる。このさき長い年月が、もっといい年月が待っている。「男らしく立ち向かえ」それからつけ加える。「見た目はよちよち歩きの子供だとしても」

ふたりの眼が合う。アダムがさきに眼をそらす。「ママのことは心配しなくていい」とアダムは言う。「ぼくがなんとかする。きみの言うとおりだ。成し遂げたことを喜ばないとね。きみはよくやってくれた」

「そいつはどうも」ダンにはアダムの評価など必要ないが、つまらないことで言い争うのは面倒だ。

「疲れてるだろうね」とアダムが言う。

ダンは黙ってうなずく。いかにも、骨の髄まで疲れきっている。

「港に着くまでひと休みするといい」とアダムは勧める。「着いたら全力を出さなきゃならない。先のことを考えて。まだ始まったばかりなんだから」

そう、休息。今の彼に必要なものはそれだ。

どこで休めばいいかもちゃんとわかっている。本来ならずっとまえから彼のものだったはずの場所に行く。フィンランドに着くときには船の最前列に陣取る。世界が目覚め、長い歴史の中で経験したことのない日を迎えるそのときには。

アルビン

「アッベ」と父さんが言う。

「アッベ、どこにいる?」

いつもの〝むっつり父さん〟とも〝泣き虫〟父さんともちがう、アルビンが聞いたことのない声だ。なんだかとても弱々しい。立場が逆転して、アルビンのほうが大人になった気がする。

それに、お酒をたくさん飲んでいるので、なんと言っているのかよく聞き取れない。

どうしてこんなにがっかりしているのか、アルビンは自分でもよくわからない。ほかに何を期待していたのだろう? 小さい頃に話して聞かせてくれた自作の物語に出てくる父さんになっているとでも思っていたのか? 怪獣をやっつけてみんなを救ってくれる、勇敢な父さんに変わっているとでも?

「ルーとほかにも何人かの人と一緒に厨房《ギャレー》にいる」とアルビンは言う。「料理をつくる場所」みんな揃ってレストランで食事をしてから、ほんとうにまだ数時間しか経っていないのだろうか？

「母さんはどこにいる？」と父さんは訊く。「リンダは？」

「わからない」アルビンは横目でちらっとルーを見る。「部屋にはいないの？」

ルーにもすぐにわかる。顔には出さないけれど、突然糸が切れた操り人形みたいにがっくりとうなだれる。

「ここにはおれひとりしかいない」と父さんは言う。「どうして部屋を抜け出した？」

アルビンは電話のコードをいじる。コイル状に巻かれたやわらかいプラスティック製の灰色のコードを人差し指に巻きつける。「母さんに話さなきゃならないことがあったから」

「どうしておれのところに来なかった？　すぐ隣りの部屋にいたのに！」

電話線が指をきつく締めつけ、指先が濃い紫色になる。「わからない」

「ああ、おれにもわからない」父さんはそう言って電話の向こうで泣きだす。うじうじとぐずりだす。アルビンの知っているいつもの父さんだ。

「部屋に戻ればいいんだけど」とアルビンは言う。「でも、無理なんだ」

そう言うと同時に、戻る気なんてないことをアルビンは自覚する。父さんとふたりきりであの部屋に閉じこめられるなんてまっぴらだ。それよりカッレたちと一緒にいたい。

「だったら、どうすればそっちに行けるか教えてくれ」父さんは鼻をすすりながら言う。

アルビンは電話のコードから指を引き抜く。汗ですべってすんなり抜ける。「無理だよ」

「ここにいたらおかしくなってしまう」

とっくにおかしくなってる。それに、父さんには会いたくない。カッレたちにも会ってほしくない。父さんが来たら、きっと全部台無しになってしまう。

「もう切らなきゃ。船が止まったら、できれば屋上のデッキに行って。救命ボートがあるから」

「アッベ、アッベ、切らないでくれ！　おれが世界の誰よりもおまえのことを愛しているのは知ってるだろ。おれは……」

「ごめん、父さん。ぼくも愛してる」アルビンは背伸びして爪先立ちになり、受話器を置く。振り向くと、ルーがこっちを見ている。眼が涙で光っている。

「母さんたちは部屋にはいないって」とアルビンは言う。言わなくてもルーにはわかっているのに。「部屋には戻りたくない」

ルーは黙ってうなずく。

「連絡はついた？」カッレの声がする。

カッレを見て、ふと思う。カッレもほかの人たちも、ぼくとルーの面倒をみなきゃならないなんて、冗談じゃないと思っているかもしれない。特にアンティっていう人は絶対にそう思ってる。今のところ誰からも相手にされてないけど。でも、カッレは……ぼくたちをおいて行かなきゃならないって確かに言ってた。でも、あのときと今とでは状況がちがう。そうだよね？

「父さんしかいなかった」とアルビンは言う。「母さんが見つかるまで一緒にいたい」

「でも――」カッレは言いかけたものの、何か思いついたのか、途中でことばを切ってうなずく。

マリソルがフィリップ特製の即席の槍を持ってそばに来る。アルビンに向かって微笑んで言う。「ずっと一緒よ、もちろん」

「最後にお母さんに会った場所は？」カウンターテーブルのそばにいるフィリップが訊いてくる。

「カフェ」とルーが答える。「そのあと、きっと案内所に行ったと思う。船内放送で呼ばれたから……」

「だとしたら、きみはこの子たちのお母さんに会ってるはずだ、ミカ」とフィリップは言う。「覚えてないか？」

アルビンは自分を呪う。どうしてもっと早く気づかなかったのだろう？　ミカが案内所のスタッフだということはわかっていた。母さんとリンダおばさんが案内所に行ったのなら、当然、この人と話をしてるはずじゃないか。

「母さんは車椅子に乗ってる」アルビンはそう言って床にへたりこんでいる男に近づく。「リンダおばさんはブロンドで、髪が長い」

しかし、ミカは何も答えない。

「おい」とカッレが言う。「耳が聞こえなくなったのか？」

それでも返事はない。ミカの眼が開いていることにアルビンは突然気づく。じっと何かを見つめているが、その実、何も見ていない。

「ミカ？」カッレはミカに近寄り、隣りにしゃがんで咽喉《のど》に手をあてる。

「カッレ、危ない！」フィリップが叫び、槍を肩にかついで駆け寄る。「気をつけろ！」

「脈がない」カッレはフィリップを見上げて静かに言う。

「サイコー」ルーがそっとつぶやく。「マジでサイコー」

「カッレ、離れて」とアルビンは言う。「お願い」

カッレはミカの上着のボタンをはずす。金色のボタンが明かりを反射して光る。上着のまえを開くと、胸のあたりでシャツが切り裂かれ、大きな血のしみができている。カッレは上着をもとに戻し、ジーンズで手を拭く。

「このクソ野郎。なんで黙ってた？」

マリソルがカッレの肩にそっと手を置く。カッレはようやくミカの手が届かない位置まで下がる。それからシンクのところに行き、下にある戸棚を開ける。

「どうするんだ？」とアンティが言う。「そいつも連中の仲間なのか？」

「すぐにそうなる」とルーが答える。

「その子の言うとおりだ」とフィリップも言う。「〈カリスマ・スターライト〉にいた人も最初は死んでるみたいだった」

カッレが明るい黄色のゴム手袋を両手にはめて戻ってきて、またミカの隣りにしゃがむ。アルビンの胃の中身が全部ゆっくりかたまっていく。どんどんかたくなって、サンデッキにいた髪の長い男の人のお腹から出てきた蛇みたいに真っ赤な塊になる気がする。

肌の色なんて関係ない、見た目がどんなにちがっていても中身はみんな同じだから。小さい頃、どうしてぼくはみんなと似ていないのか尋ねると、母さんはいつもそう言っていた。でも、何がどう関係ないのかアルビンにはちっともわからなかった。

母さん、どこにいるの？　口の中が唾《つば》でいっぱいになる。飲みこむと鉄みたいな冷たい味がする。

カッレがミカの顎をそっと下に向ける。口が開いて、中から血が流れ出る。

フィリップはカッレのすぐうしろに立ち、モップの柄にくっつけたナイフをミカの顔にまっすぐ向けている。アルビンはそばまで行く。どうしても我慢できない。

「なんてこった」とカッレが言う。「これを見てくれ」

ちょっと触れただけで、ミカの歯が抜け落ちる。

「もういい」とフィリップが言う。「早くそこから離れろ」

「ちょっと待て」カッレは天井の明かりが口の中まで届くようにミカの頭をうしろにのけぞらせる。小さな白い点がいくつもあり、ちぎれた歯茎のあいだから伸びてくる。

「そういうことか」とカッレは言い、立ち上がる。

「ミカはじきに眼を覚ます」とマリソルが言う。「ここから逃げなくちゃ」

アルビンの頭の中にある記憶がよみがえる。生物学の教科書で見た写真。あの写真を見たあと、何日も忘れられなかった。子供の頭部のレントゲン写真で、歯茎の奥に永久歯がきれいに並び、乳歯が抜けたらすぐに外に出ようと待ち構えていた。

カッレは手袋をはずしてカウンターの上に置く。「よし、バケツに水をくんで機関室に行こう。急げ」

「動いてる！」とルーが叫ぶ。

床に坐っている男がまばたきをして、顔をしかめる。両手が痙攣して、太腿の上で弾《はず》んでいる。驚いたように口を開けている。

アルビンは眼をそらす。しゃべろうとするが、声がでない。走りたいのに、どう動けばいいかわからない。ルーがアルビンの肩をつかんで揺らし、名前を呼んでいるが、アルビンにはその声は届かない。誰の声も聞こえない。ほんとうの自分は体のどこか奥深くで丸くなっている。肉体と血に囲まれた要塞に逃げこんで隠れている。

みんなが叫び、必死になって身振りで何か示している。ルーの顔がすぐそばにあるが、アルビンはまだどこか遠くに行っている。動けと言ってる？　でも、どうやって？

頬に——遠くにありすぎて、もはや自分の体の一部とは思えない——突然焼けるような痛みが走る。ルーが平手打ちしたのだと気づく。

「アッベ」ルーが大声で呼んでいる。「いったいどうしちゃったの？」

自分でも説明できない。説明しようとすると、壊れてしまいそうな気がする。ただ、このままここにいたい。自分の中に隠れていたい。

「アッベ、一緒じゃなきゃ逃げられない」とルーが言う。「しっかりして」

アルビンはルーを見る。

「聞こえてる？」とルーはさらに言う。「お願い、今はまだ壊れないで。壊れるならあとにして。全部終わってからにして」

　黙ったままうなずくのが自分でもわかる。ルーのために。ルーがそうしてほしいと思っているから。だけど、〝終わってから〟ってどういう意味？　この夜が終わることはない。

フィリップ

手がひどく震えて、モップを落としそうになる。ミカをじっと見る。ミカは温蔵庫に背中を押しあてて足を突っ張り、立ち上がろうとする。痛みに顔を引きつらせ、恐ろしい形相をしている。

「殺せ」とアンティが急かす。しかし、フィリップは首を振る。どうしてそんなことができる？

本心ではミカをどう思っているかは関係ない。この船で十五年も一緒に働いてきたのだ。

「殺さなきゃこっちがやられる」とルーが言う。

「わかってる！」フィリップはモップを持ち上げ、ミカの眼のまえで刃先を揺らす。「わかってる……」

横目でマリソルを見る。全身がひとつの筋肉でできているかのように張りつめていて、今にも飛びかかりそうだ。

ミカが立ち上がる。口に手を運び、歯を一本一本抜き取る。泣いているように鼻をすするが、涙はでていない。

「くそったれ」フィリップは気づくとそう言っている。「このまま置いていこう」

「バケツに水をくまなきゃならない」とアンティが言う。「さっさとやれ」

「自分でやったらどうだ?」とフィリップは吐き捨てるように言う。「ミンチにしてやるって息巻いてたのはおまえだろ! 絶好のチャンスじゃないか!」

アンティは何も答えない。腰抜けのクソ野郎。

フィリップは子供たちを見る。女の子は怖がっている。が、男の子のほうはまるで心ここにあらずといった様子だ。モップを強く握る。深呼吸して、狙いを定める。ナイフの刃は長くて薄い。

ミカの咽喉《のど》が湿った音を立てる。フィリップはモップを思いきり突き出す。

刃先がミカの眼にささり、奥まで食いこんで頭蓋骨の内側にぶつかる。ミカがうめく。ひとつの音だけが引き伸ばされた、抑揚のない、耳をつんざくような声で。フィリップはモップの柄をひねる。刃が眼に刺さったまま眼窩の縁を切り裂く。引き抜くと、刃は血だらけで、ピンク色のかけらが付着している。洗濯物の山が崩れるようにミカが倒れる。

自分が怪物にならずして、どうして怪物を殺せる? 潜在意識がそう語りかける。どこかで読んだか、聞いたことのあることばだろうか。

この先おれはどう生きていくのか？　今夜眼にしたこと、自分がしたことを抱えながら、どう生きていけばいい？

バルティック・カリスマ号

船の乗客が立ち入れる場所には生きている人間はもうほとんどいない。屋外のデッキや通路の奥、あるいは閉店した店に忍びこむなどしてうまい具合に隠れ場所を見つけた人がごくわずかに残っているだけだ。生まれ変わった者たちは飢えて必死に獲物を探す。記憶を取り戻す者も現われる。正確には思考が戻るわけではないが、直感を頼りに通路を進み自分たちの部屋に向かう。ドアに体あたりし、取っ手をつかんで乱暴にまわそうとする。愛する人に中に入れてもらえる者もいる。そこに別の生まれ変わりたちが引き寄せられ、獲物の奪い合いになる。不幸にもそうとは知らずに、すでに感染している者と一緒に閉じこもった人たちの部屋にも悲鳴が轟《とどろ》く。

黒髪の女がおいしそうなにおいの誘惑に必死で耐えている。乗組員の食堂で起きた惨劇のせいでまだ動揺しているが、もうあとには引き返せない。息子を見つけだすのは諦め、今は逆にできるだけ見つからないようにしている。

生まれ変わった者たちが自分に気づき、あとをついてくるように仕向ける。

従業員の食堂ではすでに眼を覚まし、空中のにおいを嗅いでいる者が何人かいる。しかし、そこにはもう彼らの食欲を満たせるものは残っていない。


食堂からそれほど離れていない階段の吹き抜けで四つん這いになっている男がいる。彼にはリルモアという妻がいるが、当人はもはや覚えていない。男は階段の手すりに手錠でつながれた手を引っ張る。自由の身になって、飢えを満たさなければならない。生えかわった歯で自分の手首を嚙み、嚙みちぎった大きな肉片を吐き出す。腕と手をつなぐものが細い腱とたるんだ皮膚だけになるまで骨を食いちぎり、金属が甲高い音を立てるくらい強く引っ張る。あと少しで自由になれる。そうすれば狩りができる。男の腕から流れ出た血が床を伝い、ひとつ階下《した》の踊り場につながれている男の上に滴《したた》り落ちる。こちらの男はまだ覚醒していないが、口の中ではすでに新しい歯が顔をのぞかせている。

黒髪の女は生まれ変わりの一団をデッキ5の吹き抜けにおびき寄せ、彼らを引き連れて階段を降りる。食堂で死んだ人から奪ったＩＤカードでドアを開け、車両甲板に出る。デッキに充満するガソリンのにおいにほっとする。そのにおいは彼女が抗《あらが》わなければならないほかのにおいを覆い隠してくれる。下層にいると船の振動がいっそう強く感じられる。車を固定しているチェーンがかすかな音を立てている。女は自分が乗ってきたキャンピングカーを見る。首からさげたロケットを指でもてあそび、一緒にしてきたすべてのことを、ともに隠れるように暮らしてきた長い年月を思う。彼女が誰よりも愛した息子は永遠にいなくなってしまった。どうしてこんなことになったのか、いまだにわからない。あの子はどうやってこの船で働く男を見つけたのか。彼らはずいぶんまえから綿密に計画していたにちがいない。息子は断固たる決意とその能力で計画を実行している。ただ、息子の頑《かたく》なな決意は彼女にとって不幸中の幸いでもある。今夜、この船で何が起きたか、それを外の人間に知られることなく、もっと大きな惨事になるのを防ぐチャンスはまだある。この船を外界から遮断する周到さが息子とその協力者になかったら、今頃は数千もの携帯電話で撮影された動画や写真が流出して、山火事のようにあっというまに世界じゅうに広まっていたことだろう。今となっては息子を救える望みはない。彼女自身も助かる見こみはない。それでも、バルティック・カリスマ号の外にいる人たちは救うことができる。

女は車両甲板のドアを閉めて生まれ変わった者たちを閉じこめ、さらに大勢集めるために狭い階段をのぼる。

マッデ

マッデは布張りの椅子に坐り、ダイニングテーブルを指で叩きながら窓の外を見ている。窓の外が明るくなりつつある。暗い灰色と深い青が重なる。そろそろ太陽が水平線から顔を出す時間だ。早く出てきて。マッデはそう叫びたい衝動に駆られる。彼らが過ごしてきた真っ暗な闇は永遠にも感じられ、時が止まったような気がしていた。

この海の先のどこかにトゥルクがある。マッデはこれまで何度もカリスマ号で旅しているが、トゥルクの港を実際に見たことはない。着く頃はいつも眠っていた。

「それ、やめてもらえる？」とマリアンヌが言う。「お願い」

マッデはドラムロールのようにさらにテーブルを叩き、それから手を止める。テーブルからかすかな振動が――ヴィンセントのボーイフレンドが止めようとしているエンジンの振動が――伝わってくる。

うまくいかなかったらどうなるのだろう？

いかわからない。

「ごめんなさい」マッデはマリアンヌを見て謝る。「ただ……」そのあとなんと言えばいい

マリアンヌはうなずいて言う。「わかってる」

ヴィンセントは階上《うえ》に続く螺旋階段に坐り、窓の外を見ている。「船首デッキにはもう誰もいない」と彼は言う。「動いている人はっていう意味だけど」

ヴィンセントはただじっと坐っている。見るからに苛々《いらいら》している。マッデにもその気持ちはわかる。船のエンジンが止まれば、少なくとも彼のボーイフレンドが機関室まで到達したことはわかる。

マッデは椅子の縁に手を置く。磨き抜かれたテーブルの天板に彼女の汗ばんだ指先の痕がついている。じっと見ていると、指の痕がゆっくり蒸発していく。

そもそも救助に来てほしいと思っているのか？　マッデはそう自問する。感染症はどうなる？　世界じゅうが今夜のカリスマ号のようになるまで広がり続けるのではないか？

立って、このスイートルームを出て、みずから殺されにいきたい。ふとそんな衝動に駆られる。もうたくさんだ。これ以上、怯えていたくない。もう終わりにしたい。

マッデは立ち上がる。ドアが重力を発するように彼女を引き寄せる。それでもどうにかソファのところまで戻り、マリアンヌの隣りに坐る。腕を組み、震える。

マリアンヌがその仕種を見て勘ちがいする。腰を上げて下からカーペットと同じえび茶色の毛布を引き抜き、マッデの肩にかける。マッデは毛布を強く引き寄せ、足をソファの上に持ち上げる。全身が毛布にくるまれる。

たったそれだけのことだが、ほかのことを考えるのは気分がいい。ドアの誘惑が薄らぐ。

「そういえば、あなたの連れの話を聞いてない」マッデはマリアンヌに言う。

「わたしはひとりで来てるの」とマリアンヌは物憂げに答える。

「愉しい夜を過ごしてたの？　こんなことになるまでは」

マリアンヌは何も答えない。マッデのほうは眠気に襲われつつある。

「波瀾万丈《はらんばんじょう》の夜になったことは確かね」しばらくしてからマリアンヌが言う。

マッデは思わず笑顔になる。瞼《まぶた》が重い。このまま眠ってしまえればいいのに。何もかも忘れて。「一緒にいられてよかった」とマッデはつぶやく。

マリアンヌは何も答えない。マッデが眼を開けると、頬を伝う涙を拭い、少し上を向いている。

そのとき機械的なブザーの音が鳴る。聞いたことのある音だ。心臓が全速力で動きだし、マッデは背すじを伸ばす。ドアが開く音がする。

「カッレ？」ヴィンセントが大きな声で呼びかけ、階段を駆けおりる。急いで階段をまわったので、床に降り立ったときに転びそうになるが、手すりにつかまっていたのでどうにか持ちこたえる。

「いや」疲れた声が言い、ドアが閉まる。

ヴィンセントは部屋の真ん中で立ち止まる。

マッデは毛布を巻いたまま立ち上がり、部屋にはいってきた男を見つめる。どういうことなのか理解しようとする。

あたしに会いに来たの？

まさか。そんなはずない。あたしがここにいるとどうして知っているというの？

「どうしてここに？」マッデは額にかかった髪を払いのけて言う。「大丈夫？」

カラオケ・バーで隣りに立ち、彼女のジョークに笑っていた男が、頭から爪先まで乾いた血にまみれてそこにいる。ハンサムな顔は腫れあがり、誰だかわからないほどだ。

その男はマッデを見る。

そのときマッデにもやっとわかる。

カッレ

カッレは灰色のバケツに水が貯まっていくのを見ている。パンの屑と細かい埃と古い絆創膏が渦を巻きながら水面に浮かんでいる。カリスマ号で何年も働いていたのに、この蛇口から流れる水がどこから来ているのかまったく知らない。船内のどこかにタンクがあるにちがいない。何千人分もの飲み水とシャワーと料理に使う水を貯めておける、とてつもなく大きなタンクなのだろう。

大量の水が積まれて海の水の上を行ったり来たりしているのだ。

食器の予備洗い用の蛇口をシンクの上のフックにかけ、じっと立ったまま見ていると、水面に浮かぶ屑の旋回がゆっくりになる。ドレッドヘアの男が頭に思い浮かぶ。

おれは人を殺した。おれは人殺しだ。

「まずこれをやり遂げよう」フィリップの声が聞こえ、カッレは困惑して顔を上げる。

子供たちがカウンターによじ登り、横に並んであぐらをかいている。フィリップは子供たちに向かって言う。「それから救命ボートがある場所に向かう。感染していない人をできるだけたくさん連れて」フィリップはさらに続ける。「朝飯まえだ。じきに日が昇る。フィンランドはもうすぐそこだ。誰かがきっと見つけてくれる」

「確かに朝飯まえね」とルーが言う。

アルビンは何も話さない。うつろな眼でただじっと宙を見ている。

「きみはどう思う？」とフィリップは尋ねる。

反応なし。

フィリップはアルビンの髪をくしゃくしゃと撫でてそばを離れる。彼がどれほど辟易し、怯えているか、カッレにはよくわかる。フィリップのことがこんなに好きだったのに、どうして忘れていたのだろう。フィリップの部屋に飾ってあったふたりが写った写真のことを思い出す。

フィリップがそばに来て、バケツの持ち手をつかむ。ふたりで力を合わせてバケツを持ち上げ、シンクの外に出して床に置く。水が撥ねてカッレのブーツにかかる。

マリソルもそばに来る。どこかで消防用の斧を見つけたらしい。その斧をシンクの隣りに置き、別のバケツを水で満たす。

「ヴィンセントと連絡が取れてよかった」とフィリップは言う。「きみたちふたりのあいだに何があったかわからないけど、彼はとてもいい人そうに見えた」

「いいやつだ」

フィリップが今はどんな生活を送っているのか、ほとんど何も知らないことをカッレは急に思い知る。彼は昨夜、カッレの私生活の地獄にいきなり放りこまれたのだ。彼に聞きたいことが山ほどある。これが終わってから。

「もし結婚することになったら、少なくともプロポーズの秘話は残る」とフィリップが言う。カッレは思わず噴き出す。

「仲良しの集《つど》いはあとにしたらどうだ？」とアンティが言う。「早くしてくれ」

カッレはエレヴェーターを見る。あのエレヴェーターでカリスマ号の心臓部に行く。

そして心臓を止める。

マッデ

　まさに夢に見たとおりだ。びっくりハウスにある鏡のようにゆがんで見えることをのぞけば。豪華なスイートルームでダン・アペルグレンがこちらに歩いてくる。あたしを求めている。

　顔は腫れ、歯をゆっくり鳴らしている。

「きみか」と彼は言う。「お友達と一緒に『グリース』の《愛のデュエット》を歌った子だ」

　彼のことばがマッデの体に染みこみ、骨を突き抜ける。そして、彼がしゃべっているのに気づく。彼は感染している。それなのに話すことができる。ほかの人たちは考えることすらできないみたいなのに。

　マッデはあとずさりしてヴィンセントにぶつかる。ヴィンセントが彼女を階段のほうに引き寄せる。視界の隅でマリアンヌの姿をとらえる。ソファから離れ、壁に背を押しつけ、ダイニングテーブルを挟んでダンを見ている。

マッデとヴィンセントは踵《きびす》を返し、螺旋階段を駆け上がる。

階段に飾られたリボンがかすかに音を立てる。ダンが手すりのあいだから手を伸ばし、マッデは足首をつかまれ、引っ張られて転ぶ。階段の縁で肘を打つ。激痛に襲われて悲鳴をあげるが、それでもどうにか立ち上がる。ダンがうしろにいる。階段のすぐ下まで来ている。

頭をさげろとヴィンセントが怒鳴り、直後にシャンパンのボトルがマッデの頭上をかすめて通り過ぎる。ボトルは痛快な音とともにダンを直撃する。マッデは階段をのぼりきり、うしろを振り返る。ダンはまだ階段にいる。落ち着いた様子でのぼってくる。

「出ていって」とマッデは叫ぶ。

ダンが口角を引き上げると、真っ白な歯がのぞく。ありえないほど白い歯は紛れもなく彼の骨格の一部をなしている。

真新しい歯。

「ここはおまえたちがいるべき場所じゃない」ダンは階上《うえ》の部屋までのぼってきて言う。

ヴィンセントがプレキシグラスのアイスバケットを投げつける。しかし、的がはずれ、アイスバケットは大きな音を立ててダンのうしろの壁にぶつかる。ヴィンセントは次にシャンパングラスをつかみ、手すりに叩きつけて割る。鋭い花びらを持つ茎を持つようにして顔のまえに掲げ、ダンが近づくと切りつける。

ダンは片手でヴィンセントの手首を、反対の手で彼のタンクトップをつかみ、じっと眼を見る。

「その人を離して！」とマッデが叫ぶ。

ダンの歯――嚙まれたら感染する歯――がヴィンセントの顔に近づく。

そして全身に力をこめ、ヴィンセントを手すりの上から押し出す。

重いものが落下し、何かかたいものが砕ける音がする。

マリアンヌが悲鳴をあげる。

階下《した》はどうなってるの？ 何が起きたの？

マッデはあとずさりする。脚がベッドの縁にあたってそれ以上うしろに下がれない。ダンが彼女に向き直る。何よりもひどいのはその顔だ。とてもうんざりした表情をしている。ヴィンセントにしたことも、これからマッデにしようとしていることも、どうでもいいと思っている。ダンにとってマッデはつまらない雑用でしかない。面倒でも片づけなければならない仕事にすぎない。

「見逃して」マッデはベッドに乗り、懇願する。「お願い。何もしないから」

「何もしないだと？」ダンは鼻で笑い、マッデに近づく。「くそみたいに寛大な申し出だな。おまえには何もできやしない。それがわからないのか？」

「わかってる」とマッデは囁《ささや》き声で言う。ダンの言うことは正しい。そうでないふりを装うのはあまりに哀れだ。マッデには差し出せるものが何もない。ダンを脅すこともできない。この状況から脱するには諦めるよりほかに方法はない。

ダンが手を伸ばし、マッデの薄手の服を引っ張る。マッデはベッドの上で体勢を崩し、膝立ちになる。ダンに何度も平手打ちされ、耳鳴りがする。シーツが重みで引っ張られてかすかに音を立て、ダンが上にのしかかってくる。

「そろそろこの雌豚を解体する時間だ」とダンは言う。彼の口から漏れる空気はむっとするにおいがするが、顔にあたると冷たく感じる。

ダンはマッデの腕をマットレスに押しつけ、腹の上に馬乗りになる。マッデはかたく眼を閉じる。ダンの尻の筋肉が感じられる。彼の太腿がマッデをベッドに押しつける。ダンの体はとても重く、内臓が押し出されて外に飛び出そうになる。ひどく痛み、息ができない。歯が鳴る音が聞こえる。ザンドラが立てていたのと同じ音がする。

眼のまえに闇が現われる。マッデはその闇に駆けこむ。ありがたいと思う。嚙まれる瞬間は現実の世界にいたくない。

これがあたしの死にざま？　こんな終わりなの？

腹の上が軽くなり、彼女の腕を押さえつけていた手がなくなってもマッデはほとんど気づかない。ただ、必死に空気を吸いこみ、喘《あえ》いでいる。

ダンはベッドのうしろに立ち、犬のように体を震わせている。

「もう食べられない」

何かの冗談？　からかっているの？

マッデは起き上がり、ベッドの上で坐る。息をするたび胃が痛む。ダンが怖い。同時に、心の中で恐怖と同じくらい希望も膨らむ。

「おれは疲れた」とダンは言う。「ひとりになりたい。放っておいてもおまえたちはほかの誰かにやられる」ダンは手すりの向こうに身を乗り出して階下《した》を見る。「聞こえたか？」と大声で言う。「おれはただ、ひとりになりたいんだ！」

ダンはマッデに背を向けたまま、その場に立っている。マッデはベッドからそっと降りる。頬は熱を持ち、胃は触れると痛い。ダンから眼を離さずに、ゆっくりと階段のほうへ移動する。いつまた振り向いて、笑いながら襲ってくるかわかったものではない。

本気でそんな手に引っかかると思っているの？

しかし、ダンはマッデなどそこにいないみたいに階下《した》の窓の外を見ている。

マッデは階段の手前で立ち止まり、ダンの横顔を見る。顎がたるみ、輪郭がなくなっている。

「ドアは閉めていけ」ダンは力なく言う。

コーヒーテーブルのそばでヴィンセントが真っ青な顔をして横向きに倒れている。マリアンヌが隣りでしゃがんでいる。ちょうど意識が戻ったところのようだ。片方の手首から血が流れ、骨が肌から飛び出している。マッデは急いで顔をそむける。

「行こう」とマッデは言う。「急いで」

階上《うえ》で足音がする。見上げると、ダンはもう手すりのところにはいない。やっぱり。ダンはあたしたちをおちょくっているだけだ。猫がネズミをもてあそぶみたいに。助かったと油断させておいて、実は――。ダンがベッドにどさっと腰をおろす音が聞こえる。

ヴィンセントはマリアンヌの手を借りて立ち上がる。マッデは先頭に立ってドアのほうに向かう。ドアに耳を押しあてて外の様子をうかがう。通路は静まりかえっている。救命ボートがある場所はすぐそこだ。けれど、途中で誰に遭遇するかわからない。

マッデはほんの少しドアを開けて外をのぞく。誰もいない。ドアを完全に開け、ザンドラと彼女の部屋がある脇の通路を見る。

マリアンヌとヴィンセントも続いて部屋の外に出る。マリアンヌはチェックのスカーフを持っている。部屋の入口で拾ったのだろう。ドアをそっと閉め、ヴィンセントの怪我を負った手首をつかむと、なだめるように小声で何か言い、傷を押さえる。弾《はじ》けるような音がして、ヴィンセントが大声でうめく。額に大粒の汗が浮かんでいる。

マリアンヌは彼の手首にスカーフを巻く。「医療秘書をしていたの」マッデがじっと見ているのに気づいて言う。「そのまえは看護師だった」

マッデは通路に誰もいないか確認する。このあとどこに行けばいい？

「カッレ」とヴィンセントが言う。「もしカッレが戻ってきたら……」

マリアンヌはバッグの中をあさり、口紅を取り出す。通信販売のメーカーのものだ。マッデも子供の頃になんとなく見た記憶がある。この人はとうとう正気を失ってしまったのだろうかとマッデは訝る。ここで化粧をするつもり？　ところが、マリアンヌは口紅を木製のドアにきつく押しあてて動かす。

KALLE《カッレ》！　絶対に開けないで！

それから〝絶対に〟ということばの下に線を引く。力がはいりすぎて、口紅が半分に折れる。マリアンヌは手の中に残ったほうも床に捨てる。Ｃａｌｌｅ《カッレ》の名前の綴りこそちがっているものの、ヴィンセントは彼女に感謝の眼差しを向ける。

「あなたの部屋に行けないかしら？」とマリアンヌはマッデに尋ねる。

マッデは首を振る。「ドアが壊れてる」

どこからか悲鳴が聞こえる。遠くでガラスが割れる音がする。マッデの全身の毛が逆立つ。「救命ボートのところに行こう」とマッデは言う。「外のデッキには彼らはあまりいなそうだから」

「船首のデッキにはね」とマリアンヌは言う。「でも、どうなってるか行ってみないとわからない。それに外はものすごく寒い。ふたりとも薄着なのに」

「あなたの部屋はどこなの？」とマッデは尋ねる。

「一番下のデッキ」

「デッキ２？」

それまでマッデはマリアンヌのことを裕福な人だと思っていた。マッデとザンドラも親と一緒ではなく初めてふたりだけでこのクルーズ船で旅行したときは一番安い部屋に泊まった。だから、そこがどんな部屋なのかよく知っている。どんなにおいがするのかも。

「あの部屋には戻れない」とマリアンヌは言う。

マッデも同意する。もしあんな場所に閉じこめられてしまったら、逃げ道はない。「きみたちは屋上のデッキに行ってくれ」とヴィンセントが言う。「ぼくは車両甲板に行く」

マリアンヌとマッデは同時にヴィンセントを見る。

「機関室はそのデッキにある。そこにカッレがいる。少なくとも今はそう信じるしかない。もし何か手伝えることがあるなら……」

「手首が折れてるのに？」とマッデは言う。そのことばはマッデの意に反して辛辣に響く。それでも、ヴィンセントは黙ってうなずく。「ぼくは……とにかく彼を見つけたい」

「わたしも一緒に行く」とマリアンヌが言う。「どこにも行くあてなんてないし」

「ふたりとも正気なの？」とマッデは大声で言う。「救命ボートがすぐそばにあるのに、わざわざ下に行くっていうの？」

もっとも、マッデにももうわかっている。自分も彼らと一緒に行く。それが最善策だ。ここでこれ以上迷っていることが最悪の選択だということもわかっている。

マリアンヌ

階段の上に女がふたり大の字になって倒れている。この人たちは誰なのかとマリアンヌは考える。知り合い同士なのか。どちらが先に死んだのか。あとに残ったほうはその人が死んでいくさまを目撃しなければならなかったのか。マリアンヌは眼をそむける。涙があふれてくる。もはや涙をこらえようともしない。涙は静かに、急いで流れ落ちる。心の中で何かが爆発したかのように。

階段にはさらに多くの死体がある。

マリアンヌにはこれ以上進む自信がない。船の下層に向かうことは、彼女のあらゆる直感に反している。地獄の奥深くに沈んでいくような感じがする。それでも、死体を見ないようにしながらヴィンセントとマッデについていく。これ以上の死は受け止めきれない。カーペットに血が染みこんで、ところどころ濡れている。マッデが素足でそのひとつを踏み、小さくうめく。

デッキ8。通路に死体が散乱し、マリアンヌはつまずきそうになる。ヴィンセントが支えてくれなければ、転んでいたかもしれない。エレヴェーターのドアは今は閉じている。階下《した》から悲鳴が聞こえる。ガラスが割れ、人々が走っている。歓声も聞こえる。それは何よりも恐ろしい音のようにも思える。この状況で何に歓声をあげるのか？

デッキ7に着く。免税店の窓が粉々に割れている。店内で暗い人影が動きまわっている。マリアンヌはその場でかたまる。

彼らはあそこに隠れている。

そのとき、店から数人が飛び出してくる。両手一杯に酒のボトルと煙草のカートンを抱えている。その中にヨーランの友達がいるのにマリアンヌは気づく。名前は確かソニー。

「マリアンヌ、ミントの香りのスイートハート！」ソニーは媚びるような調子で呼びかけてくる。「ヨーランはどうした？」

ヴィンセントとマッデの視線を感じてマリアンヌの頬が赤くなる。さらに大勢の人が略奪した品を抱えて走っていく。かごからあふれるくらいにお菓子や香水や酒を目一杯詰めこんでいる者もいる。どんなときも酒はそこにある。

「わからない」とマリアンヌは答える。「あなたたちと一緒にいると思ってた」

「一緒だったけど、おれたちを置いて行ったよ！　きみの部屋に戻るって言って」

マリアンヌはわけがわからないというように彼を見る。「そうなの？」

ソニーは狂気じみた笑みを浮かべる。シャツに血が飛び散っている。噛まれたのか？

ほかの人の血がついたのか？

「一緒においでよ」ソニーはそう言って、親指で仲間のひとりを示す。マリアンヌには見覚えのない男たちだ。「このごたごたが終わるまで、こいつの部屋で気を失うくらい飲み明かすんだ！」

「だめだ」と指差された男がきっぱり言う。それからマリアンヌに申しわけなさそうな眼を向ける。「悪く思わないでもらいたいんだけど、おたくのことは知らないんでね。彼らとは会ったことがあるんだ……まえに」

「わかるわ」とマリアンヌは言う。

ヨーランのことを訊きたくてソニーを見るが、何を訊けばいいかわからない。

店の外で数人の男が大箱入りの無煙煙草《スヌース》をめぐって喧嘩を始める。死体につまずき、床に転がって取っ組み合う。マリアンヌは〝地獄とは他人のことだ〟というサルトルの至言を思い出す。床に転がった死体のいくつかが動き出す。眼を覚ましつつある。

早くこの場を離れなければ。ヴィンセントも気づいている。

「ひとつ分けてくれないかな」とヴィンセントは言う。「できれば強いやつを」

渡す。

「自分で取ってこい」見知らぬ男が言う。が、ソニーがレモンウォッカのボトルを彼に手渡す。

「ありがとう」ヴィンセントは怪我をしていないほうの手で受け取る。

「それじゃ、スイートハート。お互い別の部屋で酒盛りするほうがいいみたいだね」とソニーは言う。

「飲むわけじゃない」とヴィンセントが言う。「火炎瓶をつくるんだ」

「いい考えだ」ソニーの仲間のひとりが気持ちのまるでこもっていない賛辞を述べる。

「ものすごくいい考えだ」

「酒に火をつけるのか?」とソニーが言う。狂気じみた笑みがさらに大きくなる。「そいつは薬物乱用っていうんだ」

ヨーランがここにいたら、このくだらないジョークを聞いて大笑いしたにちがいないとマリアンヌは思う。

「気をつけて」とマリアンヌは言う。

「そっちも。それと、もしヨーランを見つけたら……あいつのことをよろしく頼む」

ソニーがためらいがちに言う。マリアンヌは不安げに周囲を見まわす。まだ喧嘩が続いている。免税店の外で女が六缶入りの酒のパックを落とし、缶があちこちに転がる。喧嘩騒ぎがより多くの彼らを引き寄せる。
「わかった」とマリアンヌは言う。
「あいつは、ヨーランはいいやつだよ」とソニーは言う。
マリアンヌはうなずき、また階段を降りる。

バルティック・カリスマ号

　ダン・アペルグレンはシャワーを浴びている。熱い湯が冷えた血を暖める。いくつもの赤いすじがひとつの大きな束になって排水口に吸いこまれていく。体を隅々まで洗う。吐いたので胃は軽くなったが、考えることはやめられず、頭の中がまだぐるぐるとまわりつづけている。自分の尻尾を追う犬のごとく。ひたすら宙返りを繰り返すごとく。泡だらけの指でこめかみを押さえる。そうしていないと頭が爆発してしまいそうだ。この感覚は以前にも味わったことがある。コカインをやりすぎたときに。じきにおさまる。ただ時間が過ぎるのを待てばいい。心を落ち着けて、気丈にしていればいい。

　黒髪の女は自分のキャンピングカーの中でロケットの写真を見つめている。長い年月のあいだに写真は彼女の網膜に焼きつけられ、心に刻みこまれている。眼を閉じるだけで鮮明に思い浮かべられる。それでもどうしてもロケットを閉じられない。記憶と感情の波に襲われるが、今回ばかりはそれを止めようとはしない。これが最後だから。わたしの息子。わたしの夫。息子が病気になるまえの思い出。霊媒師の伝手を頼り、神智学協会（十九世紀後半にアメリカで結成された神秘主義の団体）を離脱した人々を通じて長老たちに引き合わされるまえのことだ。長老たちはもはや人間としては生きられず、支持者の助けを借りて生活していた。当時、彼女は裕福で、お金で買えないものはないと信じていた。その考えは正しかった。長老たちは当初は反対したが、彼女がありったけの金を差し出すと結局黙認した。

そのあと彼女と夫は息子をストックホルムのアパートメントに連れ帰った。あらゆる予防措置を講じた。夫と交代で剃刀を用いてみずから血を流した。朦朧として過ごす日々がやがて数週間になり、貧血で絶えずめまいがするようになった。悲しみと不安、とめどない恐怖と希望で押しつぶされそうだった。息子は常により多くを要求した。献身的に看病していた数年まえと同じように、彼女は与えうるものをすべて与えた。その甲斐あって息子は健康で丈夫になった。本来の息子が戻ってきたことはまるで奇跡のように思えた。父親はやがて決意が鈍り、息子をベッドに縛りつけていたひもをほどいた。

その後の出来事は息子のせいではない。彼女はそう自分に言い聞かせた。息子を赦《ゆる》した。それ以来、ずっと赦してきた。かわりに自分を責めた。息子がみずから変身したいと望んだのではない。決断したのは彼女だった。息子はそのことを決して赦さなかった。写真の中の人が恋しい。あのとき彼女は愛する人の顔をタオルで隠し、体から首を切り離したのだった。

ある晩、家の中に腐敗臭が充満し、これ以上隠しきれないと悟ると、彼女は血を失った夫の体をバスタブに運び入れた。腰のあたりでふたつに切断し、腕と脚を切り落として、さらに小さな塊に切り刻んだ。当時はまだ神を信じていて、彼女たちがしたことの罪で夫の魂はどうなってしまうのかと苦悶していた。しかし、あのときバスルームで悟った。地獄はどこか遠くにあるのではない。地球からも人生からも離れた場所にあるのではないと。

それから何日かかけて、夜な夜な肉の塊と石を詰めた袋を持ってニーブローカイエンの港に行き、海に沈めた。言うまでもないが、彼女自身もやがて息子から感染した。それは過失だったのか、それともあえてそうなるように自分で仕向けたのか？　彼女にはわからない。息子は彼女が生まれ変わるのを見届け、彼女の空腹を満たした。男も女も彼女の家の呼び鈴を鳴らすようになった。誰もが息子の手をしっかり握り、迷子になったかわいそうな子供を家まで送り届けたと信じて疑わなかった。息子は必要以上に多くの人を連れてきた。当時からそれを愉しんでいた。息子にとってはただのゲームにすぎず、決して飽きることはなかった。長老たちから警告されていたとおりになった。彼女としては、いつも息子に眼を光らせていることを自分の本能にするしかなかった。

ロケットを閉じ、ダイニングエリアに移動してベンチの蓋を開け、登山用のピッケルを取り出す。手にその重みを感じる。彼女も息子も百年以上ものあいだ死をごまかしてきた。だが、それも今日までだ。この先はもうない。

昔、まだこんな生活に陥るまえに、吸血鬼について信じていたことを考える。どの伝説も嘘や迷信だった。何をするにも、日の出を待って取りかかるほうがはるかに楽だった。ただ、吸血鬼は焼かれると死ぬ。火はすべてを浄化し、食い尽くす。それから深い水の底に沈めてしまえば証拠は残らない。

それしかない。

彼女は振り返ることもなくキャンピングカーを離れる。ここには思い出は何もない。生まれ変わった者たちが彼女を見ている。数百対の眼が車のあいだを歩く彼女を静かに追う。ガソリンのにおいを深く吸いこむ。車の窓の内側に生活の痕跡が感じられる。半分空になったソフトドリンクのペットボトル。毛布。個包装のキャンディ。彼女は後部座席の窓にステッカーが貼られた日産の青い車のそばで立ち止まり、ピッケルを握りしめる。生まれ変わりのひとりがシルヴァーの車のまえで立ち止まり、フロントガラス越しにベビーシートを見つめている。もとの生活の記憶がよみがえりつつあるのかもしれない。ひょっとしたらその車は彼のもので、子供を乗せていたのかもしれない。

乗組員の食堂で助けた男の子と女の子のことを思い出す。あれが彼女の人生における最後の善行といえるものかもしれない。それも無駄になってしまったが。より大きな惨事を防ぐには、ここでかたをつけるしかない。彼女がなすべきことは突飛すぎて誰の理解も得られないだろう。しかし、少なくともその罪を背負ったまま生きなくてすむ。計画どおりにうまくいけば、実行に移した瞬間にすべてが終わる。できるだけ多くの生まれ変わりを道連れにするつもりだ。生まれ変わった者たちは本能的に彼女を信用している。彼女は車の下にあるプラスティックのタンクに狙いを定め、ピッケルを突き刺して穴を開ける。ガソリンが床に流れ出す。車の内部で小刻みに音がする。彼女は次の車に移動する。

ひとつ上の階。車両甲板の外の階段の吹き抜けで、ヴィンセントが手首に巻かれたスカーフをはずし、歯で引き裂いて切れ端をマッデに渡す。マッデはウォッカを一口飲み、受け取った切れ端を半分に折りたたんでボトルの中に押しこむ。

「これでいいの?」とマッデは訊く。

「たぶん」とヴィンセントは答え、彼女にライターを渡す。マリアンヌはヴィンセントが残りのスカーフを手首に巻き直すのを手伝う。

ダン・アペルグレンは水を止めてシャワールームを出る。鏡についた結露を拭き取り、筋肉も容姿ももとに戻りつつあるとわかってにわかに気分がよくなる。じきにおれらしさが戻ってくる。しかもこれからはずっとそのままでいられる。もう何時間もジムで汗を流さなくていい。この体は型のようなもので、おれはそこにはめこまれている。アダムがナポレオン・コンプレックス（小柄なことに劣等感を抱き、その反動で大きなことをしようとする心理）を抱えた幼い子供の姿のままでいるのと同じように。

ダンはスイートルームにある鞄から服をあさる。ジーンズを穿き、柔軟剤のにおいがする紺色のセーターを着る。髪を整え、バスルームを出て窓のそばに立つ。はるか先の地平線上にトゥルクから出港した別のクルーズ船が見える。

バルティック・カリスマ号はあと一時間足らずでフィンランドの群島に到達する。

アルビン

全身が震えている。アルビンは上下の歯のあいだに舌を差し入れて、歯ががたがた鳴らないようにする。制御室ではエンジンの振動がより強く感じられる。震えているのは自分なのか船なのかよくわからなくなる。

壁に裸の女の人の写真が貼ってある。片手を脚のあいだに入れ、指で大きく開いているので、あそこがはっきり見える。まるで自分の体を裏返して露骨に見せつけようとしているみたいだ。実際に裏返しになっているのは床に横たわる男たちだが。もともと彼らの体内にあったものが、まわりに飛び散っている。アルビンは大きな窓で隔てられた隣りの機関室を見る。つなぎの作業着を着た男たちがアルビンを見つめ返し、窓のガラスに頭を打ちつけている。どうにかしてこっちに来ようと必死でガラスに頭突きする。額から出血して、ガラスに血の痕がつく。

アルビンは顔をそむける。そばに置かれたバケツの水面が振動で波を立てているか見ようとする。が、確かめるまえにカッレがバケツを持ち上げる。

カッレはオレンジ色の金属製の制御盤のまえでバケツを構える。制御盤には明滅するボタンと計器の目盛りと鍵のかかった蓋がいくつもついている。「いいか？」カッレはやはりバケツを持って構えているフィリップに向かって言う。

ルーがこっそりアルビンの様子を盗み見る。心配されているのはわかっている。大丈夫だと安心させたいと思う。でも、アルビンは自分の奥深くに閉じこもっている。ルーの不安そうな眼が向けられると、ますます外に出られなくなる。視線を感じるたびに、自分がどれだけおかしいかを思い知らされる。

フィリップがバケツを前後に何度か揺らす。そのあと、水がきらめきながら弧を描いて制御盤にかかる。フィリップがバケツを脇に放る。バケツは音を立てて跳ね、床に転がる。アルビンは反射的に床に横たわる死体を見る。誰も動いていない。アンティがバケツを拾い上げ、カッレとマリソルもそれぞれバケツの水を制御盤にかける。床が水浸《びた》しになる。アルビンのスニーカーにまで届きそうなくらい大きな水たまりができる。

部屋が真っ暗になる。機関室との境にある窓ガラスを叩く音がいっそう激しくなる。反対側にいる生きものが突然熱心になったようだ。あるいは不安になったのかもしれない。

暗闇の中で振動が変化する。

「アッベ」ルーが涙声で言う。「アッベ？」

アルビンは何も答えられない。

「大丈夫か？」とフィリップがふたりに尋ねる。「すぐに非常灯が点く。怖がらなくていい」

そう言う彼の声が怖がっている。アルビンもルーも子供だからごまかせると思っているのかもしれないが、自分自身をごまかせていない。

マッデ

吹き抜けの狭い階段の途中で立ち止まったまま暗闇に眼が慣れるのを待つ。非常口の誘導灯があらゆるものを緑色の光で包む。ふたつ上の階のドアを誰かが走り抜ける。マッデはじっと静かにしているが、暗闇では呼吸がやけに大きく聞こえる。停電するまえ、次の踊り場に車両甲板に通じるドアが見えた。その向こうに螺旋階段があるのだが、階下《した》のデッキにくだる途中までしか見えない。

マッデはカリスマ号のエンジン音に耳を凝らす。音が変わった？　変わったよね？　それに船の速度も落ちてない？

「聞こえる？」とマッデはそっと言う。

「カッレだ」ヴィンセントは息をつく。「カッレたちがやり遂げたんだ」

前触れもなく電気が復旧する。停電するまえより暗めで、明滅している。階段のはるか下のほうからドアが開く音が聞こえ、マッデは心臓が止まりそうになる。ビニールのカーペットの上を歩く音まで聞こえてきそうな気がする。どのくらい下から聞こえてくるのだろう?

「だったら、もうサンデッキに行ってもいいよね?」とマッデは訊く。「もうここにはいられない。絶対に無理」

ここから離れて新鮮な空気を吸いたい。ここじゃなければどこでもいい。

また足音が聞こえる。今度はもっと近い。

「どうせ鍵がかかっていて通れないだろうし」マッデは車両甲板に通じるドアを指差して言う。

「行ってみなきゃわからない」とヴィンセントは答える。「今ならカッレはまだ機関室にいるはずだし。だけど、来たくないっていうなら止めはしない」

マッデはヴィンセントの砕けた手首を見る。それからマリアンヌを見る。「あたしたちは一蓮托生《いちれんたくしょう》よ」とマッデは言う。「でも、急ぎましょ」

明滅する明かりを頼りに三人は階段を降りていく。階段の下の壁に映る人影が見え、マッデはもてあそんでいたライターを思わず落としそうになる。誰かが近づいてくる。思わず悪態をつく。影の主が鼻を鳴らしてにおいを嗅ぎながら、階段をまわって姿を現わす。

長髪をポニーテールにした男だ。顔の大部分が失われている。顔のくぼみを治りかけの傷の薄いしわだらけの皮膚組織が覆っている。鼻はない。頭蓋骨にふたつの大きな穴が開いている。マリアンヌが体を硬直させたのが気配でわかる。

「逃げよう」とマッデは急かす。「お願い、ほら、早く。逃げなきゃ」

男の眼が点いたり消えたりする明かりを反射して光る。まるで階段が呼吸しているみたい……

「さあ」ヴィンセントが痛くないほうの手でマリアンヌを引っ張る。「行こう」

しかし、マリアンヌは動こうとしない。ただ男を見つめている。

マッデの母親は猟師だった。よく犬を連れて一緒に森にはいったものだ。母親はマッデにさまざまなことを教えた。食べられるきのこはどれか。道に迷ったときは木の幹にあたる日光をよく見れば、同じ場所を堂々めぐりしているかどうかわかる。熊に遭遇したときはどうすればいいか。

とにかく落ち着いて、慌てないこと。ゆっくりあとずさりすること。背中を見せてはいけない。弱みを見せてもいけない。眼を合わせないこと。走って逃げないこと。

しかし今、マッデはその教えとはことごとく反対の行動をしている。叫び、踵《きびす》を返し、背中を見せて走って逃げる。

マリアンヌ

マリアンヌはその化けものから眼が離せない。生まれ変わるまえはヨーランだったその男は車両甲板のドアの真ん前に立ち、彼女を見つめ返す。苦しそうにしている。彼女の一部――とても危なげな一部――は彼に駆け寄り、慰《なぐさ》めてあげたいと思っている。その男はもはやヨーランではないことも、わずかでも隙を見せれば殺されることもわかっている。けれど、彼は苦しんでいる。彼が苦しむ姿は見たくない。

「ごめんなさい」とマリアンヌは囁《ささや》く。

ヨーランが彼らの仲間になってしまったのは自分のせいだ。この人はわたしに会いに部屋に戻ろうとしていたのだ。

「マリアンヌ」ヴィンセントが呼ぶ。「早く逃げないと」

血に染まったパーカを着た女がヨーランのうしろに姿を現わす。胸のあたりにラインストーンで〝セクシーなあばずれ〟と書かれている。女は三人に気づき、歯を鳴らす。

ヨーランが階段に足をかける。ダンスフロアでマリアンヌを見つめたきれいな眼が今は色褪せたまがいものと化している。その眼を見て、マリアンヌの中に残されていた力が消えてなくなる。

「行こう」とヴィンセントが急かす。

「逃げて」とマリアンヌは言う。「わたしのためだと思って。わたしは足手まといになる」

マリアンヌは本気だ。マッデは正しい行動を取った。ヴィンセントも今回は彼女のために命を危険にさらしてはいけない。〝友達〟を捜さなければいけない。

これまで彼がしてくれたすべてのことにマリアンヌは感謝している。この数年で初めて生きた心地がした、必要とされていると感じられたと礼を言いたい気持ちでいっぱいになる。もう充分だ。

マリアンヌはヨーランのほうへ歩きだす。

「マリアンヌ、なんのつもりだ？」ヴィンセントが彼女の腕をつかんで引きとめる。が、彼女はその手を振りほどく。

「逃げて」とマリアンヌは小声で言う。「わたしが時間を稼ぐ」

これがわたしの死にざまだ。一度くらいは強く、勇敢でありたい。ヴィンセントは生き延びる。少なくとも彼女のことを覚えていてくれる人がひとりはいる。強くて勇敢なマリアンヌとして彼の記憶に残る。だとすれば、これは無駄死になんかではない。

しかし、ヴィンセントはマリアンヌの腰を抱えて引っ張る。無理矢理うしろ向きに走ることになり、マリアンヌは膝と腰に痛みを覚える。

踊り場に着く。あと一度折り返してのぼればデッキ5の鋼鉄製のドアのまえに出る。ありえないほど遠くに思えるが、ヴィンセントがうしろから彼女を押し、階段をのぼらせる。

「どうしてこんなことするの？」とマリアンヌは訊く。「わたしが捕まるほうがずっといい。それがわからないの？」

「いいから黙って走れ！」ヴィンセントがうしろから怒鳴る。混乱が声に滲み出ている。

ヴィンセントはやすやすと彼女を差し出すような真似はしない。彼女を救うためなら命さえも惜しまない。だからマリアンヌは太腿の筋肉にわずかに残された力を発揮して、体を上へ上へと押しあげる。振り返ると、ヨーランはさっきまでふたりが立っていた踊り場にもうたどり着いている。すぐうしろにパーカの女もついてきている。さらにそのうしろにスポーティなウェットシャツを着た男がふたりいる。

彼らはどんどん近づいてくる。

「あっちに行かせて」マリアンヌは涙声で言う。「逃げて、ヴィンセント！」

デッキ5の鋼鉄製のドアが開く。もうおしまいだ。マリアンヌは覚悟を決める。階上《うえ》から彼らが来る。前後から挟まれた。戸口に女の影が映る。

「頭をさげて！」

マッデの声だ。マリアンヌの頭上を炎が通過し、ヴィンセントの背後に消える。たちまち階段に火がつく。火はヨーランたちのいる踊り場のうしろの壁をつたって燃え広がる。熱の壁がマリアンヌのまえに立ちはだかる。アルコールとレモンと熱したプラスティックのにおいがする。

「ごめんなさい」とマッデが大声で言う。「ひとりで先に逃げたりして！」

ヨーランたちは立ち止まり、炎を見る。パーカの女のフードに火がつき、火が髪に燃え移ると、女は悲鳴をあげる。

雨が降りだす。

雨？　屋内なのに？

天井から水が漏れている。このままここにいたら溺れてしまう。

恐怖が爪を立てるようにして彼女を襲う。下水道に閉じこめられたネズミみたいにここで溺れ死ぬのと、彼らにやられるのとはわけがちがう。

オーヴァーヒートしかけたマリアンヌの脳がかすかな音を聞きつけ、ようやく合点がいく。水は天井に備え付けられたスプリンクラーから降っているのだ。火はすでに消えかかっている。ヨーランたちはマリアンヌとヴィンセントに注意を戻す。

アドレナリンが放出されて、脚にまた力が宿る。マリアンヌは走りだす。すぐうしろからヴィンセントもついてくる。マッデが踊り場で飛び跳ねながら待ちかねている。すぐに閉められるように片手でドアを押さえている。あと少し……

耳をつんざくような轟音《ごうおん》が船内に響く。船が傷ついた動物のような悲鳴をあげる。

マリアンヌは踊り場にたどり着く。すぐうしろにヴィンセントが続く。そのうしろにヨーランがいる。野蛮な眼と狂気に駆られた衝動とかちかちと鳴る歯がすぐそこまで迫っている。

いきなりヨーランの姿が見えなくなる。火災警報器のけたたましい音がまた聞こえてくる。が、今はそれにヴィンセントの悲鳴が混じる。ヴィンセントは口を大きく開け、眼を見開いている。驚愕の表情でマリアンヌとマッデを見ている。何が起きたか理解できないと言わんばかりに。マリアンヌにも理解できない。

理解したくない。

ヴィンセントがうつ伏せで倒れ、階段の下に引きずられていく。階段の縁にあたって体が跳ね、手は何かつかむものを求めて平らな壁をすべる。

ヨーランがヴィンセントのかかとに、靴の縁のすぐ上のあたりに歯を食いこませている。顎を動かし、靴下と肉体を切り裂いて、アキレス腱を食いちぎる。ヴィンセントの悲鳴が踊り場に響き渡り、血にまみれたパーカの女が彼の上にのしかかる。けたたましい警報が悲しげに響く中、彼らは階段を折り返し、見えなくなる。火は完全に消えている。ビニールのカーペットから青みがかった煙がひとすじ立ち上がり、そのにおいが鼻をつく。

「ヴィンセント!」マリアンヌは叫ぶ。スウェットシャツのふたりの男が彼女に眼をとめたかと思うと、驚くほどの俊敏さで階段をのぼってくる。

マッデがマリアンヌをドアの内側に引きずりこみ、ドアを押す。スウェットシャツを着た手が隙間から伸びてきて、手探りでふたりを捕まえようとする。

マッデは全体重をドアにかける。何かが折れる音と人間とは思えないうめき声が聞こえ、男の手がだらりと垂れる。マッデがドアをほんの数センチ開けると腕が引っこむ。ドアの外から男が階段をなだれ落ちる重そうな音が聞こえ、ドアが勢いよく閉まる。

警報がまたしてもマリアンヌの耳をつんざく。ふたりはまたデッキ5のカーペットの上に逆戻りしている。広い階段から彼らがさらに大勢降りてくる。

バルティック・カリスマ号

船はさらに速度を落としてゆっくりとバルト海を進む。

警報の単調な音が瀕死の男を追うように広い空間にまで達する。男は車両甲板の下の狭い通路へと引きずられていく。生まれ変わった者たちに引き裂かれている感覚はもはやない。自分の血をめぐって彼らが争う様子も見えない。ただ、くぐもった騒音と繰り返し鳴り響く警報の音だけが聞こえているが、それもだんだんかすかになっていく。

車両甲板に閉じこめられた生まれ変わりたちはけたたましく鳴りつづける警報の音に動揺する。黒髪の女は床に伝わる振動が変わったことに気づき、もう時間がないと悟る。先ほど乗組員たちが話し合っていたのを聞いた。船が完全に止まれば、彼らは救命ボートを使って避難できる。もしそうなれば外の世界に異変が知れ渡る。彼女としてはそのまえに終わらせなければならない。さらに大勢の人が救助にやってくるまえに。感染した者たちが逃げだすまえに。

警報の音はダンスフロアにも響き渡る。その音は頭上で非常灯が明滅する通路を通り、外のデッキで風をさえぎり、乗客が隠れている船室にまで届く。ドアを開けて顔を出し、何が起きているのか確認しようとする人がいる。部屋にじっと閉じこもり、窓から夜が明けていくのを見ている人もいる。

かつてこの船の船長だった男が生まれ変わり、操舵室《ブリッジ》の中からドアに手をかける。

警報の音は乗組員の食堂にも届き、生まれ変わった者たちの船上生活の本能を呼び覚ます。今となっては形にできない思いを呼び起こす。看護師だったライリは鮮やかな黄色い柄のパン切り包丁の刃先を耳に刺し、警報の音が聞こえなくなるまで刃を動かし、ひねりつづける。痛みは感じない。空腹に比べればたいしたことではない。

スパで生まれ変わった者が警報の音で眼を覚ます。熱い湯をはったバスタブにうつ伏せで倒れていたその女は水中で眼を開ける。痛みを感じるが、痛いのには慣れている。女は水中でもがいて静かな水面から顔を出し、耳障りな音が聞こえてくるほうを見る。

アダムは先ほどと同じデッキの後方で船内案内図を見ている。カリスマ号の偽のマホガニー材の壁に手をあてるが、エンジンの振動は伝わってこない。機関室は車両甲板の隣りにある。そこだけはまだ捜していなかった。エンジンを停止させたのはきっと母親だろうと彼は思う。指で車両甲板への道順をたどる。母親にはわかってもらわなければならない。どうして彼がこんなことをしているのか。これは母親のためでもある。ママも昔ながらの偏見から自由になるべきだ。アダムはポケットからＩＤカードを取り出し、階段に向かって歩きだす。

この船で最初に感染した男は今も独房の床に坐っている。手で耳を覆い、叫び声をあげて、警報の音をかき消そうとする。別の独房にいる人間たちも眼を覚ます。大声で助けを呼び、ドアを叩くが、誰も来ない。

スイートルームではかつてユーロヴィジョンに出場したスターが部屋のランプを壊してまわる。かすかにちらつく明かりで眼が痛い。警報の轟音《ごうおん》が耳を刺す。足もとの床にはもはや振動は感じられない。カリスマ号はトゥルクにはたどり着けない。不公平だ、と彼は思う。食堂に集まっていた乗組員たちの仕業だ。こんなはずじゃなかった。やはりあのときアダムの母親を殺しておくべきだった。全員殺しておくべきだった。またしても警報が轟《とどろ》き、彼の思考は断ち切られる。

車両甲板にガソリンが充満し、空気が揺らぐ。黒髪の女はよりすばやく、より確固たる意志を持ってピッケルを振りまわす。ガソリンが彼女の服にはね、床に染みこむ。トラックのガソリンタンクに穴を開けると、ディーゼルエンジンの燃料である軽油が噴き出す。警報の音はもはや耐えがたいが、あと少しだ。すぐに何もかもが終わる。

マリアンヌ

「苦しい」マリアンヌは息切れしている。「息ができない」

喘《あえ》ぎながら、マッデの腕にしがみつく。酸素が足らず、めまいがする。どれだけ吸いこもうとしても、肺に充分な空気がはいらない。通路の明かりが点滅している。いや、自分が意識を失いかけているのか。

「もうすぐよ」とマッデが言う。

「外に出たい。空気を吸いたい」

何もかもが一変した。警報の音が途切れているあいだはとても静かで、足もとのエンジンのうなりももはや感じられない。何が起きているのかさっぱりわからない。今のマリアンヌにとってはカリスマ号が世界のすべてであり、まるで地球そのものの動きがゆっくり止まったのかと錯覚する。

隣りでマッデが泣いている。大きな涙が彼女の頬を伝って流れ落ちる。が、マリアンヌは泣くことができない。うしろを振り返る。誰も追いかけてくる気配はなく、通り道に散在している切り刻まれた死体もまだ動きだしそうにない。

時々、ドアを開けて顔をのぞかせる人がいる。何が起きているのか、船は沈没するのか、火事があったのかと訊いてくる。人々の恐怖は痛いほどわかるが、彼女には彼らを安心させてあげることはできない。人間ではなくなった何かがいつドアを開けて部屋から出てくるか、横に伸びる通路から飛び出してくるかわからない。見つかったら最後、彼らはマッデと彼女を殺そうとするだろう。ヴィンセントを殺したように。生まれ変わるまえはヨーランだった男を殺したように。

ようやく通路の突きあたりにあるガラスのドアのまえにたどり着く。マッデがドアを押して開ける。最初に吹きこむ冷たく新鮮な空気がマリアンヌを凍えさせる。下を見ないように注意しながら死体をまたぎ、マッデのあとについて手すりのそばまで行く。デッキの床は乾きかけた血でべとべとしているが、そのことは考えないようにする。

ふたりは舳先《へさき》まで来る。マリアンヌは海に意識を集中させる。一定の間隔で彼女に向かって寄せてくるさざ波のことだけを考える。泡を立てて船体に衝突していた昨夜の海とは打って変わって、今は波がやさしく船体を撫でている。空ではすじ状の雲が速く流れていく。濃い灰色と明るい灰色が混ざり合い、モノクロの映画がまちがったスピードで投影されているかのようだ。息を吸うと、マリアンヌの体にようやく空気が行き渡る。急激に体内の酸素が濃くなり、めまいをおこしそうになる。空気が肺に送りこまれるのを待つ。またしても警報が鳴る。

シースルーの薄い服を着たマッデが震える。マリアンヌは彼女に腕をまわし、彼女の体のやわらかい感触を味わう。マッデがマリアンヌの肩に顔をあずけ、さらに激しく泣く。マリアンヌよりもよっぽど怯えている。だから、マリアンヌは勇気を奮い起こす。ただ、そうするしかないという理由で。ふたりで同時に泣き崩れるわけにはいかない。

「すぐに救助隊が来るわ」とマリアンヌは言う。「誰かが助けに来てくれる。気づいた頃にはきっと家にいるわ」

「ごめんなさい」とマッデが言う。「ひとりで逃げてごめんなさい。とにかく怖くて——」

その先は聞き取れない。マリアンヌは彼女の背中をさすり、あやすようにことばをかける。

「——あたしのせいでヴィンセントが死んじゃった！」マッデは泣きじゃくる。

「そうじゃない」マリアンヌはそう言って眼を閉じる。が、階段の吹き抜けで最後に見たヴィンセントの顔がより鮮明に瞼《まぶた》に浮かんでしまい、また眼を開ける。風があたり眼をしばたたく。「そうじゃない。わたしのせいよ。彼はわたしを早くあの場から逃がそうとしてくれた。でも……わたしは動けなかった」

口に出すことで少しは気が晴れるかと期待したのだが、むしろ逆だった。また息が苦しくなる。

「でも、あたしが逃げたりしなければ……」マッデは彼女の首に顔を押しあてたまま泣きじゃくる。「あたしがもっと早く戻ってれば……」

「それは関係ない。それに、あなたは戻ってきてくれた」マリアンヌは警報にかき消されないように大声で言う。「わたしだったらそこまで勇敢になれたかどうか」

「あたしは勇敢なんかじゃない。ひとりでいるのが怖かっただけ」

「よく聞いて。あなたのせいじゃない」

マッデはマリアンヌの腕から逃れ、涙を拭いて深呼吸する。「あなたのせいでもない」そう言ってうしろを向き、船を見上げる。

デッキのランプの揺らめく明かりに照らされた彼女は美しくさえ見える。

マリアンヌも振り向く。マッデがどこを見ているかすぐに気づき、四階上のスイートルームの窓を見上げる。窓の向こうの動きが見えそうな気もするが、部屋の明かりは消えていて、ふたりがいるデッキのほのかな明かりが窓に反射している。

「あいつのせいよ」とマッデは言う。「あのままあの部屋にいれば安全だった。少なくとも部屋の外に出るよりは」

マリアンヌは黙ってうなずく。

「このクソみたいな船から脱出する」マッデはマリアンヌのほうを向いて続ける。「あとは救命ボートに乗るだけ」

「そうね」

船内からくぐもった悲鳴が聞こえた気がする。また警報が鳴り、悲鳴をかき消す。マッデを見ると、どこかを指差している。

「あそこにいる」

さっき通ってきたガラスのドアを見る。人影がいくつかドアに近づく。その断固としたゆるやかな動きは見まちがいようがない。

ふたりは走って船首デッキの反対側に移動し、さきほど通ったのとそっくりなガラスのドアから船内をのぞく。こちら側の通路にも彼らは何人もいて、ドアに向かって歩いてくる。

「やばい！」とマッデが叫ぶ。「どうしよう、逃げ場がない」

マリアンヌは船首デッキに眼を向け、いたるところに散乱する死体を初めてまじまじと見る。手すりのそばにも死体が山積みになっている。
ふと、ある考えが浮かぶ。あまりのおぞましさに、すぐにその考えを捨てようとする。
けれど、マッデを見て思い直す。やるしかない。
また警報が鳴り、そのあと突然静まりかえる。

フィリップ

マリソルとふたりがかりで、どうにか警報を止める。今は総支配人の執務室で眼のまえにあるマイクを見つめている。ミカのことを思う。彼は何度このマイクを握ったことだろう。

「きみがやるか？」とフィリップは言う。

マリソルは首を振る。「何を言えばいいかわからない」

「ぼくもだ」

本音を言えば、意に反して声が内心を物語ってしまうのが怖い。フィリップは疲れきっている。もうすぐそこまで来ているのに、とてもやり遂げられる気がしない。

救命ボートで脱出する。救助を待つ。それから？ とにかく乗客と同じボートには乗りたくない。ボートで波に揺られているあいだに誰かが変身したらどうする？

自分が感染していないという確証もない。反射的に左手が唇に触れる。ちょっと触るだけでも痛い。こすって徹底的に洗い流した。それでも……。

「どうかした？」

フィリップは首を振る。「わからない……どうすれば確信があるように聞こえるのか」

マリソルは彼に腕をまわして言う。「実は、何日かまえに辞《や》めることに決めたの」

フィリップは驚かない。つい最近、それこそ昨夜もそう思っていなかったか？　マリソルは遅かれ早かれカリスマ号を去ると考えていなかったか？

「今日、仕事中に話そうと思ってた」とマリソルはうつむいてつけ足す。

フィリップは努めて笑顔で答える。「今夜みたいなことがあったら、ぼくも辞めたくなるかもしれない」

「ちょうどいい機会だと思って」マリソルも笑って言う。それから真顔に戻り、フィリップの手を取る。「妊娠してるの。それが理由。これからはおばが経営してるカフェで働く」

フィリップは満面に笑みを浮かべる。今度は心からの笑顔だ。「もっと早く気づいててもおかしくなかった、だよね？」

「たぶん」

「だから仕事のあとぼくたちと一緒に飲みにいかなくなったのか」

マリソルは笑って肩をすくめる。

「きみはきっといいママになる」とフィリップは言う。「〈カリスマ・スターライト〉で夜中の三時に客の相手ができる逞しさがあれば、子供の世話なんてお手のものだ」

「もうわかったでしょ？　わたしたちはこの危機を絶対に乗り越えなきゃならない。ふたりとも。だって、ほら、あなたには名付け親になってもらうつもりだから」口調は軽いが、どこか恥ずかしそうにもしている。「もしわたしの身に何かあったら……」

「何もあるはずない」とフィリップはさえぎって言う。

マリソルは彼の手を離す。まだ言いたいことがあるようだ。が、何も言わずにため息をつき、マイクを持ち上げる。

「さて」と彼女は言う。「まずはこの仕事を終わらせましょう」

カッレ

どこで火事が発生したか調べるためにこの部屋に来ようと提案したのは彼だった。が、ドアを開けてすぐに後悔した。アルビンとルーはほとんど反応を示さないが、こんな光景を見たら、ふたりはどうなってしまうのか考えずにはいられない。

ボッセが椅子にへたりこんでいる。上からフリースの毛布がかけられていて、顔があるはずのあたりが血で濡れている。腕は力なく両脇にぶら下がり、曲がった指は今にも床に届きそうだ。

カッレはうしろから椅子の背もたれをつかみ、死体に触れないように気をつけながら椅子ごと移動させる。椅子が何かのコードを踏み、はずみでボッセの頭が胸の上にうなだれる。ただ、ありがたいことに毛布は落ちずにその場にとどまる。

アンティがデスクに近づき、適当にボタンを押す。カッレは室内を見まわす。床にできた血の海に電話機が落ちている。粉々に破壊されている。カッレは悪態をつく。

さまざまなアングルからの監視カメラの映像がモニターに映る。ひとつ階上《うえ》のデッキ6の通路では、人々が部屋から顔をのぞかせている。明滅する非常灯のかすかな明かりに照らされて幽霊のように見える。ミカのように噛まれたことを隠している人はどれだけいるのか？　そもそも噛まれたと自覚していない人もいるのではないか？

アンティがさらにボタンを押すと、免税店を映した映像に切り替わる。ガラスのドアは粉々に砕け、割れたボトルや放り投げられた商品の箱が床に散乱している。店の外のカーペットには死体がいくつも転がっている。

頼む。案内所の映像が映り、カッレは心の中で祈る。案内所のうしろに総支配人の執務室に通じるドアがある。閉じられたそのドアの向こうにフィリップとマリソルがいるはずだ。早く何か言ってくれ。無事だと知らせてくれ。

モニターにまた別の通路が映し出される。あちこちのドアが大きく開かれ、周囲の壁に血が飛び散っている。今、彼らがいるデッキ5のボッセのオフィスの近くでは、感染した人が数人、舳先《へさき》に向かって歩いている。デッキ8の通路ではさらに多くの人影が見るからにあてもなく動きまわっている。カフェの中でひっくり返ったテーブルの陰に隠れている人が何人かいる。怪我を負った人を慰《なぐさ》めているようだ。デッキ7の船尾付近では、迷路のように入り組んだ短い通路で追われている人たちがいる。ボールプールのそばの窓に血が飛び散っている。カラオケ・バーの外の壁と床にはさらに大量の血の痕が見える。

とはいえ、感染している人は思っていたよりずっと少ない。だからといって、なんのなぐさめにもならないが。

彼らはどこにいる？

車両甲板の外にある階段の踊り場の壁が焦げている。その下の床に割れたウォッカのボトルが落ちている。カッレは大きく息を吐く。この場所の火事が原因で火災警報器が作動したのなら、とっくに鎮火している。

アンティがさらにボタンを押す。モニターの映像が次々と切り替わる。「見るかぎり、ほかに火事の痕跡はなさそうだ」と彼は言う。「くそ、危うく最後の一撃になるところだった」

カッレは黙ってうなずく。「スイートルームの外の通路を見られないか？」

アンティが何度かボタンを押す。カッレは次々切り替わる映像を眼で追う。デッキ9の右舷側。九三一八号室。

「それだ！」と彼は言う。「そこで止めてくれ！」

静電気が感じられるほど画面のすぐそばまで顔を近づける。

カッレ！　絶対に開けないで！

〝絶対に〟の下に太い線が引いてある。カッレはその文字を見つめる。彼の名前の綴りがまちがっている。

これを書いたのはヴィンセントじゃない。

船内放送のスピーカーからチャイムのメロディが流れ、マリソルが咳払いする。やっとだ。

「乗客のみなさん」とマリソルはアナウンスする。「どうにか船を停止させることができました。外部の人が異常事態の発生を察知するのは時間の問題です。長くはかからないと思います。船は現在、フィンランドまで一時間ほどの場所にいます。ほかの船が頻繁に往来する海域です」

デッキ6の通路に人が集まりだす。みな一心にアナウンスに耳を傾けている。携帯電話でスピーカーや自分たちを撮影している人もいる。

その中にヴィンセントの姿はない。いったいどこにいる？

「今夜この船で何が起きたのかはまだはっきりわかりません」とマリソルは続ける。「噛まれると感染することはわかっていますが、なんの病気なのか、なぜ船内で感染が大発生したのかは不明です。乗組員が船の最上部のサンデッキに向かっています。船が停止したので、救命ボートが使えるようになりました。救助が来るまでボートで待ちます。できるだけ暖かい服装でサンデッキに来てください。来られない人は船室の中か鍵がかかる場所に隠れていてください」

マリソルがひと呼吸置く。動揺しているのがわかる。アンティはカッレの隣りで荒々しく息をしている。

「この病気は誰にでも感染します。もしご家族や友達が嚙まれた場合は……助けようとしないでください。その人に近寄らないでください。ひどいことを言っているのは承知しています。ですが……自分を感染から守り、ほかの人にうつさずにすむにはそれしかありません」

沈黙。デッキ6で数人が躊躇している。ほとんどの人は部屋に戻っていく。

「サンデッキに来る人も部屋に残る人も無事を祈っています」とマリソルは締めくくる。スピーカーのスウィッチが切れる。

ルーがカッレの袖をそっと引っ張る。

「どうかしたか？」

ルーは何も答えず、ただじっと彼を見つめる。モニターにスパの入口が映っている。割れたガラスの壁のすぐ内側に大きな機器がある。その奥にぎこちなく動く人影が見える。よろめいている。

「あれの何が――」カッレは言いかける。

ルーがしーっと言い、何か言いたげにアルビンのほうを見る。そのアルビンは床をじっと見つめている。カッレは口をつぐみ、もう一度画面に視線を向ける。今度はちゃんと見る。

機器らしきものは横転した車椅子だ。

ふらふらと歩いているのが誰なのか悟り、カッレは息を呑む。アルビンの母親の影が色合いの異なる灰色の画素の集合体に見えてくるまでじっと見つめる。手を伸ばし、割れたガラスの壁の反対側にいる化けものが画面から姿を消すまでボタンを押しつづける。アンティが横目でカッレを見る。彼にもわかったようだ。

「行こう」とカッレは言う。「救命ボートのところまで行って、避難する人の手助けをしないと」

アルビンがカッレをじっと見る。みんなが何か隠していることに気づいた様子はない。監視カメラの映像でボッセのオフィスの外の通路を確認する。今は近くに感染した人たちはいないようだ。

アンティがドアをわずかに開ける。カッレはモップの柄にテープでナイフをくりつけた即席の槍を持ち、子供たちのうしろに立つ。振り向いてモニターを見ると、白黒の画面にドアから外をのぞくアンティの姿が映っている。それから、毛布に覆われた椅子の上の死体を見る。ボッセが動いた？　頭はあんなふうにうなだれていただろうか？

「急げ」とカッレは言う。アンティは苛立たしげな視線をカッレに向け、通路に出る。

カッレは子供たちの肩に手を置く。ルーが彼を見上げる。その口がありがとうと言っている。

「きっと助かる」カッレはそう囁《ささや》く。

通路の真ん中で立ち止まっていたアンティが静かにしろと合図する。いつにも増して顔が赤らんでいる。物音に耳を凝《こ》らしているようだ。包丁を持つ手が震えている。

足音が聞こえる。カッレの全身にパニックが行き渡る。足音は横の通路から近づいてくる。

誰かが走っている。

マッデ

マッデは震えを止めようとする。寒さも風も恐怖も意識の外に追いやって、船体をそっと撫でる波とおだやかな揺れに集中しようとする。

よろよろとデッキを動きまわる化けもののことは考えないようにする。自分には関係ない。腰骨に肘があたっていることも、見知らぬ女の髪が自分の顔にかかっていることも、ヒールが足首に食いこんでいることも。そのヒールが靴の一部で、靴の内側には足があることも、それが死体の足だということも考えまいとする。

そう、何も考えてはいけない。動かずにじっとしていなければ。

死んだふりを貫かなければ。

ふたりは舳先《へさき》の手すりのそばで死体の山の中に隠れている。マリアンヌのアイディアだ。デッキに横たわり、マリアンヌが髪の長い女の死体でふたりを覆い隠した。マッデはうつ伏せで寝ている。鼻がニットの上着に押しつけられ、煙と洗濯かごの底のようなにおいがする。隣りにマリアンヌがいる。冷たい風が吹いているのに彼女の体は温かい。不安と汗と古い香水とヘアカラーのにおいが何層にも重なっている。マッデ自身も花束みたいにいい香りではないことは容易に想像がつく。今はただ、ふたりのにおいを風が運び去るか、まわりの死体の悪臭でかき消されることを祈るしかない。

足音が近づいてくる。風のうねりに混じって歯を鳴らす音がする。マッデはかたく眼を閉じ、呼吸すらしないようにしている。

鼓動は激しく、脈を打つたびにちぎれた耳たぶに響く。スイートルームの窓から外を見なければよかった、このデッキで何が起きたか知らなければよかったと思う。まわりの死体がどんなふうに死んでいったかは知っている。見つかったらマリアンヌと自分がどうなるかもわかっている。

考えないで。考えちゃだめ。

においを嗅ぐ気配がする。まだ少し距離はあるが、かなり近くまできている。

あの感情がまたこみ上げてくる。立ち上がり、叫んで、戦いたい。万にひとつ助かることを期待して凍えるほど冷たい海に飛びこむか。あるいは潔く噛まれるか。この状況を終わらせられるならどちらでもいい。

だが、その衝動にどれほど苛《さいな》まれても行動には移せない。そんなことをしたら、マリアンヌの命まで危険にさらしてしまう。救助隊が到着したときには死んでいることになる。そのためにここまで頑張ってきたわけじゃない。

絶対にだめだ。なんとしてもやり遂げる。ここから脱出して、救命ボートのあるサンデッキに必ずたどり着く。いずれやってくるはずの救助を待つ。船内放送で女の人が言っていたように。

絶対に生きて帰る。このおぞましい船から脱出する。そうでなければ、ヴィンセントの死が無駄になってしまう。

足音が遠ざかる。マッデはまだ息を止めている。とても信じられない。

しかし、確かに足音は遠ざかっていく。

そっと息を吐き出し、眼を開ける。あまりにかたく閉じていたので、眼のまわりの筋肉に痛みを感じる。睫毛の隙間から夜明けの薄暗い光が入りこんでくる。

じっと耳を澄ます。船首のデッキにほかにも彼らの仲間がいないともかぎらない。

マリアンヌが動く。マッデはほんのわずかに顔を傾けて彼女のほうを見る。

マリアンヌの大きく見開かれた眼が見つめ返してくる。

「じっとしてて」口の動きがそう言っている。

「してる」とマッデも声に出さずに返事をする。

何かがマッデの腹をそっと押す。

ふたりの下にある死体が動いている。汚い上着を着た男がなにやらうめき、マッデの鼻が押しつけられている胸にまで響く。男は眼を覚ましつつある。

カッレ

「行こう」カッレは小声で子供たちを促し、広い階段をのぼりはじめる。

視界の隅で何かが動く。

悲鳴があがる。

突然の出来事で、カッレが振り向いたときにはもう終わっている。

眼に狂気を宿したガウン姿の男がアンティに体あたりしている。男が咳きこむと細かな血の滴《しずく》が霧のようにアンティの顔にふりかかる。アンティはよろめきながらあとずさり、嫌悪感をあらわにしてシャツの袖で顔を拭く。

男の手が腹のあたりまですべり落ちる。ガウンが開いた隙間からアンティが持っていた包丁が突き出ている。

「え……なんで？」男は喘《あえ》ぎ、膝からくずおれる。血に染まった自分の指を見つめる。指のまわりで何かがねじれる。丈夫な糸に色とりどりのプラスティックのビーズを通してつくったネックレス。子供がつくったものだろう。カッレは吐き気をもよおす。

「この人はしゃべれる」とルーが言う。「あいつらの仲間じゃない」

「ごめん」とアンティが言う。「ほんとにごめん、くそっ、ごめんよ……」

男がまた上を見る。包丁の柄をつかみ、引き抜こうとする。顔が苦痛にゆがむ。男は包丁から手を離し、静かに泣きだす。

動くたび腹の痛みがひどくなるようだ。それは見ているカッレにもわかる。「いったい何をした、アンティ?」とカッレは言う。「何をしたんだ?」

カッレはその場にしゃがみこむ。おぼろげながら、部屋から出てきた人たちが周囲の通路にいるのがわかる。彼らをじっと見ている。コートを着ている人もいれば、毛布を体に巻いている人もいる。

「そいつがいきなりぶつかってきたんだ。見てただろ」とアンティは言う。「やつらの仲間だと思ったんだよ」

「ステラ」男は囁《ささや》き、はっきり聞き取れたか確認するようにカッレをじっと見据える。

「ステラ……」

「誰だって?」

男の視線がカッレにまっすぐ突き刺さる。

「レストランで見かけた」とルーが言う。「ステラっていうのは娘だよね？　あたしのおばさんに、どうして乳母車に乗ってるのって訊いた子だよね？」

男はうなずき、また痛みに顔をゆがめる。顔から血の気が失せていく。見るからに急激に青白くなる。「ひとりで部屋から飛び出して……妻が……」

男の口が開いて閉じる。が、それ以上ことばは出てこない。もはや体をまっすぐ起こしていられなくなり、カッレが仰向けに寝かせる。

「奥さんはどこにいる？」

男がガウンの袖を引き上げる。

肘のすぐ下に嚙まれた痕がある。

「くそっ」とアンティが叫ぶ。「こいつは感染してる。こいつの血を浴びちまった！　このくそったれ！」

カッレはことばを失う。それから怒鳴る。「黙れ、クソ野郎！」

「おれのせいじゃない」とアンティは言い張る。「どっちみち死んでた」

「おまえだって知らなかっただろ！」

カッレは男に向き直る。もう息をしていない。またしても崖っぷちに立っているのが自分でもわかる。正気と狂気の瀬戸際で、今にも落ちそうになっている。奈落の底を見つめている。奈落も彼を見つめ返す。
「いいか、おれのせいじゃない」とアンティがつぶやく。
踵《きびす》を返し、通路を走っていく。彼らから遠ざかっていく。
カッレは眼を閉じる。持ちこたえなければいけない。あとほんの少しだけでも。

マッデ

マッデの下で男がもぞもぞと動き、死体の山全体が揺れる。ヒールがより深くふくらはぎに食いこみ、神経を刺激する。マッデはそっと顔をあげる。ちびりそうになる。

男が彼女を見つめ返す。野生動物を思わせる、潤《うる》んだ青い瞳はうつろであると同時に断固とした意志を感じさせる。ザンドラもそうだった。男は首を伸ばしてマッデに顔を近づける。歯を鳴らしている。

マッデは男の胸に両手をついて体を押しあげ、四つん這いになる。そのままじりじりとうしろに下がる。膝が誰かの太腿にあたり、足が床につく。床は冷たく、裸足の指先が凍えそうになるが、どうにか立ち上がる。

マリアンヌは動かずにただ男を見つめている。動揺しているのがわかる。ふたりは至近距離にいる。男がゆっくりと首をまわし、マリアンヌと顔を合わせる。においを嗅ぐ。

においを嗅ぎ、歯を鳴らす。お決まりの胸糞悪い動作。マッデはいいかげん彼らを恐れるのにはうんざりする。こいつらが憎い。ありえないくらいクソ憎い。

マッデはマリアンヌの近くにまわりこみ、肘を引っ張って立ち上がらせる。マリアンヌが体勢を整えるのを待ちながら、背後を確認する。彼らは一方のガラスのドアに集まっている。どうやら反対側のドアから船首デッキに出るのは諦めたようだ。

男が起き上がり、歯を鳴らしながらふたりのいるほうに手を伸ばす。口角が完全に下がっている。甘やかされて育った子供のようだ。欲しいものが全部手に入らないからといってお菓子売り場で拗ねている子供みたいに見える。

マリアンヌがすすり泣く。が、マッデはドアのそばに集まる一団を身振りで示して黙るように合図する。いつ見つかってもおかしくない状況だ。

ふたりは反対側のドアに向かう。途中、マッデは女の死体をまたごうとして髪を踏み、足をすべらせそうになる。

かろうじて悲鳴を呑みこんだ瞬間、誰かが服を引っ張る。

反射的に振り向くと、男が彼女を見上げている。悪魔のような手がワンピースの裾をつかみ、引っ張る。男の指の毛がマッデの太腿をくすぐる。丸い顔に浮かぶ衝動は純粋そのものだ。

もう嫌。もうたくさん。

憎しみが体を隅々まで埋め尽くす。風に乗って彼女の中まで吹きこみ、轟《とどろ》き、渦を巻く。

逃れようとするが、男はしがみついて離れない。マッデは倒れそうになり、手すりにつかまって体を支える。

「あたしのちんぽでもしゃぶってろ、この変態野郎」マッデは風にさらわれそうなくらい小さな声で毒づく。

ドアのそばの集団がふたりに気づく。うつろな、それでいて燃えるような眼がこちらを観察している。

突然、隣りにマリアンヌが現われ、靴の尖った爪先で男の頭を蹴る。さらにもう一度蹴る。今度は男の腕にあたる。マッデの服をつかんでいた指が離れる。

マリアンヌはさらにもう一度、思いきり蹴る。男はうしろによろけ、下にあった死体の上を転がって顔から床に落ちる。腕を振りまわし、立ち上がろうとする。

マッデは男に飛びかかる。うなじのあたりの髪をつかみ、ありったけの力をこめて引っ張る。髪が抜けなかったのが不思議なくらいに。それから、男の顔を手すりの下の柵に打ちつける。衝撃が金属の柵に反響する。声をかぎりに叫ぶ。もはや感情を抑えられない。だいたい、じっとしていたところでなんになる？　もう見つかってしまったのだから。これはザンドラのためだ。ヴィンセントのためだ。ザンドラの両親に、そして娘に告げるためだ。彼女はれっきとした母親だったと。ほんとうの彼女を知らない家族に、ザンドラがどれほどすばらしい人だったか伝えるためだ。

「逃げましょう」とマリアンヌが言う。が、マッデには聞こえない。男の顔を手すりの柵に何度も何度も打ちつける。金属にべったりとした血がつく。ほかにも何かが男の体内から流れ出し、デッキの床をつたって海に滴《したた》り落ちる。それでもマッデはやめない。さらに何度も男の顔を柵に叩きつける。男がぐったりとなり、ようやく手を離す。男の頭が一方に傾き、顔があった場所に血だまりができている。男の横顔はくぼんでいる。それを見て、マッデはようやく男から離れる。

風で髪が巻き上げられ、マッデは顔にかかった髪を払いのける。胸の内に勝利の雄叫びが轟く。

「さあ、もう行くわよ」とマリアンヌが言う。その口調の重々しさがマッデの心に刺さる。マッデは振り向いて、唖然とする。生まれ変わりの集団の先頭にいる女が、あと一メートルほどのところまで迫ってきている。でも、怖くはない。男をぶちのめしたことで、マッデはハイになっている。今なら彼らを全員殺せる気さえする。ひとりずつでも、束になってかかってきても。一番危険なのは、危険などないと過信することだ。マッデは強いて自分にそう言い聞かせる。

マッデはマリアンヌの手を取り、ガラスのドアに向かって全力疾走する。背後に足音を聞きながら、マリアンヌを船内の通路に押しこむ。

風のない船内は異様なほど静まりかえっている。冷えた肌に空気が暖かく感じられる。ドアのすぐそばの右手に伸びる通路を見ると、そこに彼らが何人かいる。ふたりに気づくと口を開け、ゆっくり近づいてくる。

ふたりは同時に駆けだす。次の角を曲がった通路の先に小さな階段が見えるが、どこに通じているか思い出せない。それに、そもそも狭すぎる。前後から挟まれたら一巻の終わりだ。その通路を通り越して先に進むと、今度は髪の乱れた若い男がいる。すでにふたりの存在に気づいている。マッデはスピードをあげ、この先に中央階段があることを願ってひた走る。今やマリアンヌをほとんど引きずるようにして走りつづける。サンデッキに向かう人がなぜほとんどいないのか。みんな部屋に隠れているほうを選んだのかもしれない。もし部屋の中にいたら、自分もおそらくそうしただろうとマッデは思う。

中央通路に出る。階段の手前にガウンを着た血まみれの男が倒れているのが見え、マッデは立ち止まる。下着しか身につけていないブロンドの子供が隣りにひざまずいている。細い首の頸椎の数まで正確に数えられそうだ。

マリアンヌは必死で息を整えている。

「ハロー?」マッデはその子に手を差し出す。が、すぐに思い直し、その手を引っこめる。子供だからといって、彼らの仲間じゃないとはかぎらない。もしこの子が感染していたとしても、とても退治できそうにない。たとえやれと言われても、こんなに小さな子供を傷つけるなんて絶対にできない。

子供が振り向く。女の子だ。泣きはらした真っ赤な眼でふたりを見上げる。

「パパが起きてくれないの」と女の子は言う。「一緒にママから逃げなきゃいけないのに」

アルビン

この船の中を歩くのはこれが最後だ。アルビンは横目でルーを盗み見る。何か隠している気がする。さっきまではアルビンのことを見ていたのに、今は眼を合わせようとしない。カッレは即席の槍を構えたまま歩いている。デッキ6に着くと、怯えた人々があちこちの通路からおそるおそる集まってくる。彼らがうなずいてみせると、人々もサンデッキに向かって歩きだす。その中に髪を短く刈りこんだ女の人がいて、フィンランド語でなにやらつぶやいている。ほかにも、ルーと一緒に船室に戻る途中で会った女の人がふたりいる。

〝今夜は愉しい夜になりそうね、ママ。きっと最高の夜になるわ!〟

今はどちらも最近戦場で撮影された写真から抜け出てきたように見える。自分もそう見えているのだろうかとアルビンは思う。自分たちの部屋がある通路のほうを見る。父さんも船内放送を聞いたはずだ。今のアルビンに何かを感じる力が残っていたなら、父さんのことをどう思っただろうか。

「ママはどこにいるんだろう」デッキ7に向かって階段をのぼりながらルーが言う。「もしかしたら……シーラおばさんも一緒なのかな……」

ルーの声がやけにか細く聞こえる。最後のほうが蒸発して消えてしまいそうなくらいに。アルビンはルーを見る。急にルーがとても小さく見える。

「明日にはきっと連絡が取れる」とルーは言う。「もう今日かもしれないけど」

ルーはずっとリンダおばさんのことを心配していたのか？　アルビンの感覚が麻痺して、こんなふうにおかしくなるまえまでは母さんのことを心配していたみたいに？　きっとそうにちがいない。だったら、どうして何も言わなかったんだろう？　アルビンがもっと早くに気づくべきだったのかもしれない。ただ、ルーは母親を必要としているふうではなかったし、好きでもないみたいだった。一度たりともそんなそぶりを見せたことはなかった。まだ小さかった頃でさえ、何かあったときにリンダおばさんに慰《なぐさ》めてもらおうとしたことはなかった。

踊り場から彼らに向かって手が伸びてくる。槍を握るカッレの手に力がこもる。「少なくともリンダおばさんは母さんよりも逃げられるチャンスがある」

「歩けるからってそうとはかぎらない。それはまえにも言ったでしょ」ルーは今にも泣きだしそうな顔をしている。「まあ、どうしよう。誰かに齧《かじ》られてる……」

ルーは階段の途中でいきなり立ち止まり、泣きだす。手が見えなくなるまで袖を引っ張って顔を隠し、背中を丸め、嗚咽《おえつ》で体を震わせる。

アルビンはルーの背中に手を置く。なんと声をかければいいかわからない。

「行こう」とカッレが言う。「あと少しだ」声がかすれている。

ルーは手をおろす。顔が光り、眼は腫れているが、もう泣いてはいない。

アルビンはまた潜りこむ。何も届かない奥深い場所に。

フィリップ

ふたりはデッキ10にたどり着く。フィリップは即席の槍を肩に乗せ、関節が白くなるほど強く握っている。彼を押しのけるようにして通り過ぎるふたり組を見る。全身をこわばらせ、身構える。時々マリソルと眼を合わせ、彼女も感染した人を見つけていないことを確認する。

光り輝く歯列矯正装置でつながれた歯が一組、プロムナードデッキに通じるドアのそばの床に落ちている。フィリップは肩越しに背後を確認する。カッレと子供たちの姿はまだ見えない。ふたりの女が階段をあがってくる。とてもよく似ているところを見ると、きっと姉妹なのだろう。そのうしろからスーツ姿の男がついてくる。見覚えのある女もいる。会議参加者のフィンランド人のグループのひとりで、ブロンドを短く刈りこんだ女だ。食事のあと〈カリスマ・スターライト〉に来ていたが、しつこく言い寄る童顔で禿げた同僚をひたすら拒んでいた。同僚の男はかなり酔っていて、フィリップは警備員を呼ぼうかと迷ったほどだった。女の頬は流れ落ちたマスカラで汚れている。どうやら嚙まれた人はいないようだ。

「いったいどこにいるの？」とマリソルが言う。

誰のことを言っているかは訊くまでもない。これだけ生きた人間がいるのに、感染した人たちはなぜ引き寄せられてこないのか？

ふたりはプロムナードデッキの右舷側に出る。夜のあいだに気温が急激に低下したのだろう。冷たい風がまたたくまにフィリップの濡れたナイロンのシャツを冷やし、冷たくなったシャツが肌に貼りつく。船上で何が起きたかなど関係なく、海は不気味なほど静まりかえっている。

サンデッキにのぼる階段まであと少しというところで、背後から悲鳴が聞こえる。フィリップはモップを強く握り、急いで振り返る。

「おい！」ダン・アペルグレンが行く手に立ちふさがる邪魔者たちを押しのけて怒鳴る。

体の腫れがいくらかおさまり、服も着替えている。あの血走った眼でフィリップを見据え、怒鳴りながらまっすぐ走ってくる。「正義感ぶったクソ野郎が！　おれはおまえが死ぬほど大嫌いなんだ！」

ダン

船内放送を聞いて、〈カリスマ・スターライト〉の小娘の声だとすぐにわかった。クソ救命ボートなんかにひとりも乗せてたまるか。船からの脱出を阻止しようと部屋の外に出て、すぐに気づいた。生まれ変わった者たちの姿がほとんど見あたらない。

何かがおかしい。

そして今、彼の眼のまえにはフィリップがいる。おもちゃみたいにお粗末な槍を振りまわしている。「マリソル、逃げろ！」とフィリップは言う。最後までヒーローを気取るつもりらしい。

しかし、マリソルは聞く耳を持たない。消防用の斧を両手で握ってダンに立ち向かおうとする。彼女の咽喉《のど》は激しく脈打ち、そのたびに十字架の金色のチェーンが夜明けの淡い光を反射してきらめく。ダンはやすやすと攻撃をかわす。斧の刃が彼の顔のすぐそばを素通りする。マリソルはもう一度斧を振り上げる。が、俊敏さではダンが勝る。ダンは彼女の顔面に強烈なパンチを叩きこむ。彼女の鼻が折れる。力ずくで彼女の手から斧を奪い、脇に放り投げる。背後で人々が悲鳴をあげる。

「この船から脱出しようとする人のことは気にするな」ダンはマリソルの鼻から漂ってくる血のにおいを嗅ぎながら言う。そして、すぐに気づく。

マリソルに笑いかける。

そのとき、腰の上に激しい痛みが走る。

振り向くと、フィリップが両手でモップの柄を握って立っている。ナイフの刃が背中に刺さり、肋骨の下あたりまで届いている。

痛みは強烈だが、恐怖は感じない。むしろ、感覚が研ぎ澄まされ、あらゆるものの輪郭がくっきりと見える。フィリップの攻撃はダンにとっては痛手でも何でもない。傷はすぐに治る。

フィリップはナイフを引き抜き、もう一度刺そうとする。今度は胸を狙うが、三十センチほど的がはずれてからぶりに終わる。恐怖のあまり狙いが定まらないのだ。フィリップはマリソルを見る。

「さっさと逃げろ!」フィリップは怒鳴り、あらためて槍を突き出す。

ダンが手をかざし、刃はその手を切り裂く。ダンは刃を握る。刃先が肌に食いこむ。遊びの時間は終わりだ。ダンはモップの柄をつかみ、おかしな槍もどきをフィリップから奪い取って海に投げ捨てる。

無謀にも走って逃げようとするマリソルとダンのあいだにフィリップが立ちはだかる。背後を取るのは簡単だ。フィリップは逃れようとするが、すぐに無駄だと観念する。デッキの後方で人々が悲鳴をあげている。たちまちフィリップのにおいが恐怖で増幅し、ダンの鼻をつく。

ようやくこのときが来た。この男がおのれの身の程を知るときが。

「食堂から逃げてくれてよかった」とダンは言う。「あのときは疲れてて、おまえの相手をする余力はなかった。でも、今はちがう」

フィリップが叫ぶ。ダンは彼の咽喉に食いつき、肉の塊を嚙みちぎる。フィリップの血は温かく、そそるにおいがする。ダンは嚙みちぎった塊を吐き出す。食べすぎは禁物だ。同じ轍《てつ》は踏まない。

「逃げろ！」とフィリップが叫ぶ。マリソルのほうを見ようとしている。「おれはもう終わりだ。みんなを助けてくれ。きみは――」ダンの歯がもう一度フィリップの咽喉に食いこみ、フィリップの叫びはそこで途切れる。歯は咽喉仏の軟骨にあたり、そこで止まる。

ダンは夢中で嚙みつづける。フィリップの叫び声が突然聞こえなくなる。彼の温かく甘い血が泉のように吹き出し、ダンの口の中にじかに流れこむ。マリソルが泣き叫び、デッキにいる人々がパニックに陥ってさらに悲鳴をあげる。

フィリップの大きく見開かれた眼をダンがのぞきこむ。自分はまもなく死ぬ。フィリップにもそれがわかる。

ダンはフィリップのシャツを切り裂き、胸に嚙みつく。心臓に向かって肉を食いちぎっていく。フィリップの息の根を完全に止める。この世から抹消してやる。

カッレ

プロムナードデッキで何かあったらしい。デッキの外にいる人たちがガラスのドアのそばに集まっている。恐怖のあまり泣いている人がいる。他人を押しのけて船内に戻ろうとする人もいる。ひとりの男が怒鳴る。「部屋に戻るぞ、シャスティン！」その場にとどまり、デッキの先で何が起きているのか様子をうかがう人もいる。

風が吹き、外の冷たい空気が船内に流れこむ。カッレは突然この混乱が始まって以来の最大の恐怖を感じる。これまで押しこめていたものが彼を呑みこもうとする。この船で起きたすべてのこと、これから起きるすべてのことを思う。

救命ボートまでたどり着けたとして、もしそこにヴィンセントの姿がなかったら……。

ふたり組の女が全速力で階段を駆けおりてきて、カッレは危うく突き落とされそうになる。女のひとりが言う。「見た？　絶対あのバーテンダーだった。そうでしょ？」

冷たい風がカッレの骨の髄まで吹きこむ。

アルビンの眼はまたもや生気を失っている。さっき階段にいたときにこの子の眼に宿った閃光はあとかたもなく消えている。それでも驚くほど強い力でカッレの手を握っている。

「何があったのか見てくる」とカッレは言う。「いいか？　すぐに戻るから」

アルビンの細い指がカッレの手をさらに強く握る。カッレはルーに視線を向ける。

「ここで待っててくれないか？」とカッレは言う。「ほんの少しだけ」

ルーは黙ってうなずく。

「すぐ戻ってくる」カッレはそう言って、アルビンの手をほどく。「気をつけて」

カッレは最後の数段をのぼり、人混みをかき分けてプロムナードデッキに出る。〈ポセイドン〉で見かけた会議参加者のフィンランド人の女がいる。船外に出るには薄着すぎる人があまりに多い。みな青白い顔をして、唇は紫色に変色している。カッレは身を寄せ合い、抱き合う人たちをよけて進む。

アルビンに強く握られていたせいで、まだ手をつないでいる感じがする。幻のような感触がそこにある。

人が少なくなる。マリソルがサンデッキに向かう階段を走ってのぼっていくのが見える。ひとりで。

カッレは瞬時に悟る。

さらに先に進むと、まずダン・アペルグレンの姿が眼に飛びこんでくる。ヴィンセントのセーターを着ている。去年の冬に買ったものだ。

マリソルが見つけて持ち出した消防用の斧がカッレの足もとに落ちている。

何がどうなっているのか。わけがわからない。

ダンは四つん這いになり、デッキに横たわる死体にまたがっている。フィリップのやつ、制服の薄いシャツとヴェストだけじゃ寒いだろうに。デッキに寝ていたら凍えてしまう。カッレはそんなことを考える。

だが、すぐに思考が現実に追いつく。フィリップはもう寒さを感じてはいない。何も感じることができない。

あそこに横たわっているのはフィリップじゃない。ダンが切り裂いているのは彼の肉体だ。顔はうなだれ、茎の折れた花みたいに右に左に転がっている。流れているのは彼の血だ。けれど、あれはフィリップではない。

一瞬、カッレには何もかもはっきりとわかる。完全に落ち着きを取り戻す。もし魂というものがあるなら、その魂はもうそこにはない。かつてフィリップだったものをダンは決して手に入れることはできない。

その瞬間が去る。カッレはよろめき、膝から崩れ落ちる。

ダンが顔を上げる。血にまみれ、顎から血の滴《しずく》がしたたり落ちる。カッレの背後に何かを見て歯をむき出しにする。が、そこにいるのは食堂にはいってきたときの傲慢なダンではない。

ダンは恐れている。

カッレも振り向いてうしろを見る。彼女が人混みを抜けてこちらにやって来る。シャツは破れて血だらけになっている。きっちりおだんごに結っていた髪はほつれ、根もとが灰色になった髪が幾すじか風に舞っている。

もしわたしを見たら、とにかく遠くまで走って逃げて。

愛してるわ、カッレ。約束よ。

けれど、カッレにはできない。どうしても動けない。

バルティック・カリスマ号

ほとんどの乗客は船内にいる。救助が来るということばを信じてひたすら待っている。百人あまりの無傷の人たちは勇気を振り絞り、部屋を出て船の上層部に向かう。

アンティはすでに高速救助艇を水面に降ろしている。最後にもう一度振り返り、迫りくるカリスマ号の威容を眼に焼きつける。プロムナードデッキの悲鳴を聞きながらボートを発進させる。ボートの小さなエンジンと風があらゆる音をかき消す。まだ船に残っている子供たちのことも、ほかのみんなのことも考えまいとする。これはみんなのためだ。フィンランドに向かい、陸地に近づければ、携帯電話で助けを呼べる。そう自分に言い聞かせる。だとしても、子供たちを一緒に連れていくことはできたのではないか？　心の声が彼に囁《ささや》く。

アンティはスピードをあげる。

アルビンの父親は部屋を出て、デッキ6の長い通路を走っている。途中で死体につまずく。階段に出る角を曲がろうとしたちょうどそのとき、進行方向から悲鳴が聞こえ、立ち止まる。ひどく息切れしている。通路の突きあたりでガラスの壁が粉々に割れている。割れた壁の向こう側で横倒しになっている車椅子が眼に飛びこんでくる。暗闇の中、操作レヴァーの横のボタンがかすかに光り、バッテリー残量が残り少ないことを知らせている。しかし、彼の妻の姿はどこにも見あたらない。

車両甲板にはガソリンの強烈なにおいが充満し、アダムはめまいを覚える。ガソリンはほかのあらゆるにおいを包みこみ、母親のにおいを隠す。でも、足音は聞こえる。何かがぶつかる鈍い音、何かがひび割れて液体が噴き出す音が聞こえる。母親は右舷の船首に近い場所にいる。暗がりの中に数百もの生まれ変わった者たちが集められている。彼らはアダムを見て不安そうにそわそわと体を動かし、アダムと母親を交互に見る。母親のワンピースとカーディガンの袖が濡れている。ピッケルを持つ両手はガソリンで輝いている。アダムは母親が何をしようとしているのか瞬時に悟る。

「ママ」とアダムは声をかける。「それはだめだよ。みんな死んでしまう。人間も。子供たちも」

母親は息子を見る。明滅する明かりが彼女の顔に暗い影を落とす。「そのほうがいい」と母親は答える。「今ならわたしにもそれがわかる」

アダムは首を振る。「ぼくも殺すことになるんだよ」そう言って母親に駆け寄り、腹に鼻を押しつけ、太腿に抱きつく。「もうぼくを愛してないの？」母親が愛してやまないかわいい息子を演じる。

生まれ変わった者たちはためらいながら黙って様子をうかがう。どちらが彼らのボスなのか見極めようとしている。アダムは全員をサンデッキに引き連れていくつもりでいる。「わからないの？」アダムは一歩下がって言う。「ぼくたちはようやく自由の身になれたんだ。何が起きたのか長老たちが理解するころにはもう手遅れだ。あの人たちにはもうぼくたちを支配することはできない」

母親は何も答えず、ただじっと息子を見つめる。決心が揺らいでいるのがわかる。ピッケルを握る手から力が抜ける。彼らの足もとで床がほとんどわからないくらい小さく揺れている。アダムはしかるべきことばを見つけようとする。「怖がらなくても大丈夫だよ。これは新しい何かの始まりなんだ。今までよりもっといい何かの。人間は放っておいても破滅する。ぼくたちが手をくださなくても、そのうち世界は滅亡する。だから、こうするほうがまだチャンスが残されてるんだ。人間にも、ぼくたちにも」

母親の表情がやわらぐ。ここが勝負所だ。あと少しで説き伏せられる。

「ぼくはママと一緒にその新しい世界で生きていきたい。わかるでしょ?」

母親が泣きだし、アダムは驚く。もう長いこと、母親が泣く姿を見たことはなかった。

「ええ」と母親は言う。「わかるわ」

アダムは嬉々としてうなずき、腕を伸ばして抱っこをせがむ。

生まれ変わりの大群は黙ってなりゆきを見守る。

母親が愛するわが子の顔を見る。ピッケルを振りかぶり、ひと突きで息子の頭蓋骨を砕く。

ピア

ダン。彼の名前はダン。彼女は彼を知っている。自分に似ている。彼のことは好きではない。

彼の名前は知っている。が、自分の名前はわからない。

寒い。ここは寒い。彼女にはすべてわかる。家。ここは家だけど、何もかもおかしい。静かすぎる。足もとのデッキは揺れていない。海は濃い灰色をしている。あらゆるものが灰色だ。彼女は自分の考えにしがみつこうとするが、風で散ってしまう。それでも今は気分がいい。さっきみたいにお腹がすいていたときよりずっといい。今は体の中に焼けつく痛みはない。傷ももう治った。

おそらく彼女は目覚めつつある。長いあいだ夢を見ていた。消えた時間。

その男の顔を蹴り、隣りに倒れこむ。男をじっと見る。このダンという男。霧に覆われたようにぼんやりとした思考の中で彼女は戦おうとする。彼が起き上がって四つん這いになる。手を怪我している。以前の怪我、今ではない別のときの怪我。その手は何か大事なことを物語っている。子供もいる。ダンの子供？　ちがう。その子はダンの父親だ。よくわからない。すべては彼とその子から始まった。わたしはそれを阻止する。彼を止める。それが使命だ。そのためにここにいる。それはわかっている。

ダンのうしろにある死体に注目する。殺したが、まだ食べていない。体は食いちぎられ、捨てられている。血が床一面に広がり、冷たくて、死んでいる。その死体のにおいが彼女の中の記憶を揺さぶる。全部は思い出せない。ただ、フィリップとしか。名前だけが意識に残る。自分にとって大事な人だということはわかる。彼女は彼を大切に思っていた。

もう一度頭を蹴ると、ダンは仰向けにどすんと倒れる。そして立ち上がる。立っていると彼女よりも大きい。

彼が怖い。彼は彼女のことを嫌っている。怖がってもいる。どちらかが死ななければならない。

彼女を捕まえようと伸びてくる彼の手をたたき落とす。何をしているかわかっている。生まれ変わるまえはわかっていた。それで充分だ。体が覚えている。

彼の股間に膝蹴りを食らわす。まえに屈んだ彼の顔にもう一方の膝が直撃する。何かが折れる。全体重をかけて体あたりする。彼を床に押し倒そうとする。

しかし、彼のほうが力がある。抵抗する。彼女は嚙もうとする。彼の耳のまわりで歯を食いしばる。口の中が冷たい。嚙みちぎり、吐き出す。

彼が彼女を張り倒し、上に乗る。重い。逃れようとするが、動けない。

「ちきしょう、このくそアマが」頭が床に打ちつけられる。痛い。彼は彼女を嫌っている。全員を嫌っている。頭がもう一度床に打ちつけられる。頭蓋骨が音を立てて砕ける。

何かが空中で動き、彼女の頭上でうなる。湿った鈍い音が聞こえる。ダンがまばたきし、指から力が抜ける。血。冷たい。死んでいる。彼女の顔に滴《したた》り落ちる。彼はまだまばたきしている。

彼を押しのけ、眼を拭く。

頭は禿げているが、顔に毛の生えた男がいる。彼女はその人を知っている。友達だ。でも、その人は彼女を恐れている。手には消防用の斧を握っていて、斧から血が垂れている。彼女はダンに向き直る。鎖骨のすぐ上の咽喉《のど》に新しい穴がぽっかり開いている。怪我をしているが、それでも彼は強い。

急がないと。彼女は彼の上に乗り、指を咽喉に突っこんで、さっきまではなかった新しい穴を切り裂く。

ダンが悲鳴をあげる。何度も歯を鳴らす。彼の首の中に固くぬるぬるした柱のようなものがあり、彼女はそれをきつく握る。彼は彼女を見つめ、何か言おうとするが、彼女は聞きたくない。膝を彼の首の横に押しあて、柱が折れるまで曲げる。

ダンがぐったりする。

手を離す。顔に毛の生えた男を見上げる。男の額に大きな傷がある。男が泣いているのを見て、彼女は悲しくなる。

ふたりは仲間だ。この人は自分とはちがうけれど、それでも仲間だ。わたしはこの人を愛している。

「ピア?」と男が言う。

そう、それが彼女の名前だ。ピア。名前はピア。以前は人間だった。誰かが名前をつけてくれた。

男の名前も思い出す。そのことを伝えたいのに、唇が言うことをきいてくれない。舌がもつれ、妙な感じがする。「カーーッ……レーー」

男はうなずき、嗚咽《おえつ》する。

首すじに触れてみるが、穴はあいていない。しかし、頭蓋骨は割れていて、砕けた破片同士が皮膚の下でこすれ合う。痛みで視界に稲妻が走る。

子供がふたり、走ってくる。男の子と女の子。まえに見たことがある。彼女は思い出そうとする。女の子は怖がっている。怒ったふりをしている。見ればすぐにわかる。その少女の中に彼女自身を見つける。

女の人もいた。その人の血が彼女を満たしている。血のおかげで痛みは消えたが、空腹はおさまらない。子供たちのにおいにとてもそそられる。

ここから立ち去らなければ。彼らから離れなければ。彼らを傷つけたくない。

ほかの人たちを助けなければならない。

カッレを見る。子供たちの面倒は彼がみてくれる。彼女は階段を指差す。どこに続く階段かは思い出せない。しかし、彼らが向かうべき場所はそこだ。ほかの誰かと一緒に。

「ああ」とカッレは言う。「おれたちはここからいなくなる」

ここからいなくなる。彼女はそのことばを噛みしめる。彼が言っているのは、灰色の光と水のさらに向こうのことだ。

彼女はここから出られない。ほかの人たちを助けなければならない。それが使命だ。そのためにここにいる。

彼女が手を伸ばして顔に触れるとカッレは驚く。やはり彼女を恐れている。彼の頬を撫でる。やわらかい毛が指に触れる。彼が探しているものが見つかることを彼女は願う。彼にとって大切な人が見つかることを。ピンク色の紙のリボンが見える。リボンが手の中でかさかさと音を立てる。カッレはその場にはいなかった。それでも、確かにずっと一緒にいた。

彼女の手がだらりと脇に下がる。

ここから立ち去らなければいけない。子供たちから離れなければいけない。

船内から悲鳴が聞こえる。階段のあたりだ。そこが彼女の行く場所だ。

人々が道をあけ、彼女はそのあいだを通り過ぎる。

外に出ようとする人を助ける。それを阻止しようとする者は殺す。

カッレ

サンデッキには風をよけられる場所はない。救命ボートのまわりに集まってきた人々はみな震えている。カッレはデッキを歩きながら彼らの顔を見る。全部で百人くらいいる。さらに二十人か三十人の集団が彼のあとについてくる。

ヴィンセントはどこにもいない。

カッレはアルビンを抱いている。隣りをルーが走っている。ピアの声が今も耳にこだまする。

〝カーーッ……レーー〟

かなり長いあいだ持ちこたえてきた。正気を保っていられるのは子供たちがいるからだ。この子たちのためにも気丈でいなければならない。それだけだ。ひょっとしたら子供たちが彼を救っているのかもしれない。その逆ではなく。

吊り柱《ダヴィット》のそばにマリソルがいる。救命ボートを水面に降ろすためのロープを引っ張っている乗客数人に大声で指示を出している。それから、次のボートのところに向かう。死人のように真っ青な顔をしているが、断固とした意志が見て取れる。上唇に乾いた血が付着している。清掃員の制服姿のままの女ふたりが必要な人に毛布を配っている。〈ポセイドン〉の給仕係は人々が救命胴衣を装着するのを手伝っている。

カッレは風に吹かれながら三百六十度見まわし、カリスマ号の向こうの海を眺める。陸地は見えないが、少なくともバルト海は穏やかだ。それに、今は明るい。昨夜あれほどのことが起きたにもかかわらず、そのすべてを経て世界は彼らに手を差し伸べている。

カッレはアルビンをデッキに降ろし、子供たちと自分用の毛布を手に取る。幸い、彼らは比較的暖かい服装をしている。

もしうまくいけば、少なくとも何かを成し遂げたことになる。

絶対にやり遂げなければならない。

救命胴衣をめぐって諍いが起こる。〈ポセイドン〉の給仕係が仲裁にはいる。数は充分にあるから大丈夫だとみなを安心させようとする。だが、誰も聞く耳を持たない。ピアがいればほんの数秒で事態を収束させられたのに。カッレはそう思わずにいられない。

カーーッ……レーー。

あのときカッレはほんもののピアを見た。

吸血鬼。

彼女は変身してしまった。それにダン・アペルグレンも。彼は話すことができた。考えることができた。怪物だった。もっとも、今になって思えば、ダンは感染するまえから怪物だったかもしれない。

彼らは吸血鬼だ。実際、そうなのだ。それがわからないのか？

アルビンに母親のことを告げなかったのは正しいことなのかどうか、カッレにはわからない。感染した者に救いはあるのか？　元に戻れるのか？

混乱のさなかで彼が殺した男もそうなのか？

「おれはボートに乗る人を手伝う」カッレはアルビンを毛布で包みながら言う。「きみとルーが確実に最初のボートに乗れるようにする」

アルビンはほとんど反応を示さない。

「ママ！」とルーが叫ぶ。「ママがいる！」

アルビンが初めて顔を上げる。ルーはちょうどサンデッキに出てきた一団のほうに向かって走りだす。肩に掛けていた毛布が風にさらわれて飛んでいく。ブロンドの女が両手を広げ、大きな声で何か言いながらルーのところに走ってくる。

カッレはアルビンの手を取り、ルーのそばまで行く。ルーは母親の抱擁にさらに強く身を委ねる。顔は見えないが、風に混じって声が聞こえる。ふたりとも泣いている。

モルテン

　モルテンはボトルからじかに一口飲む。が、アルコールの味はほとんど感じない。スパに足を踏み入れると、靴の下で割れたガラスが砕ける。塩素とスパイシーなエッセンシャルオイルのかすかな香りがする。店内は静まりかえっている。手前に受付があり、その奥にガラス煉瓦の壁がある。ガラスの向こうに淡い灰色が透けて見える。おそらく反対側に大きな窓があるのだろう。ドアは開いたままだ。モルテンはソファとアームチェアのまえを通り過ぎ、奥へとはいっていく。コーヒーテーブルの上にボウルが置いてあり、中の水にプラスティックでできた造花のピンク色で肉厚の花びらが浮いている。壁ぎわのラックに雑誌が並び、光沢のある表紙の中で数人の女が首をのけぞらせて笑っている。真珠のように真っ白な歯が林檎を齧《かじ》っている。彼女たちの眼が車椅子の横を通り過ぎる彼を追っている気がする。

　奥のほうから水が撥ねる音が聞こえる。

ドアの向こうをのぞくと、広い通路に緑色の細長いすべり止めカーペットが敷いてあり、その先にバスタブがある。縁がタイル四枚分高くなっている。バスタブの奥には絶景を望む床から天井までの大きな窓があり、窓の外に灰色の空を背景にほんのり光るランプの明かりが見える。雲の動きは速く、空を見ていると船が飛んでいるような錯覚を覚える。実際には船はもう動いていないのだが。

「シーラ？」モルテンは妻の名前を呼び、酒をもう一口飲む。「ここにいるのか？」

モルテンは中にはいる。靴底がビニールのカーペットにこすれて小さな音を立てる。更衣室、サウナ、マッサージベッドが置かれたガラス張りのトリートメントルームのまえを次々通り過ぎる。窓の向こうに船首デッキが姿を現わす。死体が山積みになっている。矢車草に似た青いウィンドブレーカーを来た男が床に肘をつき、這っている。

モルテンはまた一口酒を飲む。「シーラ？」妻の名を呼ぶ。「どこにいる？」

彼の酔っぱらった声が室内に反響する。いまだかつてこれほど孤独を感じたことはない。大きなバスタブの縁から水がこぼれる。ほのかにピンク色をしている。モルテンはどうにか一歩近づき、バスタブの中をのぞきこむ。赤いすじが何本か見えるが、誰もいない。

「シーラ？」

何か濡れたものが床の上で動いたのが音でわかる。

母さん。母さんがとうとう迎えにきた。

バスタブの向こう側で手が空中を探り、バスタブの縁をつかむ。シーラの横顔が水面に映り、水の揺れでゆがむ。顔を正面に向け、うつろな眼で彼をじっと見る。首がぽきぽきと音を立てる。ショートカットの髪から水滴が落ち、彼女の顔面に着地する。シーラはバスタブの縁に寄りかかり、窓のまえに立つ。濡れたセーターが華奢な体にまとわりついている。濡れたスカートの下にくっきりと足の形が見え、モルテンは眼が離せなくなる。長いあいだ使われることのなかった彼女の足はとても細い。左右の太腿のあいだに隙間があり、膝だけがやけに大きく見える。

シーラはスカートの水を跳ねさせながら彼に一歩近づく。つまずくが、倒れはしない。さらに一歩歩く。

どうして？

彼女の顔が苦痛にゆがむ。見たことのない表情だ。妻はいつも辛さを顔に出すまいとしていた。クソみたいに気丈に振る舞っていた。が、今はそのことに気づいてすらいないようだ。彼女は何も気にかけていない。モルテンのことをのぞいては。

あのうつろな眼には何が見えているのか？

「シーラ？」モルテンは声をかける。

シーラがさらに一歩近づいてくる。ハサミのような音を立てて歯を鳴らす。モルテンの手から酒のボトルが落ちる。すべり止めのカーペットの上に落下し、大きな音をさせながらカーペットの縁を越えてタイル張りの床まで転がる。

シーラが首を傾け、わけがわからないといった様子でボトルを見る。

船内放送では嚙まれると感染すると言っていた。

妻は感染している。病気にかかっている。それなのに、どういうわけか歩いている。そんなことがありえるのか？　何もかもが本来あるべき姿ではない。それでも、彼のこれまでの人生がすべてこの瞬間につながっている気がする。

シーラが手を伸ばす。モルテンはその細い腕をつかみ、彼女を揺さぶる。彼女の顔が前後にぐらつき、首が軋《きし》むような音を立てる。モルテンは声をかぎりに叫び、彼女を思いきり突き飛ばす。シーラはうしろによろけて転び、危うくバスタブの縁に頭をぶつけそうになる。

モルテンの体が軽くなる。これまでずっと背負ってきた重荷をすべてかなぐり捨てた気分になる。おれはここを出ていく。救命ボートのところに行って、アッベを捜す。

アッベをひとりじめにする。

モルテンはガラス煉瓦の壁の方向に走りだす。背後でシーラが立ち上がり、水が撥ねる音が聞こえる。引き裂くようにしてドアを開け、受付に出る。

薄暗い部屋は彼らであふれかえっている。割れたガラスを踏み、彼に近づいてくる。彼らの歯が鳴る。通路からもさらに大勢集まってくる。どこにも逃げ場がない。

床に水が撥ねる。車椅子のバッテリー残量を示すランプはもう消えているが、シーラにはもはや車椅子は必要ない。

シーラは夫の首に腕をまわし、体を押しつける。モルテンのTシャツが濡れて冷たくなる。彼女の唇が首すじに触れ、モルテンはその下にある歯を肌で感じる。

アルビン

海は灰色で波が高く、まるで石でできているみたいだ。最初の救命ボートはすでに降ろされ、水面で穏やかに揺れている。

リンダおばさんはまだ泣いている。ルーとアルビンをしっかり抱きしめているが、三人とも救命胴衣を着ているので体は触れていない。

「さあ、アッベ」リンダおばさんが立ち上がって言う。「もう時間よ」

アルビンは首を振る。彼らの眼のまえで別のボートが吊り柱《ダヴィット》に吊り上げられている。オレンジ色のドーム型の船内にはすでに人が乗っている。電話をかけようとしている人もいるが、誰の携帯電話にも電波は届いていない。マリソルはボートに乗りこむ人にひとりずつ嚙まれていないか確認しているが、もし嘘をついている人がいたら、どうやって見抜くのだろう?

「アッベ」とルーが言う。「もう行かなきゃ」

昨夜、救命ボートに乗ろうとルーがアルビンを説得したときとそっくりの状況だ。それもあって、アルビンの決意はいっそうかたまり、頑《かたく》なに首を振る。「母さんと一緒じゃなきゃ行かない」とアルビンは言う。「それにカッレも一緒じゃなきゃ嫌だ」

カッレはアルビンの隣りでしゃがみ、眼を合わせて言う。「おれはここでボーイフレンドを待つ。あと少しだけ。きみはこのボートに乗るんだ」

「そのあとは？」とアルビンは訊く。「そのあとはどうなるの？」

「夜までにシーラとモルテンが見つからなかったら、一緒にエスキルストゥーナに帰りましょう」とリンダおばさんが言う。「そこで連絡を待ちましょう」

「もし連絡がなかったら？」

「そのときはずっとうちにいればいい」とおばさんは言う。「きっと乗り越えられる。ね、お願い、アッベ。もう行きましょう」

アルビンは口を引き結ぶ。カッレとリンダが顔を見合わせる。それからカッレはマリソルを呼び、この船の最後の空席に乗るように告げる。アルビンたちは次のボートを待つ。

髪を赤く染め、縞模様のセーターを着た老婦人が近づいてくる。アルビンはその人を見上げる。いい人そうに見えるが、顔をこわばらせている。

「ちょっと失礼」と女の人は言う。「あなたがカッレ？」

「そうだけど?」とカッレは答え、立ち上がる。

「指輪が見えたものだから」と老婦人は言う、「きっと……きっとそうだと思って」

視界で白いものが動き、アルビンは振り向いてそちらを見る。カモメだ。翼を羽ばたかせ、嘴《くちばし》を開けてひと声鳴く。

カモメが飛んでいるということは、フィンランドまではそれほど遠くないということだ。少なくとも、アルビンはその考えが正しいと思っている。カモメがこんなに美しい生きものだなんて思ってもみなかった。獲物を取るのに最適な角度できれいな弧を描く嘴。濃い羽毛が織りなす翼のきれいなライン。

「知ってた?」とアルビンはルーに言う。「昔の人はカモメを死んだ船乗りの魂だと考えていたんだ」

カモメがアルビンのすぐそばの手すりにとまり、まっすぐに彼を見て首をかしげる。風で羽根が乱れる。カモメはまた嘴を開く。

背後でカッレが泣きだす。ずっと捜していた人のことと関係があるのだろう。アルビンにもそのことがわかる。

「ごめんなさい」老婦人がカッレに言っている。「ほんとうに、ほんとうにごめんなさい」

アルビンは手を伸ばし、カモメに触ろうとする。が、カモメは最後にもうひと声鳴いて飛び去る。

「全部お話しするわ」と老婦人がカッレに言う。「船を降りたらすぐに」

アルビンはカッレのほうを向く。

老婦人がカッレの手を握り、カッレと一緒に泣いている。「彼はあなたをとても愛してた」

さっきのカモメが誰だったのかアルビンにはわかる。それをみんなに伝えたい。けれど、カッレはすぐには理解できないかもしれない。あとで話すことにしよう。

そろそろ船を降りる時間だ。

バルティック・カリスマ号

黒髪の女はガソリンで濡れた床に坐り、息子の亡骸を抱きしめている。息子は腕の中でほとんど消えてしまいそうだ。その体はとても小さく感じられ、彼女のかわいい坊やが戻ってきた気がする。眼を閉じてガソリンのにおいを意識の外に追いやると、今にも眼に浮かぶようだ。世紀の変わり目のあの日の光景が。腕の中で眠りにつく息子の姿が。そう、永遠の眠りに。彼女はしかたなく眼を開け、揺らめく煙越しに生まれ変わった者たちを見る。そして、カーディガンのポケットからライターを取り出す。ライターの蓋が小さなクリック音とともに開く。

もう時間がない。しかし、彼女は自分がしようとしていることが怖くてたまらない。想像していたよりもずっと恐ろしい。すでに船から脱出した人が何人かいたとしても、感染していないかぎりは問題ない。そう自分に言い聞かせる。たとえその人たちが動画や写真を持っているとしても心配することはない。わけもわからず暴力的に振る舞う人たちの様子が世界に拡散されるだけだ。生まれ変わった者たちがこの世から消えてしまえば、誰も真実を信じようとはしない。

人間は自分たちの世界観に都合のいい解釈を見つけるのが得意だ。これまでもずっとそうしてきた。彼女の目論見どおりにことが進めば、今回もきっとそうなる。とはいえ、ひとたびガソリンに火をつけたら、そのあとどうなるか確信はない。あとは祈るしかない。

女は息子をきつく抱きしめ、うなじのにおいを嗅ぐ。死のにおいしかしない。いい思い出を思い浮かべようとする。第一次世界大戦まえのロシアで過ごした寒い夜。一九五〇年代、禁じられた冒険を求め、こぞってリヴィエラに向かった美しく貧しいティーンエイジャーたち。新たな世紀の幕開けを祝う花火を見ながら、そのまえの世紀の夜明けを思い出していたこと。女は息子の丸々とした頰にキスする。あちら側の世界でもまた出会えるだろうか？　降霊術士たちは死後の世界は絶対にあると信じている。だが、彼女も息子もすでに生と死の境界を一度越えている。もう一度越えたら、どうなるのか？

彼女の親指の下でライターの小さな歯車が回転し、火花を散らす。明るく澄んだ火がつく。彼女はまた眼を閉じ、ライターを床に放り投げる。命を吹きこまれたように炎が燃え上がる。熱を感じる。生まれ変わった者たちはパニックになって悲鳴をあげる。それでも彼女は息子をしっかり抱きかかえている。やがて炎がふたりを溶かし、ひとつになれる。

ガソリンが染みこんだ彼女の服に火がつき、一気に肌まで到達する。耐えがたい痛みに襲われる。だが、それもすぐに終わる。焦げた肉体のにおいがあたりに充満する。生まれ変わった者たちの悲鳴がいっそう悲痛に、より大きくなる。それでも彼女は口も眼もかたく閉じたままでいる。

火はフィンランドのナンバープレートを付けたトラックにも引火する。アダムの最初の被害者のひとりはこのトラックの運転手だった。トラックには運送業者が絶対に申告しない可燃性のアセチレンガスの容器が積まれている。運転手のオッリはその事実を知らされておらず、乗船時に誰も積み荷を確認しなかった。

爆発でカリスマ号が揺れる。壁にも床にも天井にもその振動が伝わる。爆発の衝撃で整備が不十分な船体に穴が開き、その穴が広がって水面下にまで達する。海水が船内に流れ込む。

火は車両甲板全体に広がる。プラスティックが溶け、窓が粉々に砕ける。大型バスのカーテンを焼き尽くし、生まれ変わった者たちの口の中まで燃え広がる。地獄の業火に対してはスプリンクラーも無力だ。炎は穴のあいていないガソリンタンクと黒髪の女が乗ってきたキャンピングカーの液化石油ガス《LPG》の容器にも引火する。車両甲板は鼻をつく濃い煙で満たされる。

炎の熱で女の肌が裂け、その下の肉体が焼け、煮えたぎる。息子の靴底のゴムが溶けていく。

爆発の直後、サンデッキは一瞬沈黙に包まれた。今は全員が恐怖の雄叫《おたけ》びをあげている。船内にさらに水が入り込む。デッキ2は完全に浸水し、ヴィンセントの死体が床から浮き上がる。

船室に残っていた人々は爆発の音を聞き、揺れを感じて部屋を飛び出す。われ先にと争うように階段に詰めかける。足もとの床がほとんど気づかないくらい傾き、バランスを取ろうとする。〈カリスマ・スターライト〉では、バーの棚からボトルが落ちる。マイクスタンドがステージの端で倒れ、グラスがテーブルからすべり落ちる。免税店では香水のボトルと大袋入りのキャンディが棚から落ちる。

カリスマ号の船体が傾き、さらに多くの海水が船内に侵入する。大量の水が船内に入り込み、船体がいっそう傾く。

人々はよろけ、壁にもたれてできるだけ体を支えようとする。死体がカーペットの上を転がり、デッキを横断し、海に放り出される。階段で真鍮の手すりにしがみついている人がいる。転ぶ人もいる。パニックになった乗客が人を押し倒して先を急ぎ、上にのぼり、外に出ようとする。

マッデ

「急いで！」とマリアンヌが大声を出す。救命ボートは船体の左右にあり、彼女はすでに一方の最後のボートに乗りこんでいる。何枚もの毛布を巻いたステラをしっかり抱きしめている。ボートの底はカリスマ号の船体にあたっていて、海に降りるには船体の急斜面をすべり落ちるしかない。着水したときにボートが転覆しないことを祈るよりほかない。

マッデはデッキの手すりにしがみついている。反対側の手すりには、どうにかして船の外に出てきた人たちが押し寄せ、大きな集団ができている。ある人は傾いてすべりやすくなった斜面を必死で駆け上がろうとする。また、ある人は見つけた救命胴衣を身につけて手すりを乗り越え、海に飛びこむ。船がこちら側に傾いたとき、彼らが船体の下敷きにならないことをマッデはひたすら祈る。

救命ボートにはマッデが乗りこむスペースはほぼないが、カッレが手を差し伸べる。彼の指で指輪がかすかに輝く。ヴィンセントが左手につけていたのとお揃いの指輪だ。

マッデはボートのへりにまたがり、外周にめぐらされたロープに足を突っこんで投げ出されないように用心しつつ、必死でカッレにしがみつく。

うなずいて合図を送ると、〈カリスマ・スターライト〉のバーテンダーの女性がボートを吊り上げていたロープを切る。ボートがすべりだす。ボートの中は静まりかえっている。猛スピードで迫り来るカリスマ号の船体のへりとその下の鋼鉄のような灰色の海を見つめながら、マッデは必死で体勢を保つ。どのくらい落差があるのかわからない。ボートが宙に浮く。マッデは眼を閉じる。胃がひっくり返る。肩にかけていた毛布が風で吹き飛ばされる。

ボートの底が水面を打つ。マッデの体がボートのへりから飛び上がり、空中に投げ出される。足首に激痛が走る。気づくといきなり海の中にいて、ショックのあまり全身の機能が麻痺する。耳鳴りがする。真っ暗で、とても冷たい。すぐに顔が痺れてくる。マッデは眼と口をかたく閉じ、泳ごうとする。だが、どっちが上でどっちが下なのかすらわからない。

ようやく、やっとの思いで水面から顔を出す。ほかのボートから悲鳴が聞こえる。背後でカリスマ号がため息みたいに空気を吐き出し、軋《きし》む。眼のまえに浮かんでいるスーツケースを押しやる。それほど遠くないところに救命胴衣が浮いている。マリアンヌが彼女に向かってなにやら叫んでいるが、なんと言っているのか聞き取れない。

足の痛みをこらえて懸命に泳ごうとするものの、ゆるやかな波のうねりにはばまれてどこにも進めない。ボートでは誰かがパドルを漕ぎはじめる。あたしを助けにこようとしているのか、それとも見捨てて逃げようとしているのか？

凍え死ぬまであと何分持ちこたえられるだろう？

マッデは混乱した頭で周囲を見まわす。カリスマ号の船体はさらに大きく傾き、巨大な船倉があらわになっている。

足をすばやく動かしても何度も頭まで沈んでしまい、大量の水を飲み込む。カリスマ号から離れることができない。どうしても引き寄せられる。船が沈没するときは、そのまわりに渦ができるという話をぼんやりと思い出す。息があがる。冷たい海水のせいで足首の感覚が麻痺し、ずきずきとした痛みはもはや鈍くしか感じられない。肺が爆発しそうだ。

が、ボートは彼女に近づいてきている。

カッレがボートから身を乗り出し、パドルを彼女のほうに差し出す。

指がすべってうまくつかめない。宙で手をばたばたと動かすが、パドルに手が届かない。

足首に何かが触れる。冷たい指が肌をかすめる。

怪我をしていないほうの足をうしろに蹴りだすと、爪先のあいだを絹のようになめらかな髪が通り抜ける。彼らの仲間だ。

マッデは悲鳴をあげる。水面下で鳴っているであろう歯が肌に触れるのを恐れて、もう一度蹴る。

またしても指が触れる感触がある。彼女の足首をつかみ、水中へ引きずりこもうとしている。

叫ぼうとすると口の中に水があふれる。

あの人たちは呼吸してなかった。呼吸する必要がない。だから水中にいても問題ない。すべる手からどうにか足を引き抜き、水面に顔を出す。が、いつまたつかまれるかわからない。マッデは咳きこみ、空気を求めて喘《あえ》ぐ。

あの人たちには空気は要らない。

ボートに乗っている人たちが今度は手を伸ばして彼女を救出しようとする。力強い手が彼女の腕をつかみ、脇の下から抱えこんで、引っ張りあげる。マッデは足で大きく水を蹴り、みずからも這い上がろうとする。背後で大きなしぶきがあがり、マッデの背中に冷たい水滴が撥ねる。ボートのへりまでが遠い。かなり高い位置にある。水中の手がかかとに触れ、マッデは叫ぶ。膝を引き寄せ、怪我をしていないほうの足をロープに絡ませようとする。力強い手が彼女を引き上げ、マッデはようやくボートの上に膝をつく。

「傷はついてない?」とマッデは大声で聞く。「嚙まれてない? 感覚が麻痺して自分ではわからない。嚙まれてない?」

乗客の数人ができるだけ彼女から離れようと急いで移動したせいでボートが傾く。〈カリスマ・スターライト〉のバーテンダーの女性が動かないようにと指示し、ボートはどうにか均衡を保つ。

マッデは咳きこんで水を吐き出す。マリアンヌが彼女の脚と足の裏を確認し、見るかぎり嚙み痕はないと言う。

マッデは水面を見おろす。姿こそ見えないが、彼らはそこにいる。海の中にいる。ボートによじ登ってくることはあるだろうか?

「あの人たちは呼吸しない」とマッデは言う。「水の中にいても空気は要らない」

バルティック・カリスマ号

生まれ変わった者たちは水中で水を蹴り、もがいている。しかし、すばやく動くことができず、浮いていられない。開いた口から水が流れこんで体が重くなり、さらなる深みへと沈んでいく。

カリスマ号の船体は完全に横転している。すでに日は昇り、上を向いている左舷の窓が日光を反射して輝いている。一方、右舷の窓は水深数十メートルほどの水中にあり、窓の外には水のほかは何もない。海中を死体が流れていく。中には眼を開け、外を見る者を見つめ返す者もいる。壁が床になり、床が壁になる。あらゆるものが横転している。それでも、何人かは船室から這い上がり、出口を探そうと奮闘する。

黒髪の女とその息子は完全に灰と骨だけになり、車両甲板に流れこんだ水に溶けて漂っている。

船内の水位はどんどん増し、通路は完全に浸水している。

厨房《ギャレー》の戸棚の戸が大きく開き、中身が外に吐き出されている。〈ポセイドン〉ではグラスと白布のテーブルクロスと椅子が浮かび、水の流れに乗って回転している。〈カリスマ・ビュッフェ〉の料理が並んでいた長いテーブルは軒並み横倒しになり、入口をふさいでいる。

発電設備が水没して非常用電源が機能しなくなり、船内の明かりはすべて消える。腹に包丁が刺さった男のまわりでガウンがうねっている。男はデッキ5の階段を埋め尽くした水に浮いている。その眼は開いている。

一生カリスマ号で暮らしたいと常々《つねづね》話していた女の望みは成就する。女はデッキ8で横倒しになったアーケードゲームの下敷きになっている。徐々にかさを増す水に嚙みついている。

カリスマ号の外では海に投げ出された人々が必死に叫んでいる。最後の救命ボートに乗りこんだ者たちは誰も何も言わない。ボートは満員で、たとえあとひとりでも助けようとすれば、乗っている全員の命が危険にさらされることになる。それがわかっているからだ。

マッデはカリスマ号を見つめ、ザンドラとヴィンセントは今頃どこにいるのだろうと考える。ほかの救命ボートから悲鳴と水が撥ねる大きな音が聞こえる。彼らのひとりが水面に浮かび上がり、ボートのへりをつかんでいる。その男の鋭い歯がへりに食いこみ、ゴムボートに穴が開く。船上の人たちはパドルで男を殴っているが、マッデはそれ以上見ていられず眼をそらす。

マリアンヌは震えている。寒さのためだけではない。緊張の糸が切れ、激しい痙攣が彼女の体を襲う。ステラのためにもどうにか震えを止めようとする。ステラは彼女の腕の中で体を丸め、親指をしゃぶっている。マリアンヌはボートの反対側でパドルを漕ぐカッレを見る。彼と眼が合い、ヴィンセントが彼女の命を救ってくれたことをちゃんと伝えなければとあらためて思う。彼はヒーローだったと。

カッレは眼をそらし、カリスマ号を眺める。舳先《へさき》が上を向き、水面から突き出ている。船が沈没すれば、近くにあるものも巻き添えになって一緒に水中に引きずりこまれる。カッレとマリソルはさらに力をこめてパドルを漕ぐ。腕は疲れ、額の傷が痛むが、それでも体を動かしていると気分がいい。若い男がいきなり横を向いて吐く。「おれは病気じゃない」と男は慌てて言い、口を拭く。「酔ってるだけだ」

女がロシア語で毒づく。カッレは吐いた男の様子を観察する。いろいろな考えが頭の中を駆けめぐる。計画的に行動する必要がある。誰が救助に来てくれるにしろ、情報をきちんと伝えなければならない。船内の人々を見まわす。リンダは子供たちを腕に抱き、頭のてっぺんにキスをあびせている。別のボートに乗っている女は寝てしまわないように歌を歌っている。災害時に生き延びるのは自分のことを最優先に考える人だ。カッレはずっとそう言われてきた。しかし、それは必ずしも真実とは言えないのではないか。もう一度マリアンヌのほうを見る。自分も震えているのに、自分の毛布でマッデをくるんでいる。ただそれだけの何気ない行動だが、そこにはたくさんのやさしさが詰まっている。ヴィンセントが彼女と一緒にいてくれてよかった。ふとそんな思いがこみ上げる。ヴィンセントは死んだ。カッレはそのことを考えてみる。ヴィンセントはもういない。いなくなってしまった。とても信じられそうにない。カッレが知る中で誰よりも生き生きしていたヴィンセントがもうこの世にいないなんて、想像するだけでも馬鹿げている気がしてならない。それでも、ヴィンセントには死んでいてほしいと思う。生まれ変わって彼らの仲間になるくらいなら。そのほうがまだ救われる。

アルビンは冷え冷えとした太陽のまぶしさに顔をしかめる。海に落ちた人がひとり、またひとりと死んで、悲鳴がだんだん聞こえなくなる。今はただ眠りたい。リンダおばさんが彼のことを心配している。何か言っては、ますます心配を募《つの》らせている。今は、父さんと母さんはきっと大丈夫だと言っている。今頃はアルビンのことをとても心配しているにちがいない。すぐにまた会える。そう言っている。けれどアルビンはそのことばに集中できない。まるで意味がないとわかっているから。瞼《まぶた》が閉じる。疲労が全身に広がり、暖かくなる。「寝ちゃだめよ、アッベ、わかった?」リンダおばさんの声がして、アルビンはうらめしそうにおばさんの顔を見る。「寝ちゃだめよ、アッベ。今、寝たら凍えて死んでしまう」

おばさんの言うとおりだ。わかってはいるが、それでも眠りに引きこまれる。体の下でボートが揺れている。パドルが水中に浸《つ》かる音が心地いい。

横顔にルーの息を感じる。「ずっと考えてたんだけど、酔っぱらいの血を飲んだら吸血鬼も酔っぱらうはずだと思わない?」

アルビンはまた眼を開ける。ルーのことばに興味をかき立てられる。「そうだね」とアルビンは言う。「確かにおかしい」

そのときになって、空から低いエンジン音が聞こえているのに気づく。ヘリコプターだ。まだかなり遠い。空耳かもしれないと思ったが、ほかの人たちも空を見上げて眼を凝《こ》らしている。アルビンはもっとよく聞こえるように眼を閉じる。またしても疲労で体が重くなる。重くて、暖かくなる。もう寒さは感じない。

「おかしくはない」とマッデが言う。「どんなに酔っぱらっても、血液中のアルコール濃度は、アルコール分が低いお酒と同じくらいにしかならないから。その程度じゃ酔わない」

アルビンはマッデに見覚えがある。ターミナルビルにいた人だ。震えていて、唇がブルーベリーを食べたあとみたいに紫色になっている。あのときピーナッツを胸の谷間に落とした友達の姿は見あたらない。

「飲むならお酒じゃなくて血にかぎるよね」とアルビンは言う。

近くにいる人たちが彼らをじっと見る。

「ブラッドソーセージ（豚の血がはいっているソーセージ）は食べるけど」とルーが言う。「あれって、かさぶたと同じみたいなものだよね」

さっき吐いた男がふたりを睨《にら》みつける。アルビンは小さく笑う。

「はい、そこまで」リンダおばさんはそう言うが、アルビンにわからないようにルーに感謝の眼差しを向ける。

ヘリコプターの音が大きくなる。地平線上に最初の一機が姿を現わす。

カリスマ号は舳先がまっすぐ上を向き、塔のような恰好になっている。朝の淡い光を浴びながら、少しずつ沈んでいく。船長の帽子をかぶり、パイプをくわえた白い鳥がちょうど水面の上にはっきり見える。

カリスマ号から充分離れた安全な場所まで来ると、マリソルはパドルをボート内に引き上げ、痛む腕を休める。頭がひどく痛み、水筒を持ってくればよかったと思う。痛みは口蓋《こうがい》にまで伝わる。唇を舐《な》めると、上唇について乾燥した血の味がする。気持ち悪い。もう一度舐める。お腹の中の新しい生命が血を欲している気がする。もっと欲しがっている。

カリスマ号に入り込んだ水が船内で渦を巻く。壁がゆがんで壊れ、窓が割れ、スーツケースや洋服や歯ブラシが船室の外まで吸い上げられ、階段や通路に転がっていた死体を巻き上げる。

残った空気が大きなため息のように押し出される。船が恐ろしい声をあげながら最後の空気を吐き出す。

ピアはもはや抵抗できない。水の流れに引きこまれて沈んでいく。まるでスカイダイビングをしているみたいだ。冷たい水が鼻と口にはいり、胃の中まで流れこむ。頭上の水に斜めに射しこむ朝日を見て思う。きれい。闇の中に沈みたくない。消えたくない。迫りくる船の姿がぼんやりと見える。巨大な海の怪獣のようだ。足で水を蹴ると、死体にあたる。彼女と同じ仲間も何人かいる。みんな沈んでいく。彼女も彼らと一緒に闇の中に沈んでいく。

最初に感染した男が水没した独房で壁を引っかく。隣りの独房にいた女と男たちはもう溺れたが、彼はその幸運にはあずかれなかった。

生まれ変わった者たちが数人、すでに海底を這っている。眼を開き、ハサミのように歯を鳴らしている。ここは何もかもがちがう。真っ暗だ。音もにおいも海の上とはちがって感じられる。それでも彼らを導くには充分だ。彼らは陸地をめざし、這って進む。

ゆっくりと。断固とした意志を持って。

謝辞

子供は村ぐるみで育てるものだとよく言う。本書もまさに周囲の人々の協力なくして完成することはなかった。わたしの質問に答え、原稿を読んでさまざまな専門分野の立場から意見を述べてくれただけでなく、クルーズ船と一緒に沈んでしまいそうになっていたわたしを励ましてくれた友人たちはもとより、会ったことはないが助けてくれた人たちに感謝する。アンナ・アンデション、キム・W・アンデション、ルドヴィック・アンデション、オーサ・アヴディッチ、ヘレナ・ダールグレン、ギッテ・エクダール、モンス・エレニウス、マリア・エルネスタム、ヴァルグ・ジランダー、エマ・ハンフォット、リカルド・ヘンリー、カール・ヨハンソン、イェニー・ヤーゲルフェルト、ウルフ・カールソン、フレドリク・カールストロム、オーサ・ラーション、パトリック・ルンドベリ、イェニー・ミレフスキ、エリアス・パルム、アレクサンダー・ローンベルク、ミア・スキマーストランド、グスタフ・テグビー、マリア・ターチャニノフ、エリザベス・イストナスの各氏に感謝したい。

バルティック・カリスマ号で旅した一年半は、いい意味でも悪い意味でもわたしの人生においてもっとも濃密な時間だった。レヴァン・アキン、サラ・B・エルフグリエン、アンナ・トゥンマン・スコルドはわたしにとってまさに救命ボートのような存在だった。また、最初に原稿を読み、わたしのクルーズ旅行に同行し（「ソーセージのにおいがするのはきみのほうじゃないか？」）、わたしのイメージどおりの装丁をデザインしてくれたパール・オーランダーにも感謝する。ほかにも、お礼を伝えたい人の名前をすべてあげていくと一冊の本になりそうなほどだ。

最高の友人であり、血塗られた通路のイラストをデザインしてくれたコンセプトアーティストのキム・ピーターソンにも謝意を表する。

ソファで執筆することを許し、いつもコーヒーとおいしい食べものを用意してくれた父さん、ありがとう。

それから、ヨハン・エン、もちろんきみにも感謝している。一年半のあいだ、クルーズ船の通路と登場人物たちのことでいつも頭がいっぱいだったわたしを見捨てずにいてくれてありがとう。きみと結婚したことは、まちがいなくわたしの人生における最高の選択だった。

本書のための調査でも大勢の人にお世話になった。馬鹿馬鹿しい質問にも辛抱強くつき合い、答がわからないときにはいろいろと調べてくれた。わたしが無知で、質問することすらできなかったことについて教示してくれたこともあった。彼らは原稿にも綿密に目をとおし、あやまりがないか確認までしてくれた。クルーズ船内の社会構造について多岐にわたって見識を授けてくれたマチルダ・チュードル、技術的なことについて教えてくれたスヴェン・バーティル・カールションをはじめ、匿名を希望する多くの人々に感謝する。なお、本書の事実関係にまちがいがある場合、意図したものかどうかにかかわらず、それらはひとえに著者の責任によるものであることを申し添えておく。今後、またクルーズ船に乗ることがあったら、わたしが実際に話を聞いた人たちが携わる船に乗るのが一番安心だということもお伝えしておく。

本書の発行人のスザンナ・ロマヌス、わたしがこの血塗られたクルーズ船《ブラッド・クルーズ》でどこをめざしているか理解し、そこに到達できるように支えてくれた編集者のフレドリク・アンデションにも感謝する。

レナ・スターンストロムをはじめ、わたしの船が座礁しかけたときに救命胴衣となってくれたグランド・エージェンシーのみなさんにも謝意を表する。

解説

幻想文学研究家・翻訳家
風間賢二

かつて韓国ホラー映画にハマっていた時期があった。現在の時間泥棒は北欧ホラー映画だ。

たとえば、『テルマ』（ノルウェー）、『ハッチング―孵化―』（フィンランド）、『ハウス・ジャック・ビルト』（デンマーク）、『LAMB／ラム』（アイスランド）など。だが、なかでも突出している国は、『フロストバイト』や『ぼくのエリ　200歳の少女』、『ボーダー　二つの世界』、そして『ミッドサマー』を産出しているスウェーデンである。

そのスウェーデンと言えば、もはや単なるブームを通り越し、わが国の読書界でも確実に根付いた北欧ミステリ／サスペンスの代表的な国でもある。なにしろ、ブームの火付け役スティーグ・ラーソンの『ミレニアム』誕生の地である。ほかにも、ラーシュ・ケプレル『催眠』やヨハン・テオリン『冬の灯台が語るとき』、アンデシュ・ルースルンド&ベリエ・ヘルストレム『制裁』など傑作を数多く輩出している。

では、今日のホラー小説は？　残念ながらこれまでのところ、ヨン・アイヴィデ・リンドクヴィストの長篇『MORSE―モールス―』と短篇集『ボーダー　二つの世界』（以上早川書房刊）しか紹介されていない（たぶん）。そもそも北欧ホラー小説の現状がわからない。自分に各国の言語リテラシーがないからだ。

ミステリ／サスペンス／スリラーの優れた作品が創作されているのだから、隣接する分野のホラーにも傑作があるはずだ、と常日頃考えていたところ、ついに本書『ブラッド・クルーズ』（*Färjan*〔二〇一五〕）が翻訳された。

作者のマッツ・ストランベリは、リンドクヴィストと同じスウェーデンの作家。わが国初紹介！　と思ったら、寡聞にして知らなかったのだが、ストランベリにはすでに日本語になっている作品があった。二〇一四年にイースト・プレス社から翻訳刊行された『ザ・サークル　選ばれし者たち』である。ただし単著ではなく、サラ・B・エルフグリエンとの合作。しかも、ヤング・アダルト向けで、魔法の力を持つ六人の女子高生をメインキャラにした学園ファンタジーもの。まあ、わが国で言えばラノベ。

しかし、学園ものとはいえ、日本とは異なるお国柄のスウェーデンなので、セックスやドラッグ、虐待など、けっこうシビアな問題が扱われている。一説には、『ツイン・ピークス』＋『スーパーナチュラル』＋『バフィー～恋する十字架～』のような作品らしい。ともあれ、その『ザ・サークル』シリーズは、本国では若者に大人気で〈ハリポタ〉にも比肩する社会現象になったほど。当然、ベストセラーになって映画化もされている（日本未公開）。共同執筆とはいえ、デビューしてまもない作家としては早々に大成功を収めたストランベリの経歴を、まずは紹介しておこう。

一九七六年生まれのマッツ・ストランベリは、スウェーデンの小さな工業都市ファーガシュタで育った。十六歳で単身ストックホルムに移り住み、ジャーナリストとして新聞、雑誌、テレビ、ソーシャルメディアの分野で活躍。そしてコラムニスト・オブ・ザ・イヤーを受賞している。二〇〇五年から二〇一三年まで、スウェーデン最大の新聞アフトンブラーデットで毎週コラムを執筆した。その後、若い女性を主人公にした *Jaktsäsong*（二〇〇六）で小説家デビュー。

しかし、かれが商業的にブレイクしたのは二〇一一年のこと。先に触れたサラ・B・エルフグリエンとの共著『ザ・サークル』のおかげである。小さな工業都市に住む十代の魔女たちが世界を終末から救うために選ばれるという壮大な物語は、今日では〈エンゲルスフォルス〉三部作――『ザ・ファイヤー』（*Eld*〔二〇一三〕）――として知られ、批評的にもセールス的にも瞬く間に成功を収めた。二十五カ国語以上に翻訳され、二〇一五年には世界的に有名なポップ・グループABBAのメンバーのベニー・アンデションとルドヴィグ・アンデション親子がプロデュースした映画版が公開された。

その二〇一五年、いわば〈時の輪〉が一巡《ひとめぐ》りし、円環が閉じられた。そもそもストランベリが本と恋に落ちるきっかけとなったジャンル――ホラー小説に戻ってきたのである。その成果が本書『ブラッド・クルーズ』だ。

ここで、ストランベリが自ら〝海上のスティーヴン・キング〟と呼ぶ本書の内容を紹介しておこう。

一年じゅう毎晩、大型客船（二千人収容可能）バルティック・カリスマ号はスウェーデンからフィンランドまで乗客を運び、また戻ってくる。ただ往来するだけの二十四時間の船旅。乗客は行き先のフィンランドに上陸するわけではない。バルト海という無人の航路で、食べて、飲んで、踊って、酒を酌み交わし、気が合った見知らぬ相手と一夜限りのセックスをすることだけが目的のクルーズだ。

十一月上旬、バルティック・カリスマ号は、千二百人のクルーズ客を乗せて酒に溺れる航海に出る。すでに乗り込んだ乱交パーティ参加者たちの大多数がバーに直行したり、免税店で酒を買い漁ったりしている。

アルビン少年（六年生）は、車椅子生活の母親とアルコール依存症の父親に連れられてクルーズに参加しているが、あまり気乗りしない。だが、悪いことばかりではない。いとこのルーも参加することになっているからだ。彼女とは親友だった。久しぶりの再会に、アルビンの胸の内は期待と不安に揺れる。女の子は男の子より成長が早い。案の定、遅れてやってきたルーは変わっている。身体は大人びて、口は皮肉屋で、しかも美人になっていた！

六十代の孤独なマリアンヌは初めてのクルーズを体験している。堅実な医療秘書のマリアンヌらしくない軽率で突発的な決断だった。残り少ない人生、わたしだってはっちゃけて楽しんでもいいでしょ？　だが、彼女は自分がなにかミスを犯しているような気がして落ち着かない。そんな彼女に見知らぬ男がナンパをしかけてくる。

マッデとザンドラもいる。バルティック・カリスマ号の酒盛りパーティの常連で、毎年大酒とノンストップ・ダンスの夜を乗り越えてきた中年女性二人組だ。そして今夜は、客船のカラオケ・バーでいつものように司会をしているユーロヴィジョンのスター、ダン・アペルグレンの目に留まって濃厚な一夜を過ごすことになるかもしれない、と思っている。

もちろん、バルティック・カリスマ号の裏方もたくさんいる。女性のピアは警備員。いつも酔っ払って放蕩している客を取り締まり、船内の秩序を保つのは簡単なことではない。その警備班はたったの四人。最悪の犯罪者をひと晩閉じ込めるための船内の独房も同じ数しかない。その他、ゲイのカップル、免税店やカラオケ・バーのスタッフたち、看護師や清掃員、船長や機関士などの様子も語られる。

だがその夜、すべてが変わろうとしていた。バルティック・カリスマ号には、未曾有の危険、混乱、恐怖をもたらす二人の乗客がいた。二人は他の乗客のように乱痴気パーティを行なうためにクルーズに参加したのではない。かれらは普通の母親と幼い男の子のように見える。しかし、どこか違和感がある。危険な匂いがする。その女性は息子のことを心配していた。幼い息子の世話をしながらも、その子の中に潜む闇を知っていた。そして今、彼女の最も恐れていたことが現実となる。少年が越えてはならない一線を越えてしまったのだ。その結果、船内のすべての人々が危険にさらされることに。逃げ場はない。隠れる場所もない。母親である彼女は、幼い息子の暴走を止めなければならないが……。

といった物語の要約（少し長いが）から推測されるように、本書は、〈グランド・ホテル〉形式をとっている。つまり、特定の主人公を設定しない群像劇だ。ベストセラー作家アーサー・ヘイリーの代表作『ホテル』や『大空港』（ハヤカワ文庫NV）、映画なら

『タワーリング・インフェルノ』などが格好の例。〈グランド・ホテル〉形式の名称は、映画『グランド・ホテル』に由来するが、それ以前にナラティヴ・スタイルとして使用されていた作品として、フランスの文豪バルザック『ゴリオ爺さん』やアガサ・クリスティー『青列車の秘密』（クリスティー文庫）をあげる人もいる。

本書は海上の群像劇ということで、それに近い雰囲気の映画作品では『ポセイドン・アドベンチャー』が想起される。同様に、クルーズ・ホラーとしては、『ザ・グリード』が似ている。あるいは、『ボヤージ・オブ・テラー～死の航海～』、『ゴーストシップ』、『トライアングル』など。これら三点は群像劇とかけ離れてしまうが、まあ、本書はそんなタイプのホラーだ。ただし、幽霊や悪魔、海獣が跋扈《ばっこ》するわけではない。

先にストランベリが本書を〝海上のスティーヴン・キング〟と評したことに触れたが、なるほど、群像劇ということでは、キングの『ザ・スタンド』や『アンダー・ザ・ドーム』を彷彿《ほうふつ》とさせる。だが実は、本書は、〝海上の『呪われた町』〟なのだ。クルーズ客船を阿鼻叫喚《あびきょうかん》の地獄絵図と変えるバケモノの正体は吸血鬼である。

全体の三分の一ほど進んだところで、吸血鬼の登場とあいなるわけだが、そこまでの群像劇がいささかスローテンポだったのに比し、乗客が吸血鬼化していく後半の展開は、まさにノンストップ絶叫マシーン。

吸血鬼といっても、お上品な貴族タイプ、チョイ悪オヤジ風なそれではないし、アン・ライス『夜明けのヴァンパイア』（ハヤカワ文庫NV）やホイットリー・ストリーバー『薔薇の渇き』以降のニュータイプ――新人類としての憂い顔の美青年・美女吸血鬼でもない。映画『ブレイド』で描かれたような血に飢えたヴァンパイア、凶暴で野獣のようなモンスターだ。

作者は、この比較的新しく進化した野蛮な殺戮《さつりく》マシーンのような新種のバケモノを、吸血鬼というよりむしろゾンビとして描いているようだ。ちょうど、リチャード・マシスン『地球最後の男』（ハヤカワ文庫NV）の映画化作品『アイ・アム・レジェンド』がさながらゾンビ・アポカリプスもののように変容させられていたように。あるいは、グラフィック・ノベルが原作の映画『30デイズ・ナイト』に登場する獰猛《どうもう》な吸血鬼にも似ている。

満員のダンスフロアやカラオケステージが血まみれになり、十階もある大型クルージング客室の閉ざされたドアの向こうから響き渡る悲鳴と怒号。各階の通路が流血と肉片と砕かれた骨で覆われていく過程は、そんじょそこらのスプラッタ映画も顔負けの描写である。

しかしながら、すでに述べたように恐怖と流血とグロの饗宴が開始されるまで、この物語は少々時間を要する。〈グランド・ホテル〉形式のお約束で、各章はさまざまな登場人物の間で交互に進行し、かれらの人生の背景や人間関係、性格描写に多大な労力が払われているからだ。そのおかげで、読者はさまざまなキャラクターの人生に引き込まれ、共感し、かれらの運命に一喜一憂することになる。はたしてだれが殺戮され、吸血鬼化されるのか。はたまたこの血みどろ黙示録をサバイバルできる人物はだれか？　平凡かつ普通の生活を営んできた乗客たちのそれぞれ異なる視点から語られる〈閉じられた空間〉の惨劇が読みどころ。

〝宇宙では、あなたの悲鳴は誰にも聞こえない〟が映画『エイリアン』のキャッチコピーだった。その伝でいけば、本書は〝バルト海上では、あなたの悲鳴は誰にも聞こえない〟である。人知を超えた恐怖に対してキャラクターたちそれぞれの反応があり、かれらがどう対処し、いかに戦うか。そしてどうサバイバルするか……あるいは生き残ることはできないのか。

酒盛り乱交パーティがメインのクルージング客船に集った人々の人生模様、それはさながら現代の「阿呆船」（一四九四、ゼバスティアン・ブラント）である。ただし本書は、血みどろゴア版「愚者の船」（十五世紀末、ヒエロニムス・ボス）だが。

なお、ストランベリは、二〇一七年には『エクソシスト』＋『コクーン』と称される老人養護施設ゴースト・ストーリー『ザ・ホーム』（***Hemmet***）を発表し、二〇二一年には一九八〇年代スラッシャー・フィルムへのラブレターと本人が語るコメディ・タッチのホラー『ザ・カンファレンス』(*Konferensen*)で再びベストセラーを放った。この作品は今年ネットフリックスで映像化が予定されている。

二〇二三年七月

【閲覧注意】ネットの怖い話
クリーピーパスタ

The Creepypasta Collection

ミスター・クリーピーパスタ編

倉田真木・岡田ウェンディ・他訳

ネットの恐怖都市伝説のコピペから生まれた新ホラージャンル〝クリーピーパスタ〟。殺人ストーカーが異変に巻き込まれる「殺人者ジェフは時間厳守」やジャーナリストが呪いを目撃する「スマイル・モンタナ」など、人気ユーチューバーが厳選した悪夢の物語。身の毛がよだつ十五の恐怖のショートストーリー傑作集

暗殺者グレイマン〔新版〕

The Gray Man

マーク・グリーニー
伏見威蕃訳

〝グレイマン〟と呼ばれる凄腕のエージェント、ジェントリーはＣＩＡを突然解雇され、命を狙われ始めた。現在は民間警備会社で闇の仕事を請け負う彼のもとに、各国の特殊部隊から次々と刺客が送り込まれる！　巧みな展開と迫真のアクションの連続で現代冒険小説の金字塔となったシリーズ第一作。解説／北上次郎

レッド・メタル作戦発動（上・下）

Red Metal

マーク・グリーニー&
H・リプリー・ローリングス四世
伏見威蕃訳

アメリカ軍に起きた混乱に乗じ、ロシアは大規模な極秘作戦を発動した。世界の覇権を握るため、レアアースの宝庫であるアフリカの鉱山を奪い取ろうというのだ。綿密な計画を組み立てたロシアは、まずヨーロッパに進攻するが――。陸・海・空で展開する激闘を最新情報を駆使して描かれる大型冒険アクション小説！

ハヤカワ文庫

ファイト・クラブ〈新版〉

Fight Club

チャック・パラニューク

池田真紀子訳

タイラー・ダーデンとの出会いは、平凡な会社員として生きてきたぼくの生活を一変させた。週末の深夜、密かに素手の殴り合いを楽しむうち、ふたりで作ったファイト・クラブはみるみるその過激さを増していく。ブラッド・ピット主演、デヴィッド・フィンチャー監督による映画化で全世界を熱狂させた衝撃の物語！

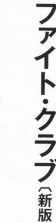

幸せなひとりぼっち

En man som heter Ove

フレドリック・バックマン
坂本あおい訳

〔映画化原作〕妻を亡くし、仕事も早期退職を勧告され、孤独に暮らす五十九歳のオーヴェ。頑固きわまりなく無愛想でルール順守にうるさい彼は、近所に引っ越してきたイラン人女性パルヴァネ率いるにぎやかな一家にいらだつ。しかし、少しずつ交流を深めていき……。スウェーデンで大ヒットした心温まる感動長篇

アルジャーノンに花束を〔新版〕

Flowers for Algernon

ダニエル・キイス

小尾芙佐訳

32歳になっても幼児なみの知能しかないチャーリイに、夢のような話が舞いこむ。大学の先生が頭をよくしてくれるというのだ。これにとびついた彼は、ネズミのアルジャーノンを相手に検査を受ける。手術によりチャーリイの知能は向上していくが……天才に変貌した青年が愛や憎しみ、喜びや孤独を通して知る心の真実とは？　全世界が涙した名作に、著者追悼の訳者あとがきを付した新版

ハヤカワ文庫

訳者略歴　日本女子大学大学院文学研究科修了，翻訳家　訳書『キットとパーシー』セバスチャン，『英国王立園芸協会とたのしむ植物のふしぎ』バーター，『アナル・アナリシス――お尻の穴から読む』アラン他多数

HM=Hayakawa Mystery
SF=Science Fiction
JA=Japanese Author
NV=Novel
NF=Nonfiction
FT=Fantasy

ブラッド・クルーズ
〔下〕

〈NV1515〉

二〇二三年八月二十日　印刷
二〇二三年八月二十五日　発行
（定価はカバーに表示してあります）

著者　マッツ・ストランベリ
訳者　北《きた》　綾《あや》子《こ》
発行者　早川　浩
発行所　株式会社　早川書房
郵便番号　一〇一 - 〇〇四六
東京都千代田区神田多町二ノ二
電話　〇三 - 三二五二 - 三一一一
振替　〇〇一六〇 - 三 - 四七七九九
https://www.hayakawa-online.co.jp

乱丁・落丁本は小社制作部宛お送り下さい。
送料小社負担にてお取りかえいたします。

印刷・中央精版印刷株式会社　製本・株式会社明光社
Printed and bound in Japan
ISBN978-4-15-041515-0 C0197

本書は活字が大きく読みやすい〈トールサイズ〉です。